René Sommer   Alldadarin

Zuletzt erschienen (edition jeu-littéraire):

Das Popcorn und die Vögel. Kurzgeschichten. ISBN: 978-3-7448-6475-6

Woanderswoher. Roman. ISBN: 978-3-7460-8082-6

Das Mädchen mit rotem Hut. Kurzgeschichten. ISBN: 978-3-7528-1413-2

Play Huch. Gedichte. ISBN: 978-3-7528-2037-9

Das avocadogrüne Känguru. Kurzgeschichten. ISBN: 978-3-7481-3002-4

René Sommer

Alldadarin

Roman

Bibliografische Information der Deutschen National-bibliothek:
Die Deutsche Nationalbibliothek verzeichnet diese Publikation in der Deutschen Nationalbibliografie; detaillierte bibliografische Daten sind im Internet über http://dnb.dnb.de abrufbar.

Editor Factory: ib-lyric (edition jeu-littéraire 2/2)
Author Photo: Erika Koller
Cover Image: Itta Beaux

Herstellung und Verlag:
BoD – Books on Demand, Norderstedt

ISBN: 978-3-7481-5764-9

Inhalt

Erstes Kapitel

Das Krokodil

Der Weg windet sich um die Bäume. Johann Sebastian Huch blickt durch die Wipfel zum Himmel. Am Waldrand gerät er vor ein blühendes Mohnfeld. Ein Zettel liegt am Boden. Darauf stehen 3 Worte.

- Probier es aus.

Über die Worte ist ein grüner Pfeil gemalt. Huch folgt der Richtung, findet eine Landstraße.

Eine Frau tanzt mit ausgebreiteten Armen.

- Hallo, ich bin Amelia Gould.

Sie trägt einen kurzen Petticoat.

- Triffst du hier jemanden?

Er lüpft den Hut.

- Ja, dich.

Amelia fährt sich mit der Hand durchs Haar.

- Mir gefällt dein Hut. Wir sollten ihn der Giraffe aufsetzen.

Huch winkelt den Fuß an.

- Welcher Giraffe?

Sie führt ihn vor ein windschiefes Haus. Eine Giraffe aus Joghurtgläsern lehnt an die Wand.

- Wie findest du diese Giraffe?

Er schaut gebannt.

- Zu hoch.

Amelia stellt sich auf ein Bein.

- Wir könnten auch eine Giraffe mit einem kurzen Hals

bauen.

Huch fährt über seine Fingerkuppen.

- Wieso?

Ihre Augen blitzen klug und lustig.

- Damit wir ihr den Hut besser aufsetzen können.

Ein Mann stapft über die Landstraße.

- Hallo, ich bin Hannes Keck.

Er trägt einen flachen Hut. Seine langen Haare sind efeu-grün gefärbt.

- Ich freue mich, euch zu begegnen.

Amelia hebt den Kopf.

- Dein Hut gefällt mir.

Keck geht auf Huch zu.

- Du und ich, wir haben etwas gemeinsam.

Huch guckt neugierig.

- An was denkst du?

Keck tippt an seine Hutkrempe.

- Wir tragen beide einen Hut.

Huch zuckt leicht die Schultern.

- Du hast einen Sinn fürs Gemeinsame.

Keck legt den Handrücken auf die Hüfte.

- Ich weiß auch, wie ich das Ziel erreiche.

Er nimmt seinen Hut ab und wirft ihn wie ein Frisbee auf den Kopf der Giraffe.

- Was sagt ihr?

Amelia zieht die Augenbraue kurz hoch.

- Grün steht dir.

Keck stutzt.

- Wie meinst du das?

Sie richtet den Blick auf seine Haare.

- Ich mag die Farbe.

Er schließt die Augen halb.

- Hast du eine Kreide?

Amelia runzelt die Stirn.

- Wozu brauchst du sie?

Keck legt den Kopf in den Nacken.

- Jemand sollte meinen Namen an die Wand kritzeln oder den Satz: Hannes Keck trifft beim ersten Wurf.

Eine Frau tritt auf Stelzen auf.

- Hallo, ich bin Marla Rea.

Sie trägt ein weites Kleid, das sich fallschirmartig bauscht, als sie von den Stelzen springt.

- Ihr wollt eine Kreide, stimmt's?

Keck wirft ihr einen Blick zu.

- Genau gesagt, brauchen wir nicht irgendeine. Wir möchten nämlich an die Wand schreiben.

Marla gibt ihm die Stelzen zum Halten, klaubt eine Kreide aus der Tasche ihres Kleids.

- Sie ist speziell dick, und die Farbe leuchtet. Etwas Besseres findet ihr nirgends auf der Welt.

Er legt die Stelzen auf den Boden.

- Dann fang gleich an zu schreiben.

Marla verdreht die Augen.

- An die Wand habe ich noch nie geschrieben. Das ist nicht mein Ding.

Sie tänzelt wie eine Feder zu Amelia.

- Du hast die richtigen Schreibhände.

Amelia atmet flach durch den Mund.

- Ich sehe es ein bisschen anders. Das ist eine riesige Wand. Meine Hände sind zu klein.

Marla nähert sich Huch auf Zehenspitzen.

- Du scheinst an der Kreide Spaß zu haben.

Sie drückt sie ihm in die Hand.

- Mal doch einfach die Giraffe mit Hut. Dann ist die Wand nicht mehr leer, und wir sind die Hemmungen los.

Huch sagt, ohne merklich mit der Wimper zu zucken.

- Ja, das kann ich machen. Ich nehme mir aber viel Zeit.

Mit einfachen Strichen und Kreisen zeichnet er die Giraffe groß an die Wand.

- Wenn ich nämlich angefangen habe, kann ich fast nicht mehr aufhören.

Ein alter Lastwagen fährt vor. Der Fahrer klettert aus der Kabine.

- Hallo, ich bin Till Grell.

Er trägt eine Krawatte und Hosenträger.

- Hier hat es eine Menge Altglas.

Amelia winkelt einen Arm in Taillenhöhe an.

- Willst du es entsorgen?

Grell kann sich nur schwer entscheiden.

- Man müsste die Joghurtgläser von oben her abtragen. Wenn ich irgendwo eins herausziehe, gibt es ein Scherbenmeer. Vielleicht lasse ich lieber die Finger davon.

Keck hält sich die linke Hand an die Stirn.

- Es geht auch um meinen Hut. Wir bräuchten eine Leiter.

Marla stellt sich auf die Stelzen.

- Wieso denn?

Sie stelzt zur Giraffe, nimmt ihr den Hut ab.

- Möchtet ihr mitmachen?

Grell hebt die Arme.

- Ja sicher. Wirf den Hut runter!

Keck hebt die Augenbraue.

- Entschuldige, der gehört aber mir.

Marla schleudert ihn in die Luft.

- Wer ihn fängt, hat ihn.

Eine vorüberfliegende Krähe sperrt den Schnabel auf, schnappt ihn, flattert fort.

Keck rennt hinterher.

- Gib den Hut zurück! Er ist zu groß für dich.

Eine Frau taucht aus dem Halbdunkel des Hausschattens auf.

- Hallo, ich bin Jette Watts.

Sie trägt ein Brautkleid mit einer langen Schleppe.

- Habt ihr schon daran gedacht, meine Schleppe als Rutsche zu benützen?

Amelia schüttelt leicht den Kopf.

- Was soll rutschen?

Jette zeigt einen Anflug von Lächeln.

- Die Joghurtgläser.

Sie geht auf Huch zu.

- Tust du mir einen Gefallen?

Er schiebt die Kreide in die Tasche. Sein Blick wandert langsam suchend herum.

- Fragst du mich?

Sie dreht sich um, blickt über die Schulter.

- Ja. Öffne bitte den Reißverschluss.

Huch biegt die Finger nacheinander ein.

- Vielleicht kann das jemand besser als ich.

Grell reißt den Mund auf.

- Zum Beispiel ich.

Jette reagiert mit Kopfschütteln.

- Du kannst mir vielleicht später helfen, aber nicht jetzt.

Ihre Augen sind ständig auf Huch gerichtet.

- Wievielmal muss ich dich fragen?

Er öffnet den Reißverschluss.

- Ich probiere es, weiß aber nicht, ob ich es kann.

Sie zieht das Brautkleid aus, stellt sich auf die Zehenspitzen, streckt es Marla hin.

- Das ist aus Seide. Die Gläser werden wie Forellen durch den Bach flutschen.

Marla bückt sich, nimmt es ihr ab.

- Niemand verwendet ein Brautkleid als Rutsche.

Grell spannt die Schleppe zum Lastwagen.

- Warum nicht? Willst du lieber jedes Glas einzeln hinunterreichen?

Amelia klettert auf die Ladefläche des Lastwagens.

- Ich bin bereit. Du kannst anfangen.

Marla hebt das oberste Joghurtglas vom Kopf der Giraffe.

- Noch ist das Brautkleid rein und weiß.

Jette blickt, den Kopf im Nacken, mit ihren großen Augen verzückt nach oben.

- Das hast du schön gesagt.

Marla legt alle Zuneigung in ihre Stimme.

- Ich stelle dir jetzt ein wichtige Frage: Willst du, Jette Watts, dass ein Joghurtglas über die Schleppe deines Brautkleids rutscht?

Jette legt die Hände vor dem Herzen zusammen.

- Ja, ich will.

Marla lässt das Glas über die Schleppe sausen.

- Ich bemühe mich ständig herauszufinden, ob jemand etwas wirklich will.

Grell hält unbeirrt die Schleppe über die Ladefläche.

- Schau lieber, wie gut wir zusammenarbeiten.

Amelia fängt das erste Glas auf.

- Warum sind wir nicht gleich auf die Idee gekommen?

Glas für Glas baut Marla die Giraffe ab, legt die Gläser auf die Schleppe, während Jette den Blick auf Huch richtet.

- Was machst du?

Er zieht die Mundwinkel hoch und die Kreide aus der Tasche.

- Ich kritzle an die Wand.

Sie nestelt am Saum ihres Unterrocks.

- Ich habe ein Brautkleid und hätte gern einen Mann.

Huch blickt um sich.

- Hast du schon Till gefragt, ob er dein Mann werden möchte?

Grells Interesse ist geweckt.

- Ja, ich will.

Jette schaut ihn an.

- Soll ich dich fragen?

Er trommelt mit den Fingern auf die Schleppe.

- Ja gern! Stell mir die Frage.

Jette legt die Hand auf Huchs Schulter.

- Wie steht es mit dir?

Huch lässt die Schulter runterfallen.

- Das möchte ich dir überlassen.

Marla ruft dazwischen.

- Achtung, da unten!

Jette fährt herum.

- Was ist?

Marla lässt das Brautkleid fallen.

13

- Die Giraffe ist tief abgebaut. Wir brauchen nun die Schleppe nicht mehr.

Grell rennt los, fängt das herunterflatternde Kleid auf.

- Ich bin mir sicher, dass es klappt.

Jette beugt den Rücken.

- Was hast du vor?

Er übergibt ihr das Brautkleid.

- Ich fahre mit dir in die Kirche.

Amelia schaut von der Ladefläche herab.

- Mit dem halbvollen Lastwagen? Wollen wir nicht zuerst alle Joghurtgläser einladen?

Jette schlüpft ins Brautkleid.

- Doch. Man soll nicht überstürzt heiraten.

Ein Roboter läuft über die Landstraße.

- Hallo, ich bin Adrian Piel.

Er trägt einen hellgrauen Hut und einen taubengrauen Mantel.

- Ich bin verliebt in Altglas.

Marla verschränkt die Arme.

- Wir haben das Altglas auch sehr gern, wie du siehst.

Piel dreht den Kopf zur Seite.

- Wie sieht euer Plan aus?

Grell wischt über den Mund.

- Wir würden dem Glas gern Beine machen.

Piel nimmt ein Joghurtglas in die Hand.

- Das ist ein originelles Konzept. Ich habe noch nie einem Glas Beine gemacht.

Er öffnet seinen Mantel.

- Alle Hände fliegen aus!

Aus den Innentaschen flattern unzählige Hände,

schwärmen um die tief abgebaute Giraffe, setzen den Joghurtgläsern Beine an.

Piel tippt mit dem Zeigefinger an die Stirn.

- Meine Hände lernen gern Neues.

Die Gläser stellen sich auf die Beine und in eine lange Reihe.

Amelia schlägt die flache Hand auf die Klappe der Ladefläche.

- Klettert auf den Lastwagen.

Die Joghurtgläser setzen sich wie ein Tausendfüßler in Bewegung, erklimmen den Lastwagen und beigen sich reihenweise auf.

Amelia springt rasch herunter.

- Mit Gläsern reden, ist schwierig. Sie nehmen alles wörtlich und keine Rücksicht. Um ein Haar hätten sie mich zugedeckt.

Grell wirft eine Plache über die Ladefläche, zurrt sie fest.

- Und ich decke sie lieber zu, bevor sie etwas Anderes wörtlich nehmen.

Piel winkt mit dem Zeigefinger.

- Alle Hände in die Taschen.

Die fliegenden Hände schwirren in die Innentaschen zurück.

Piel schließt den Mantel.

- Darf ich sonst noch etwas Beine machen?

Grell deutet auf Jette.

- Du könntest ihr beim Brautkleid den Rückenreißverschluss schließen.

Sie winkt höflich ab.

- Adrian, du bist ein spezieller Roboter. Du kannst Hände

15

ausschwärmen lassen und Beine ansetzen. Ohne dich wären wir noch lang mit den Joghurtgläsern beschäftigt. Aber meinen Reißverschluss schließen kann nur...

Eine Frau tanzt pfeifend über die Landstraße.

- Hallo, ich bin Emmi Timid.

Sie trägt ein maisgelbes Kleid, einen rosafarbenen Luftballon und hat ihre Lippen rosa angemalt.

- Ich werde ihn schließen.

Jette hängt andächtig an ihren Lippen.

- Warum gerade du?

Emmi weist auf den Schriftzug, der den Ballon ziert.

- Lies selber.

Jette reckt das Kinn vor.

- I love you.

Sie sperrt die Augen auf.

- Liebst du mich?

Emmi bindet den Ballon an den Rückspiegel des Lastwagens.

- Ja sicher, aber nicht so sehr wie der Mann, der mich schickt.

Jette zieht die Unterlippe ein.

- Und wer ist das?

Emmi geht um sie herum, schließt den Reißverschluss.

- Komm mit. Er wartet.

In diesem Moment hebt der Lastwagen vom Boden ab, schwebt über die Landstraße davon.

Grell ringt um Worte.

- Was ist das?

Emmi blinzelt verschmitzt.

- Die Macht der Liebe.

Er schüttelt verwundert den Kopf.

- Aber das ist mein Lastwagen.

Emmi gluckst belustigt.

- Der Mann, der mich schickt, liebt auch deinen Lastwagen.

Grell rennt hinterher.

- Ich möchte nur wissen, wer das ist.

Sie kehrt das Gesicht Jette zu.

- Und du? Möchtest du es auch herausfinden?

Jette hält die Hände verlegen auf dem Rücken.

- Ich kenne den Mann gar nicht.

Emmi schließt halb die Lider.

- Aber er kennt dich.

Amelia steht von einem Bein aufs andere.

- Wer immer es ist, ich mag ihn.

Emmi und Amelia nehmen Jette in ihre Mitte, führen sie weg.

Piel grätscht die Beine.

- Wenn ein Mann, der gar nicht da ist, einer Frau den Reißverschluss zumacht, ist das widersprüchlich. Ich muss der Sache auf den Grund gehen, sonst lerne ich etwas Falsches.

Huch klaubt die Kreide aus dem Sack hervor.

- Emmi hat den Reißverschluss geschlossen.

Piel zieht davon.

- Danke, dein Hinweis war sehr hilfreich.

Er holt die 3 Frauen ein.

- Ich komme mit euch. Vielleicht kann ich dem Reißverschluss doch noch Beine machen.

Marla schaut von den Stelzen auf Huch herab.

- Zeichnest du einfach weiter?

Er reckt den Kopf hoch.

- Ja, möglichst einfach.

Sie beugt sich vor.

- Darf ich dir eine Frage stellen?

Huch lehnt an die Wand.

- Ist das deine Frage?

Marla bückt sich.

- Nein, das ist erst die Anfrage.

Er schließt die Augen.

- Also gut, was möchtest du wissen?

Sie springt von den Stelzen.

- Du kritzelst da an einer Giraffe mit Hut rum. Kannst du auch einen Menschen zeichnen?

Huch macht ein Strichmännchen.

- Das ist der Freund der Giraffe.

Marla fährt sich durchs Haar.

- Was bedeutet es, der Freund der Giraffe zu sein?

Huch hebt die Hand.

- Er unternimmt etwas mit ihr zusammen.

Sie schaut ihm unverhohlen ins Gesicht.

- Woran denkst du?

Ein Mann schlendert vorbei.

- Hallo, ich bin Julius Hoppe.

Er trägt eine eisweiße Lederjacke und hat ein Stück Brot in der Hand.

- Ich habe eine Idee, was du machen könntest.

Huch kehrt den Handteller auf Höhe der Brust nach oben.

- Meinst du mich?

Hoppe legt das Brot auf seine Hand.

- Ja.

Huch betrachtet es.

- Das hast du vielleicht nicht ganz mitbekommen. Wir reden über meine Zeichnung.

Hoppe schüttelt leicht den Kopf.

- Wenn schon. Ich rede mit dir. Schau mal das weite Kleid deiner Freundin an!

Marla hält sich zwar die Hand vor den Mund, kann aber gar nicht mehr aufhören zu kichern.

- Wie kommst du darauf, dass ich seine Freundin bin?

Er stemmt den Ellbogen raus, reißt das Kinn hoch.

- So wir ihr passen selten 2 Menschen zusammen. Ich bin beeindruckt.

Huch schielt mit halbem Auge zu Marla.

- Marla kann eben auf Stelzen gehen. Darum trägt sie das weite Kleid.

Hoppe zieht eine ungnädige Schnute.

- Das ist doch egal, was sie kann. Schieb das Brot in die Falte ihres Kleids.

Huch zieht die Schultern ein.

- Das möchte ich nicht.

Marla reißt ihm das Stück aus der Hand, schiebt es in die Falte.

- Wenn du nicht willst, musst du nicht. Aber mir macht es Spaß.

Das Brot verwandelt sich in eine Rose.

Marla küsst Huch.

- Du bist ein Zauberkünstler.

Er verschränkt die Hände hinter dem Rücken.

- Wieso ich?

Hoppe klopft ihm auf die Schulter.

- Du bist mir einer, lässt dir nichts anmerken, kannst aber Brot in Rosen verwandeln!

Marla berührt mit der Rosenblüte die Nasenspitze.

- Wir sollten den Trick üben. Hast du noch mehr Brotstücke?

Hoppe stellt die Hüfte schräg aus.

- Ich lade euch ein. Zu Hause habe ich eine Brotbüchse. Da sind noch ein paar Stücke drin.

Ihr Blick zielt direkt und forsch auf Huch.

- Bist du dabei?

Er lehnt sich mit angewinkeltem Bein gegen die Wand.

- Nein, ich bleibe hier und zeichne die Giraffe fertig.

Hoppe schaut schräg und keck.

- Lass dir Zeit. Komm, wenn du fertig bist.

Er deutet auf eine aus Wellblech und Brettern zusammengeflickte Hütte am Weg, der von der Landstraße abzweigt.

- Ich wohne dort oben. Mein Haus ist berühmt.

Marla stellt sich auf die Stelzen, ruft Huch zu.

- Denk nicht zu viel beim Malen.

Sie geht in Riesenschritten voraus.

- Sonst wirst du nie fertig.

Hoppe legt ihm eine Hand auf den Arm.

- Bis bald. Es gibt keine ausreichenden Worte für dein tolles Bild. Trotzdem solltest du schnell und bald den Schlussstrich ziehen.

Er läuft Marla nach.

- Es ist nicht zwecklos, ihn zu beraten. Ich denke, er nimmt unsere Tipps ernst.

Huch schaut ihnen nach.

Sie biegen von der Straße ab, eilen den Weg zur Hütte hinauf.

Er kritzelt weiter.

Eine Frau wandelt über die Landstraße.

- Hallo, ich bin Aylin Wasa.

Sie trägt ein kurzes, kohlrabenschwarzes Kleid.

- Warum zeichnest du eine Giraffe mit Hut?

Huchs Zeigefinger weist in die Luft.

- Da stand eine Giraffe mit Hut.

Aylin rempelt ihn an.

- Du hast eine blühende Fantasie, kannst mir einen Blumenstrauß schenken.

Ein Mann flaniert die Landstraße entlang.

- Hallo, ich bin Mattis Rupp.

Er trägt purpurrote Socken, drückt Huch einen Strauß aus Plastik in die Hand.

- Da ist der Blumenstrauß.

Huch weist auf Aylin.

- Sie hat ihn gewünscht.

Aylin sagt mit glockenreinem Lachen.

- Ja, aber ich will, dass du ihn mir schenkst.

Huch atmet flach.

- Gefallen dir Plastikblumen?

Sie gibt ihm einen Kuss.

- Wenn sie von dir kommen, finde ich sie die schönsten Blumen der Welt.

Sein Herz steht einen Wimpernschlag lang still.

- Aber sie sind von Mattis.

Rupp klopft ihm auf die Schulter.

- Ich könnte sie nie so elegant schenken wie du. Darauf

kommt es an.

Huch senkt die Lider.

- Ich weiß nicht, was ich sagen soll.

Er bietet Aylin den Strauß an.

- Wenn ich sie dir schenken darf, mache ich es gern.

Sie nimmt die Plastikblumen, drückt sie ans Herz.

- Wird es eine Hochzeit geben?

Ein großes, langes Krokodil nähert sich auf der Landstraße.

2 Sättel sind auf seinen Rücken geschnallt.

Rupp dreht sich nach Huch um.

- Nicht zögern, nicht warten! Es kommt kein besseres. Steig schnell auf.

Huch legt die Hand über die Schläfe.

- Vielleicht will jemand vor mir aufsitzen.

Aylin schwingt sich auf den vorderen Sattel.

- Ich sitze am liebsten vorn.

Rupp rempelt Huch an.

- Schnell! Nimm hinter ihr Platz.

Huch spreizt die Finger seiner linken Hand weit auseinander.

- Ich würde lieber schauen, wie es geht.

Rupp setzt sich auf den hinteren Sattel.

- Das Reiten auf dem Krokodil ist einfach. Wir zeigen es dir.

Das Krokodil läuft mit ihnen davon. In der Ferne schimmert bläulicher Nebel. Darin verschwindet das Krokodil.

Zweites Kapitel

Der Salzball

Huch steckt die Hände in die Taschen.

- Was er sagte, stimmt.

Eine Frau fegt über die Landstraße, hält inne.

- Hallo, ich bin Lenya Moreno.

Sie trägt einen mintgrünen Wollmantel.

- Brauchst du einen Nagel?

Huch spreizt die Arme ab.

- Es gibt viele verschiedene Nägel.

Lenya klaubt einen Nagel aus der Manteltasche. Er ist ungefähr so lang wie ein Streichholz.

- Nimm ihn! Bei mir daheim kann ich ihn nicht einschlagen.

Huch klopft an die Fassade des windschiefen Hauses.

- Ich fürchte, diese Wand ist auch zu hart.

Sie greift nach seiner Hand, dreht sie um.

- Kennst du dich aus?

Er reißt erstaunt die Augen auf.

- Ich werde über diese Frage nachdenken.

Lenya legt ihm den Nagel auf den Handteller.

- Kannst du nageln?

Ein Mann hastet durch die Straße, bleibt stehen.

- Hallo, ich bin Levi Hard.

Er trägt einen bunten Kittel.

- Einmal habe ich einen Mann kennengelernt, der einen Nagel von mir wollte.

Huch hört sich das in aller Ruhe an.

- Ja, man lernt auf der Landstraße viele Leute kennen.

Hard schaut ihm fest in die Augen.

- Du siehst wie einer aus, der Nägel sammelt.

Lenya fällt ihm ins Wort.

- Ich musste ihm auch einen geben.

Hard betrachtet den Nagel, der auf Huchs Hand liegt.

- Ist er gut?

Huch dreht schräg und unsicher die Schultern.

- Er könnte Eisen enthalten.

Hard zwinkert spitzbübisch.

- Frag nicht, was ein Nagel enthält. Frag, ob er hält.

Huch setzt ein breites Lächeln auf.

- Ich frage mich eher, wer ihn hält.

Hard gibt ihm seinen Nagel dazu.

- Du natürlich.

Eine Frau überquert die Landstraße.

- Hallo, ich bin Carolin Simmer.

Sie hat moosgrüne kurze Haare und trägt einen Hammer.

- Gute Nägel sind selten.

Lenya dreht ihr Gesicht zu Huch.

- Er hat sogar 2.

Carolin beugt sich über seine Hand.

- Ganz in der Nähe hat es ein Holzhaus.

Sie verlässt die Landstraße, betritt einen Trampelpfad.

- Dort könnten wir die Nägel einschlagen.

Hard raunzt in rauem Ton.

- Ist es weit?

Durchs Blätterdach der dicht beieinander stehenden Bäume dringen nur wenige Sonnenstrahlen, werfen hellgrüne

Lichtpunkte auf den Pfad.

Carolin stößt die Nasenspitze nach vorn.

- Wenn man miteinander geht, sind alle Wege kurz. Ich bin sicher, du verstehst, was ich meine.

Sie geraten vor ein Haus aus verwittertem Holz.

Lenya schubst Huch an.

- Was willst du annageln?

Ein Mann öffnet die knarrende Tür.

- Hallo, ich bin Ole Katzenstein.

Er trägt Badelatschen, winkt mit einem Zettel.

- Tu mir den Gefallen und nagle das Papier an die Wand.

Huch blickt direkt in Carolins Augen.

- Der Hammer liegt so gut in deiner Hand.

Sie legt den Hammer auf ihr moosgrünes Haar.

- Er liegt auch gut auf dem Kopf.

Huch hält gespannt den Atem an.

- Pass auf, dass du dich nicht verletzt.

Carolin neigt den Kopf.

- Ich brauche einen Fänger.

Der Hammer rutscht übers Haar und fällt.

Huch fängt ihn auf.

- Das habe ich nicht erwartet.

Lenya zieht die Mundwinkel beim Lächeln nach oben.

- Ich habe dir einen Nagel gegeben, Carolin den Hammer. Fang an!

Hards Zähne blitzen beim Lächeln hervor.

- Vergiss meinen Nagel nicht! 2 Nägel fixieren den Zettel besser als einer.

Huch drückt sein Kreuz durch.

- Angenommen, du hättest den Hammer, was würdest du

tun?

Eine Frau stapft über den Pfad.

- Hallo, ich bin Amira Fontana.

Sie hat einen Bleistift hinter das Ohr gesteckt.

- Darf ich den Zettel an die Wand hängen?

Huch übergibt ihr den Hammer und die Nägel.

- Ich werde dir zuschauen.

Katzenstein reicht ihr den Zettel.

- Bist du mit Werkzeugen vertraut?

Amira raschelt mit dem Papier.

- Einen Nagel einschlagen trau ich mir schon zu.

Er weist auf eine Stelle neben der Tür.

- Hier ist der Platz.

Sie nagelt den Zettel mit kräftigen, gezielten Schlägen an die Wand.

- Ob groß oder klein, ein Hammer der trifft, ist brauchbar.

Katzenstein schnipst mit den Fingernägeln.

- Das hast du gut gemacht.

Er legt Huch die Hand auf den Rücken.

- Auf einem richtigen Zettel sollte etwas stehen.

Huch guckt interessiert und freundlich.

- Schreib etwas.

Katzenstein schenkt ihm einen hilflosen Blick.

- Ich kann dir gleich sagen, was mir fehlt: Ein Stift.

Amira klaubt den Bleistift vom Ohr, hält ihn Huch hin.

- Ist er gut gespitzt?

Er dreht und wendet ihn, prüft die Spitze.

- Ich bin leider kein Experte.

Lenya hebt nur kurz den Finger und lässt ihn wieder sinken.

- Wer ist das schon! Schreib einfach etwas.

Huch bietet den Stift Katzenstein an.

- Ich dachte, du hättest den Zettel gern beschrieben.

Katzenstein beugt den Kopf zu ihm.

- Natürlich hätte ich ihn gern beschrieben. Darum sei so gut und setz etwas drauf. Ein Wort, einen Satz, was du willst.

Hard stellt sich dicht neben Huch.

- Warum zögerst du?

Huch winkelt die Arme an.

- Das sieht nur so aus. In Wirklichkeit denke ich nach.

Carolin probiert einen Tanzschritt.

- Ich versuche dir zu helfen. Möchtest du die Kleider wechseln?

Huch zieht die Schulter hoch.

- Du meinst, ich soll eine Art Einkaufsliste auf den Zettel schreiben?

Katzenstein zeigt beim Lächeln alle Zähne.

- Warum sich die Mühe machen und einen Einkaufszettel schreiben?

Er tänzelt über den Trampelpfad.

- Wir gehen ins Warenhaus und streifen einfach durch die Kleiderstangen. Etwas Neues finden wir immer.

Amira betrachtet den Hammer.

- Er bekommt Haare am Kopf. Was soll ich machen?

Stoppeln sprießen aus dem Eisen.

Lenya kann sich nicht halten vor Lachen.

- Bring ihn in den Zoo.

Hard blickt verstört.

- Stell ihn auf den Boden. Vielleicht läuft er. Dann sind wir ihn los.

Die blauschwarzen Haare am Hammerkopf wachsen, werden struppig und länger.

Carolin reckt das Kinn energisch.

- Normalerweise bekommen die Hämmer keine Haare.

Katzenstein dreht sich um.

- Was planen wir jetzt? Gehen wir ins Warenhaus oder nicht?

Amira lässt den Hammer fallen.

- Ich gehe mit.

Der Hammerstiel treibt Beine und Füße aus. Er strampelt, rennt weg.

Sie blickt ihm versonnen nach.

- Vermisst ihn jemand?

Lenya schließt sich Katzenstein an.

- Wieso denn? Die Nägel sind eingeschlagen, und wir wollen neue Kleider.

Hard tigert hinterher.

- Ich assistiere euch.

Carolin verfolgt sie mit übermütigem Gang.

- Ich habe rissige Lippen, brauche dringend einen Stift.

Katzenstein richtet den Blick kühl in die Ferne.

- Wahrscheinlich keinen Bleistift, nehme ich kurz an.

Huch spielt mit dem Bleistift, schaut ihnen nach, bis sie hinter einer Biegung des Trampelpfads verschwunden sind, hört einen Ast knacken.

Ein Mann tritt aus dem Unterholz.

- Hallo, ich bin Nick Gerster.

Er trägt einen kurzen pfefferschwarzen Schal um den Hals und ein T-Shirt mit einem Reißverschluss.

- Ich kann dir etwas sagen: So ein Reißverschluss bringt nur Verdruss.

Huch schirmt sein Auge mit der Hand ab.

- Gibt es ein Problem?

Nick starrt auf den Stift.

- Ja, mit deiner Fingerstellung. Darf ich dir zeigen, wie man den Bleistift richtig hält?

Huch neigt den Kopf zurück.

- Was ist richtig?

Gerster nimmt ihm den Bleistift aus der Hand, führt den Zeigefinger gegen die Spitze.

- Beim angespitzten Bereich findest du die Stelle, wo dein Zeigefinger völlig entspannt den Bleistift führen kann.

Eine Frau winkt schon von Weitem zur Begrüßung.

- Hallo, ich bin Leticia Krull.

Sie trägt ein entengrünes Kleid.

- Seid ihr gerade am Schreiben?

Gerster blinzelt in die Sonne.

- Wir hoffen, dass wir bald so weit sind.

Leticia wirft ihre Haare zurück und lacht.

- Macht keine Umstände und schreibt: T-Shirt.

Seine Augen wandern nervös herum.

- Wo hat es Papier?

Sie deutet auf den Zettel an der Wand.

- Genau hinter dir.

Gerster dreht sich um.

- Das ist seltsam. Ich habe ihn gar nicht bemerkt.

Er gibt Huch den Bleistift zurück.

- Weißt du, wie man T-Shirt schreibt?

Huch richtet die Augen auf Leticia.

- Vielleicht möchtest du es schreiben?

Sie ergreift den Bleistift.

- Das mache ich gern für dich.

Ein Mann schiebt eine Druckermaschine auf wackligen Rädern über den Trampelpfad. Die Maschine hat einen langen Hals mit einem großen Kameraauge und einem silbernen Trichter, in welchen eine Blitzlichtbirne geschraubt ist.

- Hallo, ich bin Phil Lombard.

Er trägt giftgrüne Turnschuhe.

- Wer hat ein T-Shirt bestellt?

Leticia lässt den Blick zu Huch schweifen.

- Bitte gib ihm ein T-Shirt.

Lombard richtet das Kameraauge und den Trichter auf ihn.

- Auf dem Mond lächeln alle Menschen. Aber du kannst es auch auf der Erde tun.

Huch öffnet staunend den Mund.

- Wer lächelt auf dem Mond?

Ein Blitz blendet ihn. Der Drucker surrt.

Als Huch die Augen wieder aufschlägt, zuckelt ein T-Shirt aus der Maschine.

Lombard hält es mit beiden Händen hoch, als würde er es an eine Wäscheleine hängen.

- Vorn habe ich dein Porträt aufgedruckt.

Gersters Gesicht hellt sich auf.

- Ich möchte das T-Shirt haben.

Lombards Augen flackern verwirrt.

- Aber da ist doch sein Bild drauf.

Gerster schaut das frisch ausgedruckte T-Shirt unverwandt an.

- Ja, aber es hat keinen Reißverschluss.

Er will seinen Schal Leticia geben.

- Wenn ich dich bitten darf.

Sie bricht das Ende des Bleistifts ab.

- Ich wünsche, nicht gestört zu werden.

Eine Zündschnur kommt zum Vorschein.

Lombard tritt näher. Seine Stimme klingt unstillbar neugierig.

- Was machst du?

Leticia strafft die Schnur mit den Fingern.

- Ich starte den Bleistift. Hast du Feuer?

Er klaubt das Feuerzeug aus der Tasche.

- Soll ich für dich Feuer fangen?

Sie zieht die Oberlippe ein.

- Nein.

Lombard zündet die Schnur an.

- Was für eine trockene Antwort!

Funken sprühen. Der Bleistift zischt wie eine Rakete zwischen den Wipfeln hindurch in den Himmel.

Leticia wendet sich Gerster zu.

- So, nun kannst du mich bitten. Was soll ich mit dem Schal?

Gerster legt ihn in ihre Hände.

- Halt ihn für eine Sekunde.

Leticia reicht Huch den Schal weiter.

- Fühl mal. Das ist kein schaler Stoff.

Er lässt ihn durch die Finger gleiten.

- Ist das Seide?

Sie schlüpft aus dem entengrünen Kleid.

- Ja, reine Seide.

Huch sieht sie mit großen Augen an.

- Woran merkst du das?

Leticia wirft ihm eine Kusshand zu.

- Seide wird begehrt.

Sie geht summend und tänzelnd zu Gerster.

- Gib mir das T-Shirt mit dem Reißverschluss.

Er zieht es ab, händigt es ihr aus.

- Mit Vergnügen! Das wollte ich schon lange loswerden.

Sie probiert es an.

- Mir passt es. Es ist wie ein Minikleid. Und noch etwas hätte ich gern.

Sie nimmt Huch den Schal ab, wickelt ihn um den Hals, läuft davon.

- Danke vielmals!

Gerster greift nach dem T-Shirt mit dem Porträt von Huch, stülpt es über.

- Warte! Den Schal will ich wieder haben.

Leticia verschwindet im Unterholz.

- Ich halte ihn nur, aber um den Hals.

Er verfolgt sie.

- So haben wir nicht gewettet.

Lombard zieht die Schultern hoch.

- Das Wechseln und Tauschen wird immer beliebter.

Er hebt Leticias entengrünes Kleid auf.

- Schade ist nur, wenn etwas liegen bleibt.

Eine Frau trippelt über den Trampelpfad.

- Hallo, ich bin Amina Wilke.

Sie trägt eine Langhaarperücke.

- Zunächst einmal möchte ich dir etwas sagen. Es kann schädlich sein, etwas schade zu finden.

Lombard rollt die Zunge mit halboffenem Mund.

- Wieso? Kannst du das Kleid brauchen?

Sie nimmt es ihm ab, schmiegt es mit verzückter Miene an ihren Körper.

- Ich weiß, was ich damit mache.

Er reibt sich an der Nase.

- Legst du es in einen Koffer?

Amina schlüpft hinein.

- Nein, ich lege es an.

Lombard lächelt gequält.

- Auf die Idee hätte ich auch kommen können.

Sie schaut verständnislos.

- Aber du hast doch schon Kleider an.

Er spitzt seinen Zeigefinger und zeigt auf sie.

- Die Idee war für dich. Mit einer Perücke ist man nur unzureichend bekleidet.

Amina sieht ihn herausfordernd an.

- Willst du es ausprobieren?

Lombard hebt abwehrend die Hände.

- Lieber nicht! Wenn sich alle Menschen nur noch mit einer Perücke bekleiden, kann ich mit meiner Maschine Brotbüchsen bedrucken gehen.

Ein Mann schlendert daher.

- Hallo, ich bin Lias Ziller.

Er trägt eine Plastiksonnenbrille und hat eine Brotbüchse unter dem Arm.

- Hast du eine Maschine, die Büchsen bedrucken kann?

Lombard faltet die Hände über dem Bauch.

- Ich bitte dich, das ist doch keine Frage!

Amina spitzt die Lippen.

- Im Gegenteil, das ist eine Frage.

Er bläst die Backen auf.

- Sicher nicht!

Sie wendet sich an Huch.

- Was meinst du dazu?

Er breitet die Arme aus.

- Könnt ihr mir mehr darüber sagen, was für euch eine Frage ist?

Ziller hebt die Büchse hoch.

- Klar kann ich das. Wie ihr alle seht, hat diese Büchse keinen Aufdruck. Meine Frage lautet daher: Kann diese Maschine Büchsen bedrucken?

Lombard macht eine Faust mit nach oben zeigendem Daumen.

- Ja sicher! Gefällt dir meine Maschine?

Ziller bewegt sich in kleinen Schritten darauf zu.

- Wo führt man die Büchse ein?

Lombard nimmt sie ihm aus der Hand.

- Bei diesem Schacht. Wenn du einverstanden bist, starten wir den Druck.

Ziller legt die Hände mit gespreizten Fingern auf die Hüfte.

- Fang an, aber stell sicher, dass sie keinen Kratzer abbekommt.

Lombard schiebt die Büchse in die Maschine.

- Hab keine Angst!

Bedruckt mit Huchs Porträt, zuckelt die Büchse aus der Druckmaschine.

Ziller schnuppert daran und dreht verträumt den Kopf.

- Vorher war es eine gewöhnliche Brotbüchse, wie es Abertausende gibt. Jetzt ist sie ein Unikat.

Lombard wedelt mit dem Finger gegen Huch.

- Aber wir haben sein Bild aufgedruckt.

Ziller ergreift seine Büchse, bewegt sich in Trippelschritten fort.

- Ja, das hat sonst niemand. Das macht sie eben einzigartig.

Lombard stößt seine Maschine über den Trampelpfad.

- Ich muss schnell weitere Brotbüchsen auftreiben. Sie sind begehrt.

Amina betrachtet das Haus aus verwittertem Holz

- Gibt es in der Nähe einen anderen Weg?

Sie geht darum herum, ruft.

- Ich habe ihn gefunden.

Huch folgt ihr. Der Weg ist schmal und holprig.

- Wo führt er hin?

Sie geht voraus.

- Sehen wir nach, wenn es dich interessiert.

Er öffnet die Lippen zu einem strahlenden Lächeln.

- Ja, ich würde gern die Gegend kennenlernen.

Ein Specht haut eine Höhle in einen Baum. Der Schlag hallt durch den Wald. Eine Kletterpflanze säumt den Weg, schlingt sich um den Stamm bis in die Baumkrone hinauf. Der Boden ist weich, gibt bei jedem Schritt nach. Ein aufgeschrecktes Reh flüchtet ins Unterholz. Mitten auf einer Kreuzung steht ein Tisch, von einem Schilfdach geschützt.

Ein Mann eilt in großen Schritten herbei.

- Hallo, ich bin Timo Keun.

Er trägt eine eichengrüne Brille und hat eine Papiertüte in der Hand.

- Könnt ihr einen Ball aus Salz formen?

Amina tritt beschwingt auf die Kreuzung und blinzelt.

- Hast du Salz?

Er stellt die Tüte auf den Tisch.

- Als ich deine Augen sah, dachte ich, du würdest es auf den ersten Blick erkennen.

Sie hat ein wie gemaltes Lächeln auf den Lippen.

- Was?

Keun reißt die Verpackung auf.

- Nun, dass ich Salz mitgebracht habe.

Amina wirft einen fragenden Seitenblick auf Huch.

- Kannst du mit beiden Händen eine Schale machen?

Huch kehrt die Handteller nach oben, schiebt sie übereinander.

- Meinst du etwas in der Art?

Sie streut Salz in seine Hände.

- Ja. Und nun schließe die Schale mit den Daumen, wie wenn du einen Schneeball pressen möchtest.

Er zieht die Schulter zurück, das Kinn hoch.

- Ich hätte nie gedacht, dass man mit Salz einen Schneeball herstellen könnte.

Amina drückt einen flüchtigen Kuss auf seine Hände.

- Abgesehen von einem Ball, was willst du machen?

Er öffnet die Hände. Ein Ball aus Salz rollt über den Tisch.

- Ich staune. Oder wie soll ich es nennen?

Keun hält den Salzball an.

- Das genügt. Mehr musst du nicht zustande bringen.

Er bückt sich, rollt sich selber zum Ball zusammen.

- Kannst du das auch?

Huch legt die Arme auf den Rücken.

- Ist das eine Gymnastikübung?

Keun lässt sich den Waldweg hinunterrollen.

- Ich bin der Typ, der nicht lang überlegt, was er tut. Es gelingt mir einfach.

Amina rollt sich ebenfalls zum Ball zusammen.

- Bleib locker! Das kannst du auch.

Huch schaut ihr nach, wie sie hinter Keun her rollt.

- Vielleicht könnte ich es schon. Aber es würde mich verwirren.

Von der anderen Seite steigt eine Frau leichtfüßig den Waldweg hinauf.

- Hallo, ich bin Milla Strasser.

Sie trägt ein fallschirmweißes Kleid.

- Darf ich mal sehen, was auf dem Tisch liegt?

Er lässt die Arme baumeln.

- Lass dich nicht aufhalten. Nur zu!

Milla streckt die Finger aus.

- Darf ich den Salzball anfassen?

Huch neigt den Kopf leicht gegen die linke hochgezogene Schulter.

- Die ganze Zeit nur schauen kann anstrengend sein.

Sie berührt den Ball mit der Fingerspitze.

- Ich versuche nur herauszufinden, ob er wirklich zusammenhält.

Er blickt gespannt.

- Ich bin auch interessiert.

Milla richtet die untersuchenden Augen auf ihn.

- Wer hat ihn gemacht?

Huch beugt den Oberkörper vor.

- Amina und ich.

Sie verschließt etwas länger die Augen beim Blinzeln.

- Wer ist Amina?

Er tippt an den Hut.

- Eine Frau.

Milla lehnt zwanglos gegen ihn.

- Ist sie deine Freundin?

Huch hält die Hand weit offen.

- Freundin ist ein lustiges Wort, hat gar keine Vorsilbe.

Sie zeigt beim Lächeln die strahlenden Zähne.

- Sie ist deine Geliebte?

Er sagt mit verschmitztem Lachen.

- Nein, wir haben nur den Ball gemacht.

Milla spitzt die Lippen.

- Wenn du etwas mit einer Frau machst, ist sie deine Freundin.

Huch tritt 2 Schritte beiseite.

- So könnte man das sehen. Ich denke darüber nach.

Ein Mann tritt auf die Kreuzung.

- Hallo, ich bin Theodor Torre.

Er trägt eine goldene Sonnenbrille und hat ein Notebook dabei.

- Wenn ich diesen Salzball sehe, muss ich ganz langsam einatmen und ausatmen.

Milla faltet die Hände vor der Brust.

- Tu dir keinen Zwang an. Du kannst auch kräftig pusten. So schnell zerbröselt der Ball nicht. Ich habe ihn mit dem Finger angetippt. Er hält zusammen.

Torre zieht seine laut tickende Taschenuhr aus der Westentasche.

- Die Uhr beruhigt mich. Der Sekundenzeiger macht ständig Fortschritte. Das hilft.

Sie schlägt entzückt die Hand vor den Mund.

- Ist die Uhr aus echtem Silber?

Er atmet ein oder 2 Mal tief durch.

- Ja. Du kannst den Deckel öffnen. Innen ist eine Schrift eingraviert. Sie bestätigt es. Die Uhr ist echt und erst noch aus Silber.

Milla sieht ihn besorgt an.

- Was ist los mit dir?

Er lächelt verlegen mit den Mundwinkeln nach unten.

- Ich bin aufgeregt. Salz, das sich ballt und zusammenhält, das ist zu groß für mich.

Drittes Kapitel

Die Harfe

Huch spreizt die Finger ab wie kleine Flügelchen.

- Nun, so groß ist der Ball auch wieder nicht.

Milla bewegt sich marionettenhaft.

- Aber selten.

Torre richtet den Blick gebannt auf den Ball.

- Sehe ich das richtig? Ist er wirklich aus Körnern gefügt, nicht aus einem Salzstein geschliffen?

Sie trippelt um ihn herum.

- Es ist ein Kunstwerk.

Er klappt sein Notebook auf.

- Darf ich ihn über die Tastatur rollen lassen?

Milla wackelt mit den Händen.

- Wie stellst du dir das vor?

Torre kneift die Augen zusammen.

- Ich würde das Notebook mit beiden Händen wie ein Spielbrett halten, leicht in die Schräge bringen. Und kurz bevor der Ball über den Rand kippt, würde ich es wieder waagrecht ausbalancieren, so dass er nie runterfällt.

Sie windet sich geschmeidig um Huch.

- Was sagst du dazu? Bist du einverstanden?

Er steht breitbeinig, um das Gleichgewicht zu halten.

- Ich denke, er sollte wahrscheinlich zuerst die Uhr versorgen, damit er beide Hände frei hat.

Torre schiebt sie in die Westentasche zurück.

- Man kann sich immer fragen: Was hat der Mensch eigentlich davon, wenn er praktisch denkt?

Milla hüpft auf einem Bein.

- Die richtige Antwort lautet: Eine ganze Menge.

Er öffnet das Notebook, stellt es auf den Tisch.

- Noch nie ist ein Salzball über die Tasten gerollt.

Vorsichtig legt er ihn auf die Tastatur, horcht.

- Das ist neu, ungewohnt und ungeheuerlich!

Milla reibt verwundert die Augen.

- Was?

Er klaubt die Taschenuhr hervor.

- Sie ist stehen geblieben.

Millas Augen blitzen.

- Wirf sie weg!

Die Uhr versilbert Torres Hand, von den Fingerspitzen bis zum Handgelenk. Er steckt die Uhr in die Westentasche, tippt sich unsicher mit dem silbernen Zeigefinger an die Nase. Sie wird silbern.

- Das habe ich nicht erwartet.

Er tippt sich an die Stirn, versilbert sie bis zum Haaransatz.

- Auf jeden Fall muss das aufhören.

Eine Frau schreitet auf die Kreuzung.

- Hallo, ich bin Julie Lehmann.

Sie trägt orangefarbene Strümpfe, schaut Torre an.

- Ist das dein Notebook?

Er antwortet mit betretener Stimme.

- Ja. Kannst du den Salzball von den Tasten nehmen?

Julie hebt ihn hoch.

- Sicher kann ich das. Mach dir keine Sorgen.

Sie legt den Ball auf den Tisch.

- Wir retten dich.

Torre schießen Tränen in die Augen.

- Ich möchte keine silberne Hand.

Julie klopft ihm begütigend auf die Schulter.

- Beim See unten hat es einen Fels. Er sieht wie ein gekrümmter Fisch aus, der mit dem Schwanz zum Schlag ausholt.

Sie weist auf den Waldweg, der in die weite Bucht einbiegt.

- Dort gibt es Steine, die uns helfen.

Durch die Stämme schimmert der türkisfarbene See.

Huch schaut verträumt auf die Wellen, die sich kräuseln.

- Es gefällt mir in der Bucht.

Am Strand liegen flache Steine im Sand. Ein Schild hängt am Uferfelsen, der wie ein gekrümmter Fisch aussieht.

- Steine auflesen verboten.

Millas Blick gleitet nach oben.

- Wie helfen wir Theodor, wenn wir die Steine nicht auflesen dürfen?

Torre wird unsicher und schüttelt mit gerunzelter Stirn kaum merklich den Kopf.

- Jetzt können wir das Problem nicht lösen.

Julie steht breitbeinig am Strand.

- Wir sollten dem Schild keine Beachtung schenken.

Ein Mann bewegt sich leichtfüßig über den Strand.

- Hallo, ich bin Alessio Hager.

Er trägt einen Cowboyhut.

- Was sagt ihr zu meinem Hut?

Milla beugt sich nach vorn.

- Er steht dir gut.

Hager stemmt den Arm in die Hüfte.

- Er ist neu.

Torre räuspert sich.

- Ich bin leider nicht frei genug, um mich für deinen Hut zu interessieren.

Hager sieht Julie direkt in die Augen.

- Wie wäre es mit kurzen Bewertung aus deiner Sicht?

Sie dreht den Kopf nach links.

- Theodor hat ein Problem mit seiner silbernen Hand.

Hager schlägt erregt die Augen auf.

- Soll ich dir helfen?

Milla weist auf das Schild.

- Du darfst aber keine Steine auflesen.

Er lässt die Arme baumeln.

- Schilder gibt es hier wie Sand am Strand. Wer liest sie schon?

Eine Frau wandert über den Sand, als ginge sie auf Wolken.

- Hallo, ich bin Mona Brummer.

Sie hat Wimperntusche aufgetragen, bringt im Korb Honig und einen silbern blinkenden Löffel mit.

- Ich lese die Schilder täglich. Wir brauchen nämlich Lesestoff. Das habe ich selbständig herausgefunden.

Torre wackelt mit dem Kopf.

- Und hast du auch herausgefunden, was meine Hand braucht?

Mona stellt den Korb ab, nimmt den Deckel vom Honig.

- Schmiere Honig drauf. Nase und Stirn würde ich gleich behandeln. Sicher siehst du dann besser aus, nicht so versilbert, wenn du verstehst, was ich meine.

Torre steckt den Löffel in den Honig.

- Ich glaube an alles, was funktioniert.

Er streicht den Honig auf die silberne Hand. Ein Bienen-schwarm summt in einer Klangwolke heran. Die Bienen setzen sich auf die Hand, auf die Stirn, auf die Nase, bauen Waben. Daraus schlüpfen zerbrochene Violinen mit zer-rissenen Saiten. Die Bienen fügen die Resonanzkörper zusammen, spannen neue Saiten auf, spielen das Violin-konzert in A-Dur von Mozart.

Torre wedelt mit der Hand.

- In meinem ganzen Leben habe ich nie so schöne Musik gehört.

Die Bienen fliegen auf, schwirren fort.

Millas Blick gleitet über seine Hand.

- Ich bin außer mir vor Freude.

Sie fährt aus der Haut, tanzt als geigende Biene über ihrem Körper.

Julie betrachtet sie mit ernstem, ein wenig sorgenvollem Blick.

- Krieg dich wieder ein.

Milla schlüpft in ihre Haut zurück.

- Musik verleiht Flügel. Du musst es auch einmal probie-ren.

Hager klatscht mit kindlicher Begeisterung in die Hände.

- Also, Theodor ist gerettet.

Er schenkt Julie einen Blick.

- Wir sind in der kleinen Umfrage bei dir stehen geblie-ben. Wie findest du meinen Hut?

Sie atmet tief durch.

- Bist du verliebt?

Hager schließt die Augenlider halb.

- In dich?

Julie hebt die linke Augenbraue.

- Nein, in deinen Hut.

Mona nimmt Torre den Löffel aus der Hand, bietet ihn Huch an.

- Das ist Bergbienenhonig. Willst du ihn abschlecken?

Huch riecht daran.

- Warum fragst du nicht zuerst die andern?

Ein Mann tastet sich am Uferfelsen entlang.

- Hallo, ich bin Joel Zeitz.

Er trägt eine Fliege und ein leinenweißes Jackett, hat einen Korb mit Wäsche und eine Schnur dabei.

- Ich würde sehr gern den Honig schlecken.

Sie hält ihm den Löffel hin.

- Du bist nicht der Erste.

Zeitz stellt den Korb ab.

- Wer ist der Erste?

Torre lässt seine Hand locker baumeln.

- Ich.

Zeitz schleckt den Löffel ab.

- Danke, der Honig ist ausgezeichnet.

Torre schlägt sich an die Stirn.

- Wir haben mit dem Honig eine Menge Probleme gelöst.

Zeitz gibt den Löffel zurück.

- Ich hatte auch einmal Probleme, aber das ist schon lange her.

Milla deutet aufs Schild, das am Felsen hängt.

- Weißt du, warum Steine auflesen verboten ist?

Zeitz kehrt das Schild um.

- Ihr müsst nur die Rückseite lesen.

Darauf steht die Frage.

- Hast du Wäsche?

Julie legt den Finger an die Wange.

- Ich habe es gleich gesagt. Wir hätten das Schild gar nicht beachten sollen.

Er liest einen Stein auf.

- Wieso? Das ist doch eine gute Frage. Du kannst sie dir jeden Tag stellen, und es wird dir nie langweilig dabei.

Kaum ist der Stein weg, schießt eine azurblaue Bambusstange aus dem Boden.

Hager stellt sich auf die Zehenspitzen, streckt den Arm, legt seinen Cowboyhut darauf.

- Endlich finde ich einen Ständer, der zu meinem Hut passt.

Zeitz hebt einen weiteren Stein auf.

- Farblich oder förmlich?

Hager spreizt die Finger.

- In jeder Hinsicht. Mein Hut ist eben besser als die anderen Hüte.

Die zweite Bambusstange pfeilt aus dem Boden.

Hager nimmt rasch den Hut, legt ihn darauf.

- Es sieht so aus, als wäre die zweite Stange fast noch etwas besser und höher.

Zeitz spannt die Wäscheleine zwischen den Bambusstangen.

- Geh lieber beiseite! Gleich kommen die Hühner.

Ein Reihe Wildhühner fliegt heran, flattert, schlägt mit den Flügeln, landet auf der Leine. Sie haben goldene Wäscheklammern im Schnabel.

Zeitz verneigt sich.

- Guten Tag! Willkommen im Wäscheteam!

Die Hühner sperren die Schnäbel weit auf, stoßen einen schuckelnden Ruf aus. Die Klammern fallen in den Sand. Mit lautem Fluggeräusch schwirren die Hühner auf und davon.

Zeitz faltet die Hände hinter dem Kopf.

- Hört mal!

Milla senkt die Wimpern.

- Meinst du uns?

Die Härte weicht aus seinem Gesicht.

- Ihr steht vor mir. Mit wem sollte ich sonst reden?

Torre liest eine goldene Wäscheklammer auf.

- Wir dachten, du würdest nur mit den Hühnern reden.

Zeitz lächelt schief.

- Sicher nicht. Das mache ich nur, wenn ich Klammern brauche.

Hager nimmt den Cowboyhut von der Stange, füllt ihn mit Wäscheklammern.

- Ist das Gold echt?

Zeitz neigt sich keck seitwärts.

- Ich finde es nett von euch, dass ihr die Klammern auflest. Ihr dürft sie sogar behalten, sobald die Wäsche trocken ist.

Er macht einen kleinen Wirbel um eine Bambusstange.

- Es gibt nur eine Bedingung: Ihr müsst mir die Wäsche aufhängen.

Julie bückt sich, hebt eine Klammer auf.

- Und was machst du?

Zeitz legt sich in den Sand.

- Ich weiß noch nicht, was ich will.

Huch hebt die Brauen.

- Ah, du denkst nach.

Zeitz schließt die Augen.

- Genau das will ich.

Mona schließt den Honigtopf.

- Dann weißt du ja, was du willst.

Er legt die Beine übereinander, wippt mit dem Fuß.

- Ja, aber es braucht viel Zeit.

Milla hängt ein pflaumenviolettes Tuch an die Leine.

- Die Wäsche wird bald trocken sein. Dann teilen wir die Wäscheklammern.

Torre nimmt ein kobaltblaues Tuch aus dem Korb.

- Ich habe lieber goldene Klammern als eine silberne Hand.

Julie streckt das farngrüne Tuch, bevor sie es festklammert.

- Verliert ja keine.

Hager langt in seinen Hut.

- Ich habe noch nie Wäsche aufgehängt. Es macht Spaß.

Mona stößt Huch in die Rippen.

- Willst du auch goldene Klammern gewinnen?

Huch verschränkt die Arme hinter dem Rücken.

- Eigentlich gehören sie der Schwerkraft und fühlen sich wie eine Last an, wenn sie nicht irgendwo liegen oder hängen.

Milla reißt die Arme hoch.

- Mich belasten sie überhaupt nicht.

Huch wandert um den Uferfelsen herum, der wie ein gekrümmter Fisch aussieht.

- Du hast Recht. Das kann man so oder anders erleben. Ich überlege es mir noch, ob ich eine Klammer will.

Am Rand der Bucht dringt der Wald bis zum Strand vor. Pfaugrüne Blätter schimmern in den Baumkronen. In der Ferne verliert sich der See im Dunst. Ein Wolkenturm bildet sich.

Prustend taucht eine Frau aus dem Wasser auf.

- Hallo, ich bin Celina Gordon.

Sie hat ein eisvogelblaues Band im Haar.

- Wo soll ich mich hinsetzen?

Huch deutet auf einen gestrandeten Baumstamm.

- Das scheint ein guter Platz zu sein.

Celina dehnt ihre Beine.

- Ich brauche einen Gartenstuhl.

Ein Mann dackelt in tänzerischen Zickzack-Bewegungen aus dem Uferwald.

- Hallo, ich bin Damian Brix.

Er trägt kaminfegerschwarze Handschuhe und einen riesigen Klappstuhl.

- Ich kann dir helfen.

Sie wirft einen verstohlenen Seitenblick zu Huch.

- Was sagst du dazu?

Er hebt den Kopf.

- Wenn es geht, würde ich den Stuhl gern aufgeklappt sehen.

Brix stellt ihn auf.

- Das mache ich doch gern. Es ist einer der größten Klappstühle, die es gibt.

Celina stemmt die Hände in die Hüften.

- Ich hätte gern ein kleines Stühlchen. Es sollte in ein Taschentuch eingeschlagen werden können.

Er klappt den Stuhl, ohne eine Miene zu verziehen, zusammen.

- Vielleicht finde ich ein so winziges Stühlchen.

Celinas Augen leuchten.

- Du kannst das, oder?

Brix kehrt zum Uferwald zurück.

- Ihr wärt ein süßes Paar.

Sie ruft ihm nach.

- Wen meinst du?

Er hebt den Daumen.

- Dich und deinen Freund.

Celina dreht sich nach Huch um.

- Hast du das gehört?

Ihre Stimme klingt seltsam belustigt.

- Er hält dich für meinen Freund.

Huch winkelt die Arme an.

- Wir könnten ihn fragen, wie er auf die Idee kam. Vielleicht ist er bereit, mit uns darüber zu sprechen.

Eine Frau kommt in die Bucht, steigert das Tempo ihrer Schritte.

- Hallo, ich bin Svea Knappert.

Sie trägt einen engen Rock, hat ein Taschentuch in der Hand.

- Ratet, was ich eingeschlagen habe!

Celina reibt sich die Hände mit den langgliedrigen Fingern.

- Es wird doch hoffentlich ein kleines Stühlchen sein.

Svea überreicht ihr das Taschentuch.

- Pack es selber aus.

Celina schlägt sorgfältig das Tuch auseinander, hält das Stühlchen mit Daumen und Zeigefinger hoch.

- Es wäre besser, wenn es etwas größer wäre.

Svea nimmt das Taschentuch und das Stühlchen zurück, schleicht in geduckter Stellung davon.

- Ich bin bald zurück.

Ein Mann löst sich aus dem Schatten des Uferwalds. Seine Bewegungen wirken wie in Zeitlupe.

- Hallo, ich bin Joris Aval.

Er trägt einen kaffeeschwarzen Gehrock mit schmalem Revers. Mit beiden Händen hält er ein Taschentuch, unter dem sich die Umrisse eines Stühlchens abzeichnen.

- Ich möchte nicht aufdringlich erscheinen, aber ich habe mitbekommen, was ihr braucht.

Celina leuchtet mit ihrem Lächeln die ganze Bucht aus.

- Du solltest an einem Redewettbewerb teilnehmen.

Aval hebt die Mundwinkel kaum an.

- Lieber nicht! Ich bin schon froh, wenn ich nichts Falsches sage.

Er lüftet das Taschentuch.

- Ich habe ein hübsches Stühlchen für euch gefunden.

Sie blinzelt und lässt ihren Blick unruhig flackern.

- Mein Traum erfüllt sich.

Aval wendet sich an Huch.

- Hast du auch einen Traum?

Er blickt vor sich hin.

- Im Moment nicht.

Aval übergibt Celina das Stühlchen.

- Stimmt die Größe?

Celina lacht mit weit offenem Mund.

- Es ist sehr hübsch.

Aval klaubt einen Filzstift aus der Tasche.

- Ich kann euch in die Stadt mitnehmen. Dort gibt es viel zu sehen.

Sie stülpt die Unterlippe nach vorn.

- Schade, kann das Stühlchen nicht reden! Ich würde gern wissen, was es will.

Er nimmt es ihr aus der Hand, malt einen Mund und 2 geschlossene Augen auf die kleine Lehne.

- Vielleicht wünscht es einen passenden Tisch.

Sie hebt die Brauen.

- Das stimmt. Gewisse Dinge gehören zueinander.

Er stellt das Stühlchen in den Sand.

- Seht ihr?

Huch reckt erwartungsvoll das Kinn.

- Was möchtest du uns zeigen?

Aval bleckt die Zähne.

- Das kannst du mit verbundenen Augen erkennen: Für sich allein ist das Stühlchen einfach Kunst, hat aber keine Bedeutung. Es ruft nach einem Tisch.

Das Stühlchen öffnet die Augen und den Mund.

- Hallo, ich bin euer etwas größeres Stühlchen.

Celina klatscht sich vor Freude auf die Schenkel.

- Es kann sprechen.

Das Stühlchen richtet den Blick salbungsvoll gegen den Himmel.

- Ich brauche dringend einen Tisch.

Eine Frau durchquert die Bucht mit hastigen Schritten.

- Hallo, ich bin Thalia Kenne.

Sie hat blonde Haare.

- Wollt ihr möglichst rasch in die Stadt gelangen?

Ein Lächeln fliegt über Celinas Gesicht.

- Es kann uns nicht schnell genug gehen.

Thalia hebt leicht die Nase.

- Schiff, Flugzeug, Auto? Was steht zuoberst auf eurer Liste?

Aval zieht den Kopf ein wenig ein.

- Das ist eine extrem schwierige Frage, weil wir uns entscheiden müssen.

Thalia sieht Huch ermunternd an.

- Was möchtest du benutzen?

Er steht in leichter Rücklage.

- Frag lieber Celina. Sie hat es eilig.

Celina schmunzelt pfiffig.

- Genau! Mir ist egal, was wir nehmen. Hauptsache, wir sind bald da.

Thalia atmet vernehmbar aus.

- Das erleichtert alles.

Sie klatscht in die Hände.

Aus dem See taucht ein Krokodil mit einer Harfe auf. Es spielt die Aria aus den Goldberg-Variationen von Johann Sebastian Bach.

Thalia schüttelt lächelnd den Kopf.

- Mein Krokodil ist etwas verspielt. Aber, wenn es darauf ankommt, schwimmt es außerordentlich schnell.

Celina klemmt das Stühlchen unter den Arm, setzt sich auf den Rücken des Krokodils.

- Leg die Harfe weg! Wir hören ein andermal Musik.

Aval beißt sich auf die Unterlippe.

- Darf man so harsch mit dem Krokodil sprechen?

Thalia schiebt die Harfe in den Sand.

- Weißt du, Stunden um Stunden vergehen, wenn es das

Konzert mit dieser Aria beginnt. Da muss man eine klare Sprache sprechen.

Aval schwingt sich hinter Celina auf den Rücken.

- Nur wenige Krokodile können Harfe spielen. Du solltest das schon ein bisschen mehr schätzen.

Thalia blickt Huch fragend an.

- Es hat noch Plätze frei. Wo möchtest du sitzen? Ganz hinten oder ganz vorn?

Huch weicht mit dem Oberkörper zurück.

- Wo sitzt du am liebsten?

Sie lächelt in sich versunken.

- Vorn. Da spüre ich, was in seinem Kopf vorgeht.

Er macht eine einladende Handbewegung.

- Nur zu! Ich möchte dir den Platz nicht streitig machen.

Thalia streicht dem Krokodil über den Kopf.

- Wie du willst! Dann setz dich ganz hinten hin. Das ist praktisch, nicht wahr?

Huch hält die Fingerspitzen seiner großen Hände gegeneinander.

- Das mag sein, aber ich reite erst mit euch, wenn die Zeit gekommen ist.

Celina hält demonstrativ das Stühlchen hoch.

- So lange können wir doch nicht warten. Mein Stühlchen braucht dringend einen Tisch.

Das Stühlchen krümmt die Lehne wie ein Fragezeichen.

- Habe ich mich nicht klar genug ausgedrückt?

Aval reckt den Kopf nach vorn.

- Mach dir keine Sorgen. Wir haben dich verstanden. Dringend heißt: sofort.

Thalia setzt ein besonders freundliches Lächeln auf.

- Es tut mir leid, die Mehrheit entscheidet. Wir müssen los, und du bleibst zurück.

Aval legt die Hände an die Hosennaht.

- Wir sind uns einig.

Das Krokodil schwimmt mit der kleinen Reisegruppe in den See hinaus.

Huch blickt in die Runde. Durchsichtig wie frisch poliertes Glas erscheint die Oberfläche. Es ist schwer abzuschätzen, wie tief das Wasser ist.

Ein Mann tänzelt mit Wippen und Hüpfen über den Strand.

- Hallo, ich bin Lennox Kali.

Er trägt eine schachschwarze Krawatte.

- Ist das deine Harfe?

Huch baumelt mit den Armen.

- Nein, sie gehört dem Krokodil.

Kali kann sich vor Lachen kaum halten.

- Das hast du im Scherz gesagt.

Huch hebt das Kinn.

- Warum meinst du?

Kali legt den Kopf schief.

- Kein Mensch glaubt dir, dass ein Krokodil Harfe spielen kann.

Eine Frau kommt federnden Schrittes.

- Hallo, ich bin Annelie Winn.

Sie trägt einen samtschwarzen Schal.

- Ich glaube es ihm.

Kali spreizt den kleinen Finger ab.

- Das wird doch nicht dein Ernst sein!

Annelie schaut ihm in die Augen ohne zu blinzeln.

- Es ist mein voller Ernst. Ich vertraue ihm.

Er lächelt unter seiner bunten Mütze hervor.

- Ich habe noch nie ein Krokodil Harfe spielen gehört.

Ein Mann schiebt sich breitbeinig über den Strand.

- Hallo, ich bin Emilio Clemens.

Er trägt ein Dinnerjacket.

- Geht es euch gut?

Annelie hält den Ellbogen zum Einhaken hin.

- Danke, uns geht es gut. Komm her!

Clemens hakt sich ein.

- Das ist eine freundliche Einladung.

Sie schlägt die Augen auf.

- Gibt es deiner Meinung nach Krokodile, die eine Harfe haben?

Er winkelt den Ellbogen in verschiedene Richtungen.

- Nichts kommt von nichts. Da steht eine Harfe. Sie ist sicher von einem Krokodil. Oder was denkst du?

Viertes Kapitel

Der aufgesägte Wohnanhänger

Annelie löst anmutig den Arm.

- Ich denke, deine Antwort ist richtig.

Sie blickt nach links zu Kali.

- Hast du gehört, was wir besprochen haben?

Er verlässt empört den Strand.

- Ich gehe.

Clemens hält den Kopf schief.

- Was hat er?

Annelie leckt sich die Lippen.

- Ich habe keine Ahnung. Frag ihn!

Er läuft Kali nach.

- He, warte auf mich! Was ist dein Problem?

Eine Frau hüpft seil, kommt näher.

- Hallo, ich bin Lorena Helferich.

Sie hat langes, eidechsengrünes Haar.

- Haben die beiden Männer Spaß?

Annelie klimpert mit den Harfensaiten.

- Sie sind weggerannt, bevor ich sie fragen konnte.

Lorenas Blick schweift zu Huch.

- Und du? Was machst du so?

Er blinzelt in der Sonne.

- Was schlägst du vor?

Sie reicht ihm das Seil.

- Du könntest hüpfen.

Er nestelt daran herum.

- Ist das ein Hanfseil?

Damian Brix tanzt in seinem Zickzack-Gang aus dem Uferwald, macht sich mit einem Räuspern bemerkbar.

- Hallo, ich bin zurück und habe einen anderen Stuhl gebracht.

Er stellt ihn in den Sand, winkt mit dem kaminfegerschwarzen Handschuh.

- Er ist kleiner als der erste, leider aber doch nicht gar so klein, dass er in ein Taschentuch eingeschlagen werden könnte.

Annelie stützt sich schräg darauf.

- Dieser Stuhl scheint mir genau richtig zu sein.

Brix verbeugt sich mit großer Geste nach allen Seiten.

- Ich habe es geschafft. Ich habe den rechten Stuhl gebracht.

Er schaut sich um.

- Wo ist Celina?

Huch spielt mit dem Seil.

- Sie ritt auf einem Krokodil in die Stadt.

Brix streckt die Hand aus.

- Woher hast du das Seil?

Huch weist auf Lorena.

- Von ihr.

Brix wippt mit den Fußspitzen.

- Das ist ein richtiges Hüpfseil.

Er tanzt um Lorena herum.

- Kannst du mir auch eins bringen?

Sie hält den Kopf hoch.

- Ja sicher, sogar nach Wunsch. Erinnerst du dich an das

erste Mal, als du seilgehüpft bist? Wie sah das Seil aus?

Brix schlägt die Augen nieder.

- Das ist lange her. Wahrscheinlich bin ich seilhüpfend zur Welt gekommen. Ich könnte keine Sekunde lang mit einem Hüpfseil stillstehen.

Huchs Gesicht hellt sich auf.

- Willst du es mit diesem Seil versuchen?

Brix wippt von einem Bein aufs andere.

- Das wäre großartig.

Er hüpft und springt davon.

- Ich mache es gerne.

Annelie stößt Huch mit dem Ellbogen in die Rippen.

- Wir könnten zu dritt eine Harfe zusammenbauen. Stell dich aufrecht hin. Ich stütze mich schräg auf den Stuhl. Und du, Lorena kommst in die Mitte, stellst dein wallendes Haar als Saiten zur Verfügung.

Er tastet seine Rippen ab.

- Welche Musik magst du?

Sie eilt zum Stuhl.

- Fragen beantworten wir später. Erst möchten wir die Harfe haben.

Eine Frau kommt wiegenden Schrittes.

- Hallo, ich bin Rieke Forell.

Sie trägt einen hautengen korallenroten Lederanzug.

- Darf ich mit euch die Harfe bilden?

Lorena spitzt die Lippen.

- Ja, du bist willkommen.

Rieke stellt die Brust vor und macht einen Hohlrücken.

- Ich wollte schon immer eine Harfe sein. Dank eurer Hilfe schaffe ich es.

Annelie stützt sich auf der Stuhllehne ab und beugt den Oberkörper vor.

- Macht es dich nervös, so gerade zu stehen?

Rieke entspannt ihre Schultern.

- Nein, überhaupt nicht.

Lorena lässt das eidechsengrüne wallende Haar in den Harfenbogen fallen, zeigt auf Huch und lacht.

- Sei kein Spielverderber! Streif mit den Fingerspitzen über mein Haar.

Er spielt mit ihren Haaren.

- Wenn du es unbedingt willst.

Die Musik hüllt ihn in eine schwerelose Klangwolke ein.

Annelie richtet sich auf.

- Entschuldigt bitte, das ist sehr anstrengend, sich so schräg aufzustützen.

Lorena fährt sich mit der Hand durch die Haare.

- Du warst ausgezeichnet. Wir müssen das ganze Experiment auf Film aufnehmen.

Rieke tanzt den Strand entlang.

- Ich hole die Kamera.

Annelie lächelt Huch zu.

- Hast du schon einen Titel?

Er legt den Arm an den Körper.

- Für was brauchst du einen Titel?

Sie klopft mit den Fingerkuppen auf die Stuhllehne.

- Für dein Harfenstück.

Huch lächelt von Ohr zu Ohr.

- Du kannst es irgendwie benennen.

Lorena gräbt ihre Füße in den feinen Sand.

- Wenn ich nur eine Sekunde diese Musik höre, bin ich ein

ganzes Jahr lang glücklich.

Annelie tippt mit dem Zeigefinger an die Schläfe.

- Wie lang hat das Stück eigentlich gedauert?

Sie geht wieselflink fort.

- Wir müssen die Zeit stoppen. Ich hole eine Uhr.

Lorena schaut Huch an, schiebt die Unterlippe vor.

- Aber du wirst doch hoffentlich nicht auch noch davon-rennen.

Er flaniert am Ufer.

- Nein, das habe ich nicht vor. Ich möchte nur sehen, wie es hinter der Bucht aussieht.

Sie verlassen den Strand, treten in den Wald. Zwischen Bäumen geht es einen gewundenen Weg hinauf. Ein flirrendes Spiel aus Schatten und Sonnenflecken tanzt über ihre Körper. Auf der Höhe des Bergrückens finden sie eine enge, asphaltierte Waldstraße.

Zwischen mächtigen Wurzelsträngen liegt ein Mann auf dem Rücken.

- Hallo, ich bin Colin Arias.

Er trägt ameisenschwarze Schuhe.

- Passt auf! Die Bäume haben Ohren. Sie hören eure Worte. Die Wurzeln prägen sie der Straße ein, und ihr stolpert über eure eigenen Sätze.

Lorena hüpft in vielen kleinen Sprüngen zurück.

- Dann dürfen wir ja gar nichts mehr sagen.

Arias beobachtet sie aufmerksam.

- Beklagen wir nicht, dass die Bäume Ohren haben! Wir sollten uns im Gegenteil daran erfreuen, dass sie unsere Straße verändern.

Eine Frau klettert die Böschung hinauf.

- Hallo, ich bin Samira Clearwater.

Sie trägt eine winzige Sonnenbrille.

- Könnt ihr mir einen Satz sagen, über den ich sicher nicht stolpern werde?

Ein Mann schlurft über die Waldstraße.

- Hallo, ich bin Oliver Hollinder.

Er trägt einen gleißend weißen Smoking.

- Mach es wie ich! Ich spreche einfach frei heraus, zensiere nichts.

Seine Worte werden in sperrigen Buchstaben aus der Straße herausgedrückt.

Lorena schüttet sich aus vor Lachen.

- Das ist ja die reinste Stolperstraße.

Hollinder kehrt um, entfernt sich.

- Ich war vorschnell. Soll ich es bereuen?

Arias richtet sich auf.

- Das ist nicht weiter schlimm. Du wolltest eben gleich beginnen.

Samiras Blick fällt auf Huch.

- Könntest du mir bitte einen Satz sagen?

Er holt tief Luft.

- Denkst du an einen kurzen oder an einen langen Satz?

Eine Frau läuft quer durch den Wald.

- Hallo, ich bin Alma Leuninger.

Sie trägt eine lilienweiße Strickjacke.

- Darf ich eure Füße anschauen?

Lorena hebt leicht die Nase.

- Einige Füße sind interessant, andere nicht.

Alma lächelt entschuldigend.

- Eigentlich interessiere ich mich nur für die Schuhe.

Arias kreuzt die Arme über der Brust.

- Ich habe meine Schuhe poliert.

Samira öffnet die Lippen.

- Meine Schuhe sind 5 Jahre alt.

Alma mustert Huch von Kopf bis Fuß, sieht ihn erstaunt an.

- Deine Schuhe sind genauso groß wie meine. Wir haben auch dieselben Probleme.

Huch biegt die Finger ein.

- Ich weiß nicht, welche Probleme du meinst.

Sie schiebt die Oberlippe leicht vor.

- Du bist doch aufgefordert worden, einen Satz zu sagen.

Er faltet die Hände vor dem Bauch.

- Ich bin schon als Kind aufgefordert worden, einen Satz zu sagen. Das erlebe ich nicht als Problem.

Lorena drückt den Rücken durch.

- Denk an Oliver! Er sagte etwas frei heraus und drohte zu stolpern.

Arias tippt sich mit der Fingerspitze gegen das Kinn.

- Ich hatte ihn gewarnt.

Samiras Augen beginnen zu leuchten.

- Hast du einen Satz, über den wir nicht stolpern werden?

Alma kehrt den Handteller nach oben.

- Es könnte sein. Ich würde eben direkt zu den Bäumen sprechen. Das ist meine Idee.

Lorena sieht sich im Kreis um.

- Das solltest du unbedingt versuchen. Vielleicht hören sie auf dich.

Alma wendet sich an die Bäume.

- Könnt ihr euch mal kurz aufs Ohr legen?

Die sperrigen Buchstaben schrumpfen. Die Waldstraße

glättet sich.

Arias reckt das Kinn vor.

- Das war der Satz, den die Bäume hören wollten. Jetzt ist die Waldstraße wieder begehbar.

Samira entblößt beim Lächeln die obere Zahnreihe.

- Hebt den Daumen hoch!

Alma schlägt den Blick auf.

- Das ist eine gute Idee. Ich würde gern eure Daumen sehen.

Lorena verzieht die Augenbrauen.

- Warum soll ich nicht die Zehen zeigen?

Arias macht einen langen Hals.

- Ich möchte gern wissen, warum du das fragst.

Samiras Lippen deuten ein Lächeln an.

- Sie interessiert sich doch für unsere Füße.

Alma lacht mit weit aufgerissenem Mund.

- Jetzt nicht mehr! Nun ist der Daumen an der Reihe.

Huch hält den Daumen hoch.

- Du hast die Bäume sehr geschickt angesprochen. Die Waldstraße ist frei, und wir können unbehelligt weitergehen.

Sie lässt den Blick entspannt über seinen Daumen gleiten.

- So viele Menschen, so viele Daumen.

Lorena zuckt mit dem Körper.

- Willst du auch meinen ansehen?

Alma nimmt ihre Hand, tastet den Daumen ab.

- Wenn ich deinen Daumen hätte, würde ich ihn tanzen lassen.

Lorena bewegt den Daumen.

- Du machst einen Scherz. Daumen können doch nicht

tanzen.

Arias lässt den Daumen etwas gebogen hängen.

- Meiner schon. Er ist ganz wild aufs Tanzen.

Sein Daumen fällt von der Hand, springt auf die Waldstraße und trippelt davon.

Arias rennt ihm nach.

- Tanzen habe ich gesagt, nicht davonlaufen.

Samira rafft das Kleid.

- Müssen wir eigentlich hier bleiben oder gehen wir weiter?

Huch geht voran, betrachtet das dichte Blattwerk über sich.

- Die Bäume blockieren den Weg nicht mehr. Wir können frei sprechen.

Lorena berührt mit der Hand seine Achsel.

- Und worüber reden wir?

Samira saugt die Luft tief durch die Nase ein.

- Am meisten interessieren mich die Fragen: Wer ist allein? Wer hat einen Freund?

Alma mustert ihren Daumen.

- Ich glaube, dass du einen Freund hast.

Sie biegt und krümmt den Daumen.

- Wie kommst du darauf?

Alma lehnt an einen Baum.

- Das sehe ich deinem Daumen an.

Sie atmet den Duft eines Blütenstrauchs.

- Aber Vorsicht! Das war ein Spaß. Ich sagte es nur zum Vergnügen.

Ligusterschwärmer schwirren pfeilschnell von Blüte zu Blüte.

Lorena lässt die Schultern hängen.

- Wir brauchen etwas Essbares.

Der Wald lichtet sich. Am Wegrand plätschert ein Brunnen. Huch kühlt seine Hände im Trog, wird von einem Flugschatten gestreift, hebt den Kopf, sieht einen fliegenden Fisch. Er gleicht einem Hai. Über seinem Maul ragt eine lange zweischneidige Säge mit Zähnen vor.

- Wie heißt der Fisch?

Samira reibt sich die Augen.

- Das ist ein Sägefisch.

Alma legt die Hand an die Wange.

- Ich habe noch nie einen fliegen gesehen.

Lorena fährt sich mit der Hand durchs Haar.

- Ich liebe ihn. Wir dürfen nicht zu laut reden. Sonst ist er gleich weg, und wir sehen ihn nie wieder.

Samira geht leicht vorgebeugt.

- Vergesst den Fisch! Ich würde lieber etwas zu essen sehen.

Huch entdeckt einen riesigen Baum, der Blätter in Sonnenschirmgröße trägt. An den Ästen hängen Gitarren in allen Farben und Größen. Zwischen den mächtigen Wurzeln steht ein aufgesägter Wohnanhänger.

Huch geht zur Tür.

- Klopfen wir doch an!

Ein Mann kommt hinter dem Baum hervor.

- Hallo, ich bin Milo Goldreich.

Er trägt ein zerschlissenes Hemd, hat schwarzweiß gestreifte Haare wie ein Zebra.

- Anklopfen nützt nichts. Ich krieg die Tür nicht auf.

Samira streicht mit der Hand über die Schnittkante an der

Vorderwand.

- Ah, deshalb hast du den Anhänger aufgesägt.

Goldreichs Augen blitzen.

- Nein, das war nicht ich. Das hat der Sägefisch getan.

Alma untersucht die Tür auf der Rückseite des Wohn-anhängers.

- Ich sehe weder Schloss noch Klinke.

Er trommelt ungeduldig mit den Fingern der linken Hand auf den Scanner, der neben der Tür in einem eckigen Loch in die Wand eingelassen ist.

- Da ist der Sensor. Eigentlich sollte ich nur den Daumen darüber ziehen. Dann gibt das System den Zugang frei.

Alma legt ihre Hand auf Huchs Hand.

- Probiere es mit deinem Daumen.

Huch atmet tief durch.

- Das sollten wir erst diskutieren. Wenn ich die Tür auf-kriege, verliert Milo das Vertrauen ins System.

Goldreich stößt geräuschvoll Luft aus.

- Sicher nicht! Ich habe doch sozusagen ein offenes Haus.

Huch zieht den Daumen über den Sensor. Die Tür springt auf.

- Ich würde gern herausfinden, was du jetzt denkst.

Goldreich kneift die Augenbrauen zusammen.

- Die Tür bewegt sich in die richtige Richtung. Kommt rein!

Lorena wirft die Lippen auf.

- Was hast du für ein Hemd?

Er fingert ziellos am ausgefransten Ärmel herum.

- Das ist mein letztes Hemd. Doch ich würde es hergeben für...

Sie fällt ihm ins Wort.

- Für eine schöne Frau.

Goldreich lässt die Hände sinken.

- Eigentlich dachte ich an die Musik. Aber wenn jetzt eine Frau käme und mich fragen würde: Gibst du mir dein letztes …

Lorena schneidet ihm das Wort ab.

- Keine Frau will so ein Hemd.

Sie tritt in den aufgesägten Wohnanhänger.

- Du solltest die Tür neu streichen. Sicher, das ist gut fürs Holz.

Samira folgt ihr.

- Ich möchte wissen, ob du etwas zum Essen hast.

Goldreich geht in den Anhänger. Das Besteck klemmt mangels Möbeln hinter einem Holzbrett an der Wand.

- Da wären also Messer, Gabeln, Löffel. Braucht ihr sonst noch etwas zum Essen?

Alma kommt herein.

- Das sind je 5. Es reicht für uns alle.

Er deutet auf eine veraltete Einbauküche.

- Weiß jemand, wer die Einbauküche erfunden hat?

Samira tastet sich Schritt für Schritt voran.

- Ich nicht. Ich würde lieber etwas Essbares finden.

Goldreich schaut sich um.

- Warum interessierst du dich nicht für die Einbauküche?

Sie beißt sich auf die Unterlippe.

- Weil ich Hunger habe, darum.

Lorena klimpert mit den Wimpern.

- Ich bin sicher, ein Sandwich oder etwas in der Art würde ihr guttun.

Eine zeppelingroße Erdnuss fliegt um den Baum. Daran

ist ein Einkaufswagen wie eine Gondel gehängt.

Ein Mann sitzt darin und winkt.

- Hallo, ich bin Frederik Harder.

Er hat kurze Haare.

- Ich habe eine Erdnuss.

Goldreich hält sich die Hände wie Hasenohren an die Schläfen.

- Hast du Erdnuss gesagt?

Harder zieht die Nasenlöcher leicht zusammen.

- Wieso? Hast du eine Erdnussallergie?

Goldreich lässt die Schultern hängen.

- Nein, ich hoffe nicht.

Harder landet neben dem riesigen Baum, klettert aus dem Einkaufswagen.

- Das war das erste Mal, dass ich mit einer Erdnuss geflogen bin.

Samira wirft ihm feurige Blicke zu.

- Kann man sie essen?

Harder legt den Knöchel des Mittelfingers an die Schläfe.

- Ja sicher, sie ist frisch geröstet und nirgends zerquetscht.

Alma springt aus dem Wohnanhänger, berührt die Schale des Erdnusszeppelins.

- Sie fühlt sich wie Sandpapier an.

Lorena stellt sich neben sie.

- Wir müssen sie aufbrechen.

Goldreich geht um die Erdnuss herum.

- Man muss nur versuchen, vorsichtig zu sein, denke ich.

Samira bekommt Herzklopfen vor Aufregung.

- Sie ist riesig, aber ich mag sie trotzdem.

Harder faltet leicht die Stirn.

- Die ganze?

Sie berührt die Erdnuss flüchtig, wie zufällig.

- Sicher nicht! Ich hätte einfach gern ein Stück.

Alma untersucht die Nase des Zeppelins.

- Das würde eine schöne Badewanne geben.

Sie wendet sich an Huch.

- Kannst du sie mir hübsch rund heraussägen?

Er lässt den Blick suchend über den Himmel gleiten.

- Mal sehen, was sich tun lässt.

Lorena legt den Arm um seine Hüfte.

- Denkst du an den Sägefisch? Kannst du ihn anlocken?

Goldreich macht eine eher abwehrende Bewegung mit der Hand.

- Sägefische sind sehr scheu.

Samira lässt Schulter und Kopf hängen.

- Und ich bin hungrig.

Harder hält die Beine eng zusammen.

- Ich weiß, dass du ein Stück Erdnuss essen willst.

Alma schenkt Huch einen fragenden Blick.

- Kannst du dich nicht darum kümmern?

Er lässt seinen Blick in die Runde schweifen.

- Doch, das kann ich. Es gibt nur eine Schwierigkeit. Wir haben keine Säge.

Eine Frau schleicht geduckt durchs Unterholz.

- Hallo, ich bin Meliha Brehm.

Sie trägt eine enge Bluse und hat einen Korb mit bunten Papierröllchen.

- Willst du ein Los ziehen?

Huch inspiziert die Lose aus den Augenwinkeln.

- Vielleicht möchte jemand vor mir sein Glück versuchen.

Lorena klaubt ein Los heraus.

- Die Chancen stehen gut für mich.

Sie öffnet es.

- Ich habe eine Niete. Das Glück ist gegen mich.

Goldreich greift nach einem Los.

- Aus was für Papier sind die Lose gemacht?

Meliha schlägt die Augen auf und lächelt.

- Das ist Glückspapier.

Er neigt den Kopf nach vorn.

- Das tönt vielversprechend.

Sie reckt den Hals.

- Wie heißt du?

Seine Zunge berührt die Oberlippe.

- Milo Goldreich.

In ihren Augen blitzt es.

- Also, Milo, stell dir vor, du wärst ein Tier. Das bringt Glück.

Goldreich entrollt das Los sorgfältig.

- Wenn ich ein Tier wäre, würde ich ein Eichhörnchen sein.

Er zerknüllt das Los, wirft es weg, bedeckt das Gesicht mit beiden Händen.

- Das ist eine Niete.

Samira atmet tief ein.

- Was ist? Möchtest du jetzt ein Tier sein?

Goldreich rast den Stamm hoch, verwandelt sich in ein Eichhörnchen mit Zebrafell und Pfauenfedern im Schwanz.

- Wie weit ist es von hier bis zum Wipfel?

Alma legt den Kopf in den Nacken.

- Ungeheuer weit! Das ist ein riesiger Baum. Hast du noch weitere Fragen?

Goldreich reißt eine Gitarre vom Ast.

- Nein, für den Moment nicht.

Er spielt die ersten Takte der Nussknacker-Suite von Tschaikowski.

- Ich will etwas anderes sagen. Aber das kann ich nur mit Musik ausdrücken.

Der Sägefisch erscheint wie ein Strich am Himmel, stürzt herab, tanzt in einem pinkfarbenen Tutu um den Baum.

Lorena hüpft durch die Luft.

- Du hast ihn angelockt, bist wirklich ein guter Gitarrist.

Goldreich zieht den Mund breit.

- Lasst doch einfach die Musik sprechen. Müsst ihr immer dreinreden?

Samira springt auf eine Wurzel.

- Ich habe eben ein Stück Nuss bitter nötig. Bring das dem Fisch bei!

Alma winkt.

- Hallo, Milo! Kannst du uns sehen?

Harder tritt neben sie.

- Ich befürchte nicht. Er hat nur noch Augen für den Sägefisch.

Meliha legt die rechte Hand aufs Herz, verbeugt sich leicht.

- Milo ist ein wunderschöner Spieler. Außerdem ist er der beste Verlierer, den ich kenne. Andere werden wütend, wenn sie eine Niete ziehen. Aber er macht Musik.

Der Sägefisch kreist um die Nase der Erdnuss, sägt ein badewannengroßes Stück Schale ab.

Lorenas Augen funkeln.

- Manche Leute glauben, dass die Nussknacker-Suite glücklich macht.

Samira bricht ein Stück Erdnusskern ab.

- Ich glaube es nicht nur, ich weiß es.

Sie schiebt das Stück in den Mund.

- Habt ihr Erdnuss auch gern?

Alma guckt die abgesägte Schale an und lächelt in sich versunken.

- Natürlich! Aber zuerst möchte ich baden.

Harder klettert in den aufgesägten Wohnanhänger.

- Hoffentlich mache ich nichts falsch, wenn ich hier Wasser hole.

Samira fragt mit vollem Mund.

- Hast du eine Erlaubnis, den Anhänger zu betreten?

Harder kratzt sich hinter dem Kopf.

- Nein, leider nicht. Ich bin einfach nie gut genug organisiert.

Alma wirft einen verwirrten Blick auf Goldreich.

- Darf Frederik in den Wohnanhänger?

Fünftes Kapitel

Das Nilpferd

Goldreich verdreht die Augen.

- Ihr könnt alles nehmen und haben, was ich besitze. Es gibt nur eine Regel: Wenn ich die Nussknacker-Suite spiele, möchte ich nicht gestört sein.

Lorena breitet mit leicht durchgebeugtem Knie die Arme aus.

- Schaut ihn an! Er wird ein guter Musiker werden.

Samira schluckt.

- Woran es im Moment vor allem mangelt, ist Wasser. Ich nähme nämlich auch furchtbar gern ein Bad.

Alma streckt den Arm gebieterisch aus.

- Du bist nach mir an der Reihe. Ich bade zuerst.

Harder steigt mit einer Schlauchhaspel aus dem Wohn-anhänger.

- Habt ihr einen Brunnen gesehen?

Lorena wippt in den Knien.

- Komm mit!

Er sagt mit einem Augenzwinkern zu Huch.

- Ich trage die Haspel, und du hältst die Brause.

Huch verschränkt die Arme.

- Was ist das Schlimmste, was dabei passieren kann?

Meliha fährt mit dem Finger über den Schlauch.

- Da kann gar nichts passieren. Der Schlauch ist ordentlich aufgerollt. Du musst ihn einfach bei der Brause halten.

Dann haspelt er sich von selber ab. Soll ich das für dich machen?

Er schließt die Augen.

- Wie wäre es, wenn Frederik mit der Haspel stehen bleibt, während ich den Schlauch zum Brunnen ausziehe?

Harder marschiert los.

- Das wäre auch eine Möglichkeit.

Meliha hält die Brause hoch.

- Aber wir sind schon gestartet.

Lorena geht voran.

- Frederik, du bist fähig und interessant.

Harder folgt ihr mit der Haspel.

- Es geschieht manchmal, dass ich etwas zustande bringe.

Sie führt ihn zum Brunnen.

- Nein, das überzeugt mich, wie du die Haspel trägst. Der Schlauch rollt ab und ab. Das wirkt gekonnt.

Er beschleunigt seine Schritte.

- Feuerwehrleute könnten es besser.

Lorena setzt sich auf den Brunnenrand.

- Ich bin sicher, dass du der Beste bist.

Harder stellt die Haspel ab.

- In dieser Welt kann man nichts sicher sagen.

Er schraubt das Hahnstück an die Brunnenröhre.

- Ich möchte diesen Schlauch wirklich anschließen, aber ich bin mir nicht sicher, ob es gelingt.

Zunächst spritzt das Wasser auf alle Seiten, doch dann schießt es in den Schlauch, füllt und strafft ihn.

Lorena legt die Hände als Trichter an den Mund.

- Das Wasser kommt!

Meliha öffnet die Brause, lenkt den Strahl in das Schalenstück.

- Eine Badewanne ohne Wasser ist wie eine Erdnuss ohne Kern.

Während unten das Wasser aus der Brause plätschert, rutscht Lorena vom Brunnenrand, tätschelt Harder auf die Schulter.

- Das Wasser läuft. Möchtest du mit mir im Wald verschwinden?

Er blickt sie mit leicht gesenktem Kopf an.

- Was machen wir dort?

Sie hüpft ein paar Meter.

- Ich würde mich gern mit dir unterhalten.

Harder schüttelt verwundert den Kopf.

- Aber ich kenne dich nicht sehr gut.

Lorena lässt den Blick unverwandt auf ihm ruhen.

- Bist du schüchtern?

Er schlägt die Hände vors Gesicht.

- Überhaupt nicht!

Sie laufen in den Wald hinein. Lorena hängt ihn ab, blickt zurück.

- Fang mich, wenn du kannst!

Sie prallt gegen ein Nilpferd, das quer liegt.

- Könntest du aufhören, den Weg zu sperren?

Das Nilpferd steht langsam auf, trottet aus dem Wald.

Harder hebt seine Augenbrauen zur Mitte hin.

- Ich hoffe, wir haben es nicht gestört.

Das Nilpferd geht zum Brunnen, schnuppert am Schlauch, stellt sich darauf.

Beim Bad unten schraubt Meliha an der Brause.

- Es kommt kein Wasser mehr.

Samira zieht die Stirnfalten zusammen und verengt die Augen.

- Wir kümmern uns darum.

Meliha legt die Brause ab.

- Was habt ihr vor?

Alma hält mit gerecktem Hals Ausschau.

- Wir gehen dem Schlauch nach. Vielleicht hat er ein Loch oder einen Knoten.

Samiras Blick schweift zu Huch.

- Würdest du uns gern helfen?

Er sagt mit einem vorsichtigen Lächeln.

- Es gibt verschiedene Arten von Hilfe. Denkst du an eine ganz bestimmte?

Meliha zuckt nur mit den Achseln.

- Komm einfach mit.

Sie folgen dem Schlauch, bis sie zum Nilpferd gelangen.

Samira beißt sich auf die Unterlippe.

- Das ist ein Tier, vor dem man sich fürchten muss.

Alma beschwichtigt sie.

- Tu mir einen Gefallen und bleib ganz ruhig.

Meliha legt Samira die Hand auf die Schulter.

- Dieses Nilpferd ist sehr freundlich.

Samira blickt scheel drein.

- Ja, aber es sollte seine Pause woanders machen.

Alma tritt hinter Meliha und fasst sie um die Taille.

- Sprich mit ihm! Vielleicht hört es auf dich.

Sie streift ihren Arm ab, geht zum Nilpferd.

- Willst du den Platz wechseln?

Es bläht die Nüstern.

Meliha weicht zurück, schaut Huch mit bitterem Blick von

der Seite an.

- Kannst du uns sagen, was das bedeutet?

Er betrachtet das Nilpferd.

- Ich könnte mich erkundigen.

Das Nilpferd schreit leidenschaftlich.

Huch setzt sich auf den Schlauch.

- Darf ich dir ein paar Fragen stellen?

Ein Mann stapft den Hang hinauf.

- Hallo, ich bin Leopold Master.

Er trägt einen Filzhut.

- Das Nilpferd ist müde.

Samira ringt die Hände.

- Es steht auf unserem Schlauch. Was können wir tun?

Master kräuselt ein wenig die Nase.

- Es gibt Wörter, die man nur aussprechen muss, und schon schwingen sie im Gehirn des Nilpferds mit.

Alma schickt ein Zucken durch die Augen.

- Das musst du uns zeigen.

Er befeuchtet mit der Zunge die Unterlippe.

- Gras.

Das Nilpferd schließt die Augen.

Meliha blinzelt nervös.

- Das ging daneben. Jetzt schläft es noch ein.

Samira geht in die Hocke.

- Kann ein Nilpferd im Stehen schlafen?

Alma beugt den Oberkörper zur linken Seite.

- Du meinst, ob es im Schlafen stehen kann?

Samiras Augen funkeln.

- Das ist doch das Gleiche.

Alma schnappt nach Luft.

- Nein, das sind himmelweite Unterschiede.

Meliha verdreht die Augen.

- Wir möchten doch einfach, dass sich das Nilpferd bewegt.

Master hebt den Kopf.

- Ein Schritt würde genügen, aber leider hat mein Wort noch nicht gewirkt.

Sie wirft Huch einen Blick zu.

- Du hast doch versprochen zu helfen.

Eine Frau schreitet langsam heran, geht auf ihn zu.

- Hallo, ich in Laila Lazo.

Sie hat langes helles Haar und dunkle Augen, bringt ein leuchtendes Michelinmännchen, das wie ein Schlüssel-anhänger an einer kurzen Kette baumelt.

- Es gibt viele Sätze. Kannst du dir einen ausdenken und sagen?

Huch steht auf.

- Ja, das kann ich.

Laila übergibt ihm das Michelinmännchen.

- Bravo, du hast gewonnen!

Samira hüpft auf und ab.

- Wir sind nicht vergebens dem Schlauch nachgegangen. Wir haben ein Michelinmännchen erhalten.

Alma klopft Huch auf die Schulter.

- Wir sind ein super Team! Egal, was wir probieren, wir schaffen es.

Meliha berührt sein Ohr.

- Was hast du lieber? Ein Michelinmännchen aus Glas oder aus Kunststoff?

Ein Lächeln huscht über seinen Mund.

- Aus was besteht das Männchen, das wir gewonnen haben?

Master schnuppert daran.

- Das ist aus Kunststoff.

Das Nilpferd gibt sich einen Ruck.

Laila ruft mit gurrender Stimme.

- Es bewegt sich!

Es reckt den Kopf, nähert sich dem Michelinmännchen.

Samira trampelt und hopst.

- Der Schlauch ist wieder frei. Ich muss mich gewaltig beherrschen, dass ich nicht losheule vor Freude.

Alma zupft an Huchs Jackenärmel.

- Gib mir das Michelinmännchen!

Er weicht aus.

- Moment! Mich nimmt schon sehr wunder, was das Nilpferd bewegt.

Meliha schaut in sein Gesicht.

- Du meinst, was ihm das Michelinmännchen bedeutet?

Das Nilpferd schnüffelt.

Huch hält ihm das Männchen hin.

- Gefällt es dir?

Master streckt erklärend die Hand vor.

- Es kann Glas und Kunststoff unterscheiden. Soviel ist sicher.

Laila steigt aufs Nilpferd.

- Es ist grau. Das ist meine Lieblingsfarbe.

Samira läuft zur Brause.

- Nehmt bitte die Hauptaufgabe unsres Teams ernst.

Alma steht der Mund offen.

- Was ist das?

Samira dreht die Brause auf.

- Wir haben wieder Wasser und müssen das Bad füllen.

Alma rennt zur Wanne, erkundet die Wassertemperatur mit der großen Zehe.

- Von jetzt an bin ich beschäftigt und kann mich nicht mehr um euer Nilpferd kümmern. Ich nehme ein Duschbad.

Meliha umarmt den Kopf des Nilpferds innig.

- Mach dir keine Sorgen. Wir bleiben bei dir und schauen für dich.

Um Masters Mundwinkel zuckt links ein leises Lächeln.

- Ich fürchte, du kannst mit ihm keine Beziehung eingehen. Es ist unzuverlässig.

Laila steigt ab, streichelt das Nilpferd.

- Ich vertraue dir. Möchtest du eine Krawatte tragen?

Das Nilpferd quiekt.

Meliha lässt ihre Arme fliegen wie Schmetterlinge.

- Ein Quiekser bedeutet ja. Es redet sogar mit uns.

Master sagt augenzwinkernd zu Huch.

- Leider habe ich keine Krawatte. Und es sieht so aus, als könntest du auch keine aus der Tasche zaubern.

Huch streicht sich mit der Hand nachdenklich über das Kinn.

- Glaubt ihr wirklich, dass es schlau ist, dem Nilpferd eine Krawatte anzulegen?

Ein Mann bummelt mit schlenkernden Hüften durch den Hang.

- Hallo, ich bin Adam Hack.

Er trägt einen watteweißen Frack und eine lange, gestreifte Krawatte.

- Wollt ihr meine?

Meliha macht ein fragendes Gesicht.

- Ist sie lang genug?

Hack löst den Knopf.

- Es kommt auf einen Versuch an.

Master meint mit Blick auf den breiten Hals.

- Das Nilpferd braucht eine spezielle Größe.

Lailas Stimme klingt kratzig.

- Das ist schon klar. Aber viel wichtiger ist die Frage, ob ihm die Krawatte gefällt.

Hack betrachtet das Nilpferd von oben bis unten.

- Streifen passen zu dir.

Meliha tritt vor Ungeduld von einem Bein aufs andere.

- Leg sie ihm an. Ich will sehen, wie es reagiert.

Er hebt die Pupillen zu den Augenlidern.

- Ich bin mir nicht sicher, ob ich das kann.

Meliha lehnt sich gemütlich an Huch an.

- Für dich ist das ein Klacks. Du verstehst dich prima mit dem Nilpferd.

Er fragt Hack.

- Willst du dir die Krawatte nicht wieder selber umbinden?

Hack richtet sich in Schrittstellung auf.

- Soll ich dir zeigen, wie man den Knoten schlingt?

Huch spielt mit dem Michelinmännchen.

- Ja, ich hätte gern eine kleine Vorführung.

Master drängt sich dazwischen.

- Das wird nie enden. Darf ich das übernehmen?

Er nimmt Hack die Krawatte ab und legt sie dem Nilpferd um den Hals.

- Pass gut auf! Mein Knoten ist ziemlich einzigartig.

Seine Finger tanzen mit dem Stoff. In Sekundenschnelle

hat er den Knoten geschlungen und angezogen.

Er schielt zu Laila hinüber.

- Träumst du jetzt von mir?

Sie grinst über beide Ohren.

- Wie kommst du darauf?

Master zieht an der Krawatte.

- Das ist doch ein traumhafter Knoten.

Das Nilpferd hebt den Kopf, um ihn zu präsentieren.

Laila fährt sich mit der Zunge über beide Lippen.

- Ich wünschte, ich hätte ein Bett. Dann würde ich eine Runde schlafen und vielleicht von dir träumen.

Eine Frau und ein Mann tragen ein pinkfarbenes Prinzessinnenbett durch den Hang.

Die Frau hat einen birkenweißen Rock und eine schattenschwarze Bluse an. Auf ihrem Rücken schimmert ein goldfarbener Faltrucksack.

- Hallo, ich bin Kim Donovan.

Der Mann trägt einen kalkweißen Rollkragenpullover.

- Hallo, ich bin Jamie Brink.

Kim stellt das Bett am Fußende ab.

- Du liegst ab, zählst auf 3 und träumst.

Brink setzt das Bett vorsichtig am Kopfende ab.

- Du solltest aber darauf achten, nicht zu viel zu träumen.

Meliha lässt die Arme locker baumeln.

- Als ich ein Kind war, träumte ich immer von einem Nilpferd.

Laila legt sich ins Prinzessinnenbett.

- Verschont mich für einen Moment mit dem Nilpferd. Ich brauche jetzt Ruhe.

Kim klaubt eine leere Sprechblase aus dem Faltrucksack,

deckt Laila zu.

- Hier ist etwas Stille.

Master schließt die Augen zu seinem Spalt.

- Während du schläfst und hoffentlich von mir träumst, wasche ich die Haare. Wenn du dann aufwachst, sind sie frisch gekämmt und geföhnt.

Er läuft zur Badewanne hinunter.

Hack geht langsam, mal hierhin, mal dorthin, als versuche er, den richtigen Weg zu finden.

- Das Nilpferd braucht dringend auch ein Bett. Aus Erfahrung weiß ich, dass man mit einer Krawatte am Hals extrem müde wird.

Das Nilpferd gähnt.

Meliha legt die Hände zusammen.

- Da seht ihr es.

Hack zieht aus seinem watteweißen Frack eine Sanduhr.

- Wir stehen einfach rum und verlieren Zeit.

Das untere Glas klirrt, bekommt einen Sprung. Sand rieselt heraus.

Kim nimmt eine Sandmühle aus dem Faltrucksack, kniet nieder, fängt den Sand auf.

- Lass das meine Sorge sein. Wir verlieren keine Zeit.

Der Sand rieselt in die Mühle, treibt den Rotor und ein Musikspiel an.

Brink stellt die linke Hüfte aus.

- Was ist das für eine Melodie? Ist das ein bestimmter Song? Und wer ist der Komponist?

Kim lächelt gelöst.

- Das ist der Song „Zu meiner Zeit" von Mozart.

Meliha hält die Hand ans Ohr.

- Die Musik gibt mir Mut. Jetzt bin ich sicher, dass wir es gemeinsam schaffen, das Nilpferd zu retten.

Huch stemmt die Hände in die Hüften.

- Zieht ihm doch einfach die Krawatte wieder ab.

Hack schiebt die Sanduhr in die Tasche zurück.

- Du hast Recht. Es ist überhaupt nicht glücklich.

Kim versorgt die Sandmühle im Faltrucksack.

- Ich verstehe seine Gefühle. Mit einer Krawatte fühlt man sich irgendwie eingeengt.

Brink pustet kurz, als wollte er etwas Lästiges von den Lippen bekommen.

- Wir könnten zu einem Fluss gehen. Wenn es Lust hat, läuft es mit. Dann sehen wir, ob es sich dort wohlfühlt.

Meliha blickt dem Nilpferd ins Gesicht.

- Sollen wir dir die Krawatte abziehen?

Es quiekt.

Hack tippt kurz an den Kopf.

- Ich habe es geahnt. Es sagt ja.

Kim faltet die Hände vor dem Bauch.

- Sein Traum ist, am Fluss ein ruhiges Leben zu führen.

Brink löst den Knopf.

- Mir fällt auf, dass es gleich ruhiger atmet.

Meliha nimmt ihm die Krawatte ab.

- Ich kümmere mich persönlich darum.

Sie gibt sie Hack zurück.

- Was für ein Stoff das ist!

Er legt die Krawatte an.

- Es sieht so aus, als würde sie dich beeindrucken.

Kim dreht sich wie eine Tanzmaus.

- Das ist untertrieben. Sie hat nur noch Augen für deine

88

Krawatte.

Brink zappelt wie eine Marionette.

- Sie schwärmt dafür. Ihr solltet unbedingt heiraten.

Meliha lässt den Blick schweifen.

- Ich schaue mich lieber um, bevor ich mich entscheide.

Sie atmet tief durch die Nase ein.

- Ich möchte einen Mann, der mir gefällt.

Hack nestelt an seiner Krawatte.

- Ich zähle auf dein Jawort.

Meliha wuchtet den rechten Arm von der Herzgegend zur Stirn hoch.

- Warum?

Er tigert um das Nilpferd herum.

- Ich trage eine Krawatte.

Sie grätscht die Waden nach außen.

- Bist du stolz darauf?

Hacks Mundwinkel flattern.

- Nein, aber das sollte man unbedingt bedenken.

Meliha strahlt Huch an.

- Ich kann meine Augen nicht von dir abwenden.

Kim wiegt den Kopf.

- Und was sagst du zu meinem Freund Jamie Brink? Soweit ich weiß, ist er nicht verheiratet.

Brink pflückt einen kleinen trockenen Grashalm.

- Das stimmt. Ich bin noch ledig und heirate jede, die mich fragt.

Meliha legt die Arme eng an den Körper.

- Und was hast du mit dem Grashalm vor?

Er kommt ins Schwärmen.

- Dieser Halm ist keine Rose, auch keine Lilie oder Orchidee. Aber weißt du, was er ausdrückt?

Hack macht eine wegwerfende Handbewegung.

- Er ist so trocken. Da gibt es gar nichts mehr auszudrücken.

Das Nilpferd schnuppert am Halm, schleckt ihn mit der Zunge weg.

Meliha umfasst Brink zärtlich.

- Das Nilpferd hat dich gewählt. Deshalb liebe ich dich.

Kim schlägt sich auf die Schenkel vor Freude.

- Kommt! Gehen wir in die Kirche und feiern Hochzeit.

Brink schwingt sich aufs Nilpferd.

- Ich weiß zwar nicht, wo die Kirche ist, aber irgendwo werden wir sie schon finden.

Er reicht Meliha die Hand.

- Wir sind das erste Brautpaar, das auf einem Nilpferd reitet.

Sie steigt auf.

- Es gibt Höhen und Tiefen im Leben. Dies ist definitiv ein Aufstieg.

Sie setzt sich vor Brink, wendet ihm den Rücken zu.

- Warum hast du mir die Hand gereicht?

Brink zieht den Kopf zwischen die Schultern.

- Ich dachte, du würdest vielleicht meine Hilfe brauchen.

Meliha belehrt ihn in atemberaubendem Sprechtempo.

- Es gibt nur eine Hilfe, die wir brauchen. Wer spornt das Nilpferd an?

Hack schaut aufs Michelinmännchen. Sein Blick gleitet zu Huch.

- Gib es mir bitte.

Huch lässt das Männchen hin und her pendeln.

- Liebst du es oder liebst du es nicht?

Hacks Augen wandern hin und her, als ob er in einem Text liest.

- Ich liebe immer das, was ich nicht habe.

Huch schiebt eine Schulter nach vorn.

- Ich teile es gern mit dir.

Hack streckt begehrlich die Hände aus.

- Das geht nicht. Ich muss es ganz für mich allein haben.

Huch überlässt ihm das Männchen.

- Wie du willst! Ich brauche es nicht.

Ein Leuchten fliegt in Hacks Gesicht.

- Ich schon.

Er tritt mit dem Michelinmännchen vors Nilpferd.

- Darf ich der Brautführer sein?

Meliha reibt ihren Zeigefinger rund um die Nase.

- Bewirb dich! Was zeichnet dich aus? Was hast du, was andere nicht haben?

Hack schwenkt den Anhänger.

- Ich habe das Michelinmännchen.

Sie lehnt sich an Brink.

- Wählen wir ihn?

Er schaut nach links, nach rechts.

- Ich höre keine Gegenstimme.

Meliha lässt die Schultern entspannt hängen.

- Du bist einstimmig gewählt. Führ uns zur Kirche!

Mit hoch erhobenem Michelinmännchen geht Hack voraus.

- Das ist mir noch nie passiert! Einstimmig!

Das Nilpferd folgt ihm.

Brink reitet stolz, gerade aufgereckt.

- Alles, was du tun musst, ist gleichmäßig voranzuschreiten.

Kim winkt ihm zu.

- Ihr seht fantastisch aus! Darf ich euch begleiten?

Meliha ermuntert sie mit einem Augenaufschlag.

- Steig auf! Für dich ist auch noch Platz.

Kim stemmt sich hoch, setzt sich hinter Brink aufs Nilpferd, lässt die Beine auf eine Seite baumeln.

- Es ist eine große Freude für mich, auf dem Nilpferd zu reiten.

Huch bleibt etwas nach vorn gebeugt stehen, blickt der Gruppe und dem Nilpferd nach, bis er sie aus den Augen verliert.

Sechstes Kapitel

Der Cadillac

Querfeldein streift er durch den Hang, findet einen verschlungenen Weg. Bei einem Aussichtspunkt betrachtet er die dunkelgrünen Bäume, die kreideweißen Steine und einen Waldberg, der hinter einem Schleier von Wolken verschwindet.

Eine Frau kommt ihm entgegen.

Hallo, ich bin Henriette Tull.

Sie trägt Strümpfe.

- Weißt du, wer den besten grünen Tee hat?

Huch legt die Hände ineinander.

- Wenn mir jemand diese Frage stellt, weiß ich nicht mehr, was ich sagen soll.

Henriette bricht in Kichern aus.

- Du musst dir einfach eine Liste geben lassen und schauen, welcher Name zuoberst steht.

Er verschränkt die Arme auf dem Rücken.

- Danke für den Tipp. Ich lerne hier eine Menge.

Sie führt ihn zu einer kleinen Palme, die mitten im Wald in einem riesigen Kübel wächst. Daneben verstaubt ein zugeklappter Sonnenschirm vor einem offenen perlweißen Pavillon.

- Komm her, ich muss dir meine Feuerstelle zeigen.

Sie geht zu einer Lichtung. Eine kornblumenblaue Emaille-Kanne steht auf einem Dreifuß über der Glut.

Henriette rührt mit einem Holzlöffel.

- Ich bin Rechtshänderin, rühre aber links herum.

Huch guckt auf ihre Hände.

- Wie merkt man, ob man Rechtshänder ist?

Sie nimmt die Kanne von der Glut.

- Schreib eine Bewertung meines Tees mit Bleistift. Dann siehst du es gleich.

Er lässt die Arme schlenkern.

- Hat dein Tee eine besondere Wirkung?

Henriette führt ihn in den perlweißen Raum des Pavillons, der bis auf Tisch und Stuhl leer ist.

- Er macht dich sorglos.

Sie gießt den Tee durch ein feines Sieb in eine goldene Tasse.

- Probiere ihn.

Huch richtet die Augen auf den Dampf.

- Ich warte lieber, bis er etwas abgekühlt ist.

Ein Mann tritt in den Pavillon.

- Hallo, ich bin Marc Hotz.

Er trägt ein Piratenkostüm und bringt eine Blockflöte.

- Kannst du spielen?

Huch wendet sich um.

- Ja, das kann ich.

Hotz gibt ihm die Flöte.

- Ich vermisse ihre schönen Töne. Spiel etwas. Dann bin ich glücklich.

Huch hebt die Flöte vors Gesicht und lächelt.

- Alle können spielen.

Henriettes Oberlippe bebt fast unmerklich.

- Warum sollte es uns kümmern, was alle können? Wir

wollen dich hören.

Huch bläst einen Ton.

- Die Flöte tönt schön.

Hotz trommelt mit den Fingern auf den Tisch.

- Darf ich dich fotografieren?

Huch setzt die Flöte ab.

- Wie soll ich darauf reagieren?

Henriette führt mit beiden Händen Schlängelbewegungen durch.

- Sag nie nein.

Sein Blick schweift zu Hotz.

- Wieso willst du mich fotografieren?

Hotz eilt hinaus.

- Das würde zu lange dauern, es dir zu erklären. Weißt du was? Ich hole einmal die Kamera.

Eine Frau macht ganz vorsichtig einen Schritt in den Pavillon.

- Hallo, ich bin Milena Madani.

Sie trägt einen pantherschwarzen Strohhut und hält ein buntes Windrad hoch.

- Ich möchte nur, dass du es kurz hältst.

Huch lehnt den Kopf zurück.

- Ich habe keine Ahnung, was ich mit einem Windrad tun soll.

Henriette nimmt ihm die Flöte ab.

- Ah, du hast noch keine Erfahrung. Wenn du weiter kommen möchtest, probierst du es einfach mal aus.

Milena drückt ihm den Stab in die Hand.

- Man kann alles lernen.

Sie bläht die Backen auf, pustet.

- Siehst du. Es dreht sich.

Henriette weist mit dem Kopf auf die goldene Tasse.

- Jetzt solltest du den Tee kosten. Er wird sonst kalt.

Huch wiegt den Kopf hin und her.

- Und was mache ich mit dem Windrad?

Milena streckt den Arm aus.

- Brauchst du es noch?

Er gibt es zurück.

- Ich könnte es ein andermal wieder benutzen.

Sie schiebt das rechte Bein nach vorn.

- Draußen kann es auch vom Wind bewegt werden.

Huch trinkt einen kleinen Schluck.

- Du hast einen tollen Tee gekocht.

Er stellt die Tasse ab, schnuppert.

- Im Wald riecht es nach Melone. Der Duft macht mich neugierig.

Henriette verlässt den Pavillon, sieht sich um.

- Riechst du eine Blume?

Huch tritt ins Freie.

- Nein, ich rieche Feuchtigkeit.

Milena winkelt den rechten Fuß an.

- Das überrascht mich. Ist es möglich, Feuchtigkeit zu riechen?

Huch geht zu einer Bank im Schatten, findet ein Rohr.

- Ist dieses Rohr aus Bambus?

Henriette beugt sich darüber.

- Es sieht so aus, als hätte sich Regenwasser darin gesammelt.

Er schaut das Rohr genau an, entdeckt 2 Augen, eine Nase, einen Mund.

- Es hat ein Gesicht.

Das Rohr krümmt sich vor Lachen.

- Du hast lang gebraucht, um mein Gesicht zu sehen.

Milena schiebt den kleinen Finger zwischen die Lippen.

- Ich habe noch nie ein Rohr reden gehört. Was machst du am liebsten?

Das Rohr räkelt sich.

- Das Herumalbern gefällt mir. Und das Verwandeln macht mir auch Spaß. Früher hatte ich ein bambusgrünes Shirt. Nun ist es hellgelb. Gefällt es euch?

Henriette hat die Augen weit geöffnet.

- Ja schon. Doch jetzt ich möchte dich etwas fragen. Warum liegst du sonst nur rum und sagst kein Wort?

Das Rohr gähnt.

- Wenn sich niemand für mich interessiert, schlafe ich den ganzen Tag.

Es klappert mit den Lidern.

- Aber nun bin ich entdeckt worden.

Milena hebt den Arm nicht höher als zur Schulter an.

- Könnte man sagen, wir haben dein Leben verändert?

Das Rohr hebt die Stimme.

- Frag mich zweimal.

Milena presst die Beine zusammen.

- Wieso?

Das Rohr rollt die Zunge über die Lippen.

- Ich möchte eine gefragte Persönlichkeit sein.

Henriette hebt abwehrend die Hand.

- Du machst uns neugierig. Wir müssen uns nicht wieder-holen. Du gibst uns viele Fragen auf.

Milena reckt den Kopf nach vorn.

- Genau! Da wäre schon meine nächste Frage: Hast du viele Freunde?

Das Rohr unterdrückt einen Seufzer.

- Nein, leider nicht. Mein einziger Freund ist der Briefkasten. Er hat eine Postkarte verschluckt. Seither sagt er kein Wort, klappert nicht einmal mit dem Deckel. Er rostet einfach so vor sich hin. Das trübt natürlich die Freundschaft.

Huch legt den Zeigefinger vor das Kinn.

- Wo steht der Briefkasten?

Das Rohr verzieht die Lippen zu einem Lächeln.

- Geht durch den Wald, bis ihr zum Baum mit einem grünen Apfel kommt.

Henriette blickt Milena an.

- Küss mich auf die Schulter. Dann bin ich bin bereit.

Milena mustert sie mit Aufmerksamkeit.

- Ich betrachte das als selbstverständlich, bereit zu sein. Das braucht doch keinen Kuss.

Henriette schiebt die rechte Schulter vor.

- Es fällt mir nicht leicht, den Tee stehen zu lassen.

Huch erkundigt sich beim Rohr.

- Wie weit ist es bis zum Briefkasten?

Die schmalen Augenschlitze des Rohrs verengen sich noch stärker.

- Gleich um die Ecke.

Milena verschränkt die Arme über dem Bauch.

- Wir sind im Wald. Wo siehst du bitte sehr Ecken?

Ein Mann schlenkert um den Pavillon herum.

- Hallo, ich bin Carlo Birkner.

Er trägt einen dunklen Anzug und einen Ball.

- Sucht ihr Ecken?

Henriette sucht mit Blicken den Wald ab.

- Wir sehen uns die Augen aus dem Kopf und entdecken keine Ecke. Vielleicht ergeht es dir genau so.

Birkner stößt lautes, irres Gekicher aus.

- Nein, ganz und gar nicht. Mein Ball ist aus Fünf- und Dreiecken geformt.

Er hält ihn hoch.

- Ein Ball ist so viel wert wie die Anzahl der Ecken, die er hat.

Sie gehen durch einen dichten Tannenwald.

Milena erblickt den Baum mit dem grünen Apfel.

- Zum Glück hat er nur einen Apfel.

Henriette macht eine ausladende Handbewegung.

- Wieso? Ich hätte gern viele Äpfel.

Milena streckt die Hände in Halshöhe aus.

- Das kann ich verstehen. Aber dieser Baum weist uns den Weg zum Briefkasten.

Sie läuft voraus.

- Da ist er! Wir mussten ihn gar nicht lang suchen.

Henriette guckt Huch an.

- Du sagst gar nichts. Gefällt dir der Briefkasten?

Milena schaut ihm in die Augen.

- Sag ehrlich deine Meinung!

Birkner reibt die Hände.

- Redefreiheit ist gesund.

Huch hebt das Kinn.

- Der Briefkasten ist schön.

Henriette fährt mit den Fingerspitzen über die Lippen.

- Was? Du findest diesen Rosthaufen schön?

Milenas Hand berührt seine Schulter.

- Ich glaube, dass du ehrlich bist, aber auch ein bisschen komisch.

Birkner drückt beide Knie durch.

- Das ist der rostigste Briefkasten, den ich je gesehen habe.

Henriette hebt die Klappe, späht hinein.

- Da liegt wirklich eine Postkarte drin.

Sie zerrt an der Tür.

- Das Scharnier klemmt.

Huch biegt seinen Körper.

- Gib acht, dass du dir nicht weh tust.

Henriette starrt trüb vor sich hin.

- Soviel lässt sich jetzt schon sagen. Den Briefkasten kriegen wir nicht auf.

Milena winkelt den Ellenbogen ab.

- Türen, Schlösser und Scharniere interessieren mich. Darf ich es einmal versuchen?

Birkner verzieht den Mund zum feinen Lächeln.

- Es gibt keinen Grund, warum du es unterlassen solltest.

Sie blickt nachdenklich auf ihre Hände.

- Habe ich mich vorgedrängt?

Henriette beginnt zu kichern.

- Ganz im Gegenteil! Wir treten etwas zurück und beobachten, was du tust.

Milena fasst den Briefkasten mit spitzen Fingern an.

- Eben! Ich komme doch mit allen Menschen gut aus.

Sie rüttelt an der Tür, lässt die Arme fallen.

- Ich würde sagen, es ist unmöglich.

Birkner richtet sich auf, zeigt mit dem Zeigefinger in die Luft.

- Ich könnte meinen Ball richtig heftig gegen den Briefkasten kicken.

Henriette, Milena und Huch ziehen sich bis zum Apfelbaum zurück.

Birkner nimmt Anlauf.

- Ich treffe immer.

Er tritt kräftig gegen den Ball, schießt ihn in hohem Bogen über den Briefkasten.

- Wie konnte das passieren? Warum fliegt er völlig anders, als ich erwartet habe?

Henriette öffnet den Mund.

- War er nicht ganz aufgepumpt?

Birkner fasst sich an die Stirn.

- Sicher nicht! Das ist ein brandneuer Ball.

Er rennt los.

- Ich darf ihn nicht verlieren.

Milena kneift die Augen zusammen.

- Hätte Carlo gewusst, was passieren würde, so hätte er bestimmt den Ball flach gehalten.

Henriette hängt sich bei Huch ein.

- Jetzt musst du den Briefkasten untersuchen.

Eine Frau kommt zu ihnen.

- Hallo, ich bin Linnea Bingo.

Sie trägt eine helle Hose mit klavierschwarzen Punkten, bringt einen schmalen Stern und eine Pumpe mit einem langen Schlauch.

- Ich denke, ihr wollt meine Hilfe.

Henriette breitet die Arme aus.

- Ich liebe Sterne.

Milena legt den Zeigefinger an die Oberlippe.

- Wie kann man damit einen Briefkasten öffnen?

Linnea erklärt.

- Wir sollten versuchen, den Stern wie einen Brief einzuwerfen und ihn aufzublasen.

Sie schenkt Huch einen direkten Blick.

- Verstehst du meinen Plan?

Er schaut Henriette und Milena an.

- Was sagt ihr dazu?

Henriette öffnet die Klappe.

- Ich blicke durch.

Milena nimmt den Stern und schiebt ihn in den Briefkasten.

- Ich bin sehr ernsthaft überzeugt, dass der Plan gelingt.

Linnea beginnt zu pumpen.

- Das ist unsere einzige Chance.

Der Briefkasten ächzt. Die Wände wölben sich gegen außen. Die Schweißnähte reißen auf, bevor er auseinanderbricht und in einer rostfarbenen Staubwolke verschwindet.

Henriette zieht anerkennend die Augenbrauen hoch.

- Ich kann es kaum glauben.

Milena wippt von einem Bein aufs andere.

- Ich wünschte, ich wäre so klug wie du.

Linnea zieht den aufgeblasenen Stern aus dem Rosthaufen.

- Alle Sterne bewirken Wunder.

Sie legt Huch die Hand auf die Schulter.

- Was ist dein Lieblingsstern?

Er senkt die Augen.

- Der Morgenstern.

Henriette beugt den Oberkörper nach vorn.

- Die Postkarte ist verschwunden.

Milena wühlt im Staub.

- Das bildest du dir nur ein.

Linnea greift sie heraus.

- Ich habe sie gefunden. Sie ist unversehrt und wie frisch gedruckt. Oder nicht?

Henriette bläst den Staub von der Karte.

- Sozusagen schon.

Milena tupft sich mit dem Taschentuch die Stirn ab.

- Ich bin ganz gespannt, was auf der Karte steht.

Linnea reicht sie Huch.

- Eine Frau will dich treffen.

Huch wirft einen eiligen Blick auf die Schrift.

- Wie kommst du darauf?

Sie deutet mit dem Finger auf eine Zeile.

- Hier steht: Ich will dich sehen.

Henriette greift mit gierigen Händen nach der Karte.

- Wie heißt sie?

Milena studiert die Unterschrift.

- Valeria Obando.

Linnea sieht Huch an.

- Weißt du, wo sie wohnt?

Er zuckt mit den Schultern.

- Nein, ich höre den Namen zum ersten Mal.

Henriette schaut vergnügt aus.

- Aber du würdest es wirklich gern wissen.

Ein Mann läuft wie ferngesteuert auf sie zu.

- Hallo, ich bin Fiete Timm.

Er trägt ein kaminschwarzes Hemd und einen Gurt mit einer Rebschere im Futteral.

- Es ist ganz einfach, Valeria zu finden. Kommt mit!

Er führt sie durch eine alte Allee. Diffus fällt das Licht durch die Baumwipfel.

Henriette geht neben ihm.

- Wo ist Valerias Haus?

Sein Blick wandert über die mächtigen Baumstämme.

- Es ist am Fuß des Bergs.

Milena wölbt den Bauch nach vorn.

- Ich bin schon ein bisschen müde.

Linnea lehnt sich gegen einen Baum.

- Ist es noch weit?

Timm schwingt die Arme.

- Nein, es ist ganz nah, aber man kann es noch nicht sehen.

Bei einem Rosengarten bleibt er stehen, guckt auf die Knospen.

- Wann gehen sie wohl auf?

Huch entdeckt eine duftende Blüte.

- Hier ist eine Rose.

Timm schneidet sie mit der Rebschere.

- Die brauchen wir.

Henriette schmiegt sich eng an Huch.

- Du hast sie gefunden.

Milena riecht an der Blüte.

- Sie duftet wunderbar. Das bringt mich wieder auf Trab.

Linnea dreht den Oberkörper.

- Und mich auf eine Idee.

Timm schließt die Augen, hält die Lippen halb geöffnet.

- Ich weiß, was du denkst.

Er gibt Huch die Rose.

- Schenk sie Valeria.

Huch hebt die Augenbrauen.

- Warum wählst du mich aus?

Henriette schwenkt die Postkarte.

- Weil Valeria dich sehen will.

Er winkt höflich ab.

- Das ist der Moment, wo ich mit euch über diese Karte reden möchte.

Ein breites Lächeln huscht über Milenas Gesicht.

- Rede lieber mit Valeria.

Linnea wirft einen kurzen Blick in Richtung Himmel.

- Sie wartet auf dich.

Timm führt sie zu einer felsigen Straße. Eine Eidechse huscht zwischen den Steinen.

- Wir sind am Bergfuß.

Er weist auf ein Haus mit bodentiefen Fenstern und einem kleinen Dach aus wehendem Plastikmaterial.

- Da wohnt Valeria.

Henriette lässt den Blick über den Garten schweifen.

- Sie hat viele Ringelblumen.

Milena schiebt die Zunge angespannt zwischen die Lippen.

- Und träumt gewiss von einer Rose.

Staubfeiner Sand liegt auf dem Gartenweg.

Linnea steigt den Treppenaufgang hoch, klopft an die leichte Holztür.

- Hoffentlich ist sie zu Hause.

Eine Frau öffnet.

- Hallo, ich bin Valeria Obando.

Sie trägt ein Top.

- Ich rieche einen bezaubernden Duft.

Linnea lächelt schlau und schräg.

- Wie wäre es, wenn du gerade jetzt eine Rose bekommen würdest?

Valeria springt in die Höhe.

- Das wäre für mich unfassbar. Ich könnte es kaum glauben.

Henrietta hält die Postkarte mit einer Hand wie eine Poetin, die ein Gedicht vortragen will.

- Erinnerst du dich, was du geschrieben hast?

Valeria trippelt die Treppe hinunter.

- Ja natürlich! Ich schrieb: Ich will dich sehen.

Milena weist auf Huch.

- Er hat deine Karte erhalten und möchte dich grüßen.

Valeria läuft zu ihm.

- Hast du eine Rose?

Huch überreicht sie ihr mit beiden Händen und einer Verbeugung.

- Eine kleine.

Sie streckt die Nase nach vorn.

- Sie duftet wie eine Himbeere.

Timm legt die Hand auf Huchs Oberarm.

- Die Verbeugung war cool.

Valeria zieht hörbar die Luft durch die Nase ein.

- Mein alter Kühlschrank ist kaputt.

Ein Mann fährt in einem karibikblauen Cadillac Eldorado Cabriolet vor.

- Hallo, ich bin Tyler Munk.

Er steigt aus, trägt einfarbige Socken.

- Die neuen Kühlschränke sind viel ruhiger.

Henriette leckt über eine Lippe.

- Hast du einen mitgebracht?

Munk öffnet den Kofferraum.

- Ja sicher, für euch mache ich alles, was ich kann.

Valeria trommelt sich mit der Hand weich auf den schlaff gestreckten Unterarm.

- Ich habe schon lang auf einen neuen Kühlschrank gewartet.

Er wendet sich an Timm.

- Du bist ein starker Mensch. Hast du Angst?

Timm lässt die großen Hände hängen.

- Sehe ich so aus?

Munk lächelt verschmitzt.

- Zeig es uns!

Timm hilft ihm, den Kühlschrank aus dem Kofferraum zu heben.

- Weißt du, was das Beste für die Muskeln ist?

Munk umklammert den Kasten so entschlossen wie ungeschickt am Kopfende, geht voran.

- Ja, du musst rohe Zwiebeln essen.

Er tastet Valeria mit Blicken ab.

- Was hältst du in der Hand?

Sie weist auf Huch.

- Er ist sehr aufmerksam, hat mir eine Rose geschenkt.

Munk guckt Huch aus großen Augen an.

- Hast du auch Zwiebeln?

Huch senkt die Lider.

- Möchtest du eine bestimmte Sorte?

Milenas Hände flattern wie aufgeregte Vögel.

- Ich weiß, wo es Zwiebeln hat.

Timm stellt den Kühlschrank mit Munk in die Küche.

- Manchmal ist es ganz einfach, eine Auskunft zu bekommen. Man denkt, dass kein Mensch Bescheid weiß, doch in Wirklichkeit ist es anders.

Munk wiegt skeptisch den Kopf.

- Was machen wir mit dem alten Kühlschrank?

Linnea kommt unter die Tür.

- Er passt gut zu deinem alten Cadillac.

Timm zieht den Stecker raus.

- Du schaust ihn die ganze Zeit an. Bestimmt magst du ihn.

Linnea fasst sich ans Herz.

- Ich kann nicht ohne alte Autos und Kühlschränke leben.

Munk schiebt den alten Kühlschrank aus der Ecke.

- Wenn ich die Leute frage, was sie am meisten bedauern, so sagen fast alle das Gleiche. Die neuen Küchengeräte reden mit dir, aber sie erzählen keine Geschichte.

Timm schließt den neuen Kühlschrank an.

- Wir werden es gleich hören.

Eine Lautsprecherstimme meldet.

- Ich werde alles für dich tun. Deine Küche ist durch mich reicher geworden.

Valeria mustert ihn aufmerksam und neugierig.

- Wenn man dich sprechen hört, könnte man annehmen, du seist ein Mensch.

Der Kühlschrank spricht in abgehackten Sätzen.

- Ich habe viele Vorteile, bin nicht so schwer wie mein Vorgänger.

Munk langt sich an den Kopf.

- Da fällt mir gerade ein, das wir den alten Kasten noch raustragen müssen.

Timm kratzt sich am Hals.

- Kannst du dir vorstellen, es allein zu machen?

Munk scharrt mit den Füßen.

- Nein, steh nicht nur rum! Hilf mir bitte.

Sie tragen den alten Kühlschrank zum Auto, hieven ihn in den Kofferraum.

Siebtes Kapitel

Der Tisch auf der Straße

Milena schiebt ihr Kinn nach vorn.

- Holen wir jetzt Zwiebeln?

Munk schließt den Deckel.

- Würdest du mir bitte verraten, wo sie sind?

Ihr Gesicht hellt sich auf.

- Ich wohne im Haus, dessen Dach im Tal unten aus den Bäumen ragt. Im Garten habe ich Zwiebeln.

Timm schaut sinnierend auf den Beifahrersitz.

- Ich habe viele Bilder von Cadillacs, bin aber noch nie in einem gefahren.

Munk öffnet ihm die Tür.

- Steig ein! Es ist ein einzigartiges Auto, zerstreut Stress und Melancholie.

Milena begutachtet die Sitzbank im Fond.

- Und ich? Bin ich nicht eingeladen?

Er klappt die Lehne des Steuersitzes nach vorn.

- Rede keinen Unsinn. Hinten hat es genug Platz.

Sie fläzt sich auf die Bank.

- Ist diese Art von Auto überhaupt noch verkehrstauglich?

Munk trommelt sich mit der rechten Hand auf die Schulter.

- Das wirst du bald sehen.

Henriette rafft den Rock in die Höhe.

- Ich darf doch auch mitfahren, oder?

Er rümpft die Nase.

- Ich denke, du kannst etwas höflicher fragen.

Sie sticht mit dem Finger in die Luft.

- Gib mir einfach eine Antwort.

Munk atmet durch.

- Ja, du fährst mit. Die Nachfrage ist enorm.

Linnea deutet eine federnde Lockerungsübung an.

- Ist es wahr, dass auf der Rückbank 3 Gäste Platz haben?

Er zieht den Mundwinkel nach oben.

- Sogar 4! Willst du auch einsteigen?

Sie setzt sich zu Milena und Henriette.

- Wenn es erlaubt ist.

Valeria klettert zu ihnen auf die Bank.

- Ich würde auch gern dabei sein. Das wird die glücklichste Fahrt meines Lebens.

Munk wirft einen leicht beschwerten Blick in die Runde.

- Einen Platz für alle zu finden, ist nicht einfach.

Huch räkelt sich mit halb geschlossenen Augen.

- Mach dir keine Sorgen, ich gehe gern zu Fuß.

Milenas Augen blitzen.

- Also dann treffen wir uns bei meinem Haus.

Munk setzt sich ans Steuer.

- Ich hole dich ab, wenn dir der Weg zu weit wird.

Huch legt die linke Hand in die rechte Ellenbeuge.

- Das ist freundlich, vielen Dank!

Henriette zuckt bedauernd mit den Schultern.

- Macht es dir nichts aus?

Er geht schrittweise vorwärts.

- Auch in den besten Teams kann der Platz manchmal eng werden.

Munk startet den Motor.

- Ich hoffe, dass wir keinen Fehler machen, wenn wir dich zurücklassen.

Huch breitet die Arme aus.

- Sicher nicht!

Der Cadillac rollt die Straße ins Tal hinunter.

Die Frauen blicken zurück, winken.

Huch wandert durch den Wald. Die Sonne blinzelt durch die Baumkronen.

Aus der Tiefe des Unterholzes nähert sich eine Frau.

- Hallo, ich bin Bella Pernille.

Sie trägt eine chilirote Samtjacke und eine Handtasche.

- Ich suche eine kleine Schildkröte. Hast du sie gesehen?

Huch schlägt die Augen nieder.

- Nein. Soll ich dir beim Suchen helfen?

Bella legt ihm den Arm um die Schulter.

- Ja gern. Du und ich sind Freunde.

Er geht aufrecht und mit lockeren Schritten.

- Du schließt schnell Freundschaft.

Sie spaziert federleicht auf ihren erdbeerroten Pumps.

- Immer, wenn ich jemanden treffe, denke ich, er könnte mein Freund sein. Ich bin zuvorkommend.

Der Duft von altem Holz und Laub zieht vom Boden herauf.

Huch sieht eine Flasche zwischen 2 mächtigen Wurzel-strängen schimmern, bleibt stehen.

- Aus irgendeinem Grund fällt sie mir auf.

Bella bückt sich.

- Kannst du ein Geheimnis behalten?

Ein Lächeln huscht über sein Gesicht.

- Zuerst musst du mir verraten, um was es geht.

Sie hebt die Flasche auf.

- Es ist ein kleiner Mann darin.

Huch späht.

- Er findet es nicht lustig, eingeschlossen zu sein.

Der Flaschengeist hüpft.

- Hallo, ich bin Emilian Forster.

Er trägt ein T-Shirt.

- Bitte öffnet die Flasche.

Bella lässt den Kopf leicht nach vorne kippen.

- Weshalb sollten wir den Korken herausziehen?

Forster reckt seinen Kopf empor.

- Der Himmel ist klar, keine Wolke in Sicht. Da möchte ich gern ein bisschen frische Luft schnappen.

Sie zieht die Brauen hoch.

- Ich kenne dich nicht. Ich weiß nicht, was du anstellst, wenn wir dich freilassen.

Er spreizt den kleinen Finger ab.

- Ich schenke dir einen neuen Lippenstift.

Bella blinzelt, als wäre ihr ein Staubkorn ins Auge geflogen.

- Es gibt viele neue Lippenstifte. Was hebt ihn aus der Menge heraus? Was macht ihn anders?

Forster stutzt bei dieser Frage einen Moment lang.

- Du bekommst Komplimente von den Männern.

Sie zieht den Korken heraus.

- Könntest du ihn mir sofort bringen?

Forster schießt aus der Flasche, wächst, nimmt ungefähr Bellas Körpergröße an.

- Ich beeile mich, muss mich aber noch verwandeln. Nur wenige kennen meine wahre Größe.

Bella zieht die Nase kraus.

- Ich dachte, du wärst größer.

Forster atmet erst mal tief durch.

- Ich möchte mit dir auf Augenhöhe verkehren.

Er klappert gemächlich seine vielen Taschen ab.

- Ich besitze wertvolle Stifte, aber du kriegst den besten.

Mit diesen Worten gibt er ihr einen Lippenstift in einer goldenen Hülse.

- Streich dir damit die Lippen an, wann immer sich dir die Gelegenheit bietet.

Bella beginnt sofort.

- Der Stift gefällt mir sehr.

Sie dreht sich nach Huch um.

- Hoffentlich auch dir.

Er guckt neugierig.

- Ja, mir auch. Du bist sehr schön.

Sie kramt aus ihrer Tasche einen Spiegel hervor.

- Ich weiß, dass ich schön bin, aber ich schminke mich vor deinen Augen. Was sagst du dazu? Wie kommt das an?

Huch schaut ihr konzentriert ins Gesicht.

- Egal, wohin du gehst: Mit diesem Lippenstift machst du deinen Auftritt.

Forster verlagert sein Gewicht von einem Fuß auf den andern.

- Kann ich euch noch etwas helfen?

Bella wirft den Kopf zurück.

- Ja, wir suchen meine kleine Schildkröte.

Er führt sie durch den Wald.

- Vielleicht ist sie in der Felsenbar.

Dicht an dicht wachsen mächtige Stämme und nur bis zu den Zweigen sichtbar in die Höhe. Der Waldweg schlängelt sich durch raschelndes Dickicht zu kahlen Hölzern und einer Lichtung mit Felsen.

Eine Frau steht hinter einem massigen Schanktisch im Freien.

- Hallo, ich bin Giulia Whitney.

Sie hat himbeerrot lackierte Fingernägel.

- Wollt ihr etwas trinken? Ich bediene euch flink wie ein Leopard.

Bella schaut suchend den Waldweg entlang.

- Wir vermissen eine kleine Schildkröte. Hast du sie gesehen?

Giulia öffnet eine Schublade, zieht eine Astgabel heraus.

- Nein, leider nicht. Doch mit meiner Wünschelrute finden wir sie schnell.

Forster hält die Arme eng am Körper.

- Du wirkst wie eine seriöse Rutengängerin.

Sie richtet den Blick unbeweglich auf die Wünschelrute.

- Ich sage dir jetzt etwas, und das gilt für viele Dinge. Du musst immer den ersten Schritt tun. Wie das ankommt, ist nebensächlich.

Die Rute schlägt aus, führt sie in einen unwegsamen, in Nebel gehüllten Urwald.

Bella hält den Kopf schräg.

- Eine andere Richtung wäre mir lieber gewesen.

Forster lässt die Unterlippe hängen.

- Wo möchtest du denn hingehen?

Sie verdreht die Hände.

- Einfach zu meiner Schildkröte! Glaubst du, sie sei durch diesen Urwald gelaufen?

Die Rute zittert, zeigt auf eine vom Buschwerk überwucherte Tankstelle.

Giulia weist mit der Hand auf die verrosteten Zapfsäulen hin.

- Die Schildkröte muss in diesem Bereich sein.

Ein Mann steht hinter einem riesigen Megafon, das er aus Autoblech aufgebaut hat.

- Hallo, ich bin Friedrich Havelland.

Er trägt eine geflickte Hose.

- Könnt ihr mich hören?

Bella hält sich die Ohren zu.

- Ja, mit diesem Megafon erreichst du eine extreme Lautstärke.

Havelland kann nicht anders, als ihr unaufhörlich ins Gesicht zu blicken.

- Du hast so hübsche Lippen.

Sie ballt die Faust und schlägt mit der anderen Hand darauf.

- Der Stift wirkt. Er bewundert meine Lippen.

Forster kaut an einem Gras.

- Magst du lieber geschminkte oder ungeschminkte Lippen, Friedrich?

Havelland deutet mit dem Finger auf Bella hin.

- Ich begeistere mich für ihre.

Huch blickt ihm freundlich ins Gesicht.

- Geh ein paar Schritte vom Megafon weg.

Havelland weicht Meter für Meter zurück.

- Ist das schon genug weit?

Huch folgt ihm mit den Augen.

- Ja, so können wir uns unterhalten. Dein Megafon hat enorme Dimensionen.

Havelland sagt mit ausgesuchter Freundlichkeit zu Bella.

- Ich glaube, ich werde dir einen Heiratsantrag machen. Von allen Frauen, die ich gesehen habe, bist du die schönste.

Sie reibt am Ringfinger.

- Ich muss zuerst meine kleine Schildkröte finden.

Seine Stimme rutscht eine Oktave höher.

- Das Horoskop weiß genau, wo sie ist.

Forster hebt die Hände und sagt nur.

- Ich denke, das wird schwierig, in dieser verlassenen Ecke der Welt ein Horoskop aufzutreiben.

Havelland zieht den linken Mundwinkel hoch.

- Nein, es ist kein Problem. Verlasst euch auf mich.

Giulia hält ihre Rute hoch.

- Verstehst du etwas von Wünschelruten?

Er hebt die Augenbrauen.

- Heute gibt es nur noch Wenige, die etwas davon verstehen. Das war früher anders.

Bella schwingt die Arme locker umher.

- Wir finden deine Wünschelrute ja gut. Aber jetzt sind wir aufs Horoskop gespannt.

Havelland führt sie von der Tankstelle durch einen von Efeu, Moos und Flechten überwachsenen Arkadengang zu einem Automatenkasino.

- Ihr seht, dass alles schön erhalten ist. Und der Horoskopautomat präsentiert uns einen wirklich beeindruckenden Satz.

Wurzeln dringen durch die Risse in den Mauern. Die Spielgeräte glimmen und rosten vor sich hin. Melodien und glucksende Geräusche brabbeln aus knisternden

Lautsprechern. Auf dem Boden zerstreut, liegen kaputte Computermonitore. Unter dem Schutt häufen sich zerrissene und verblichene Zettel. Eine Spinne lauert auf dem Horoskopautomaten.

Havelland verscheucht sie.

- Sie ist ein bisschen naiv und meint, Fliegen und andere Insekten würden sich auch ein Horoskop besorgen.

Er drückt einen Knopf.

- Ich denke, ihr seid einverstanden, dass ich den Automaten starte.

Bellas Blick ist starr auf den flimmernden Monitor gerichtet.

- Er reagiert nicht.

Forster schiebt die Hände in die Hosentaschen.

- Das warme Flimmern trägt mich in meine Kindheit zurück.

Giulia lacht laut.

- Wo hast du denn als Kind gelebt?

Er wiegt sich mit heftigen Kopfbewegungen hin und her.

- In einer Milchflasche.

Havelland lässt seinen Oberkörper nach vorn kippen.

- Du willst wohl sagen: mit einer Milchflasche.

Forster schüttelt den Kopf.

- Nein, ich bin ein Flaschengeist.

Bella streichelt den Automaten.

- Achtung, der Lautsprecher knistert!

Giulia wedelt mit der Rute.

- Weniger Lärm, bitte! Hat noch jemand außer Bella etwas gehört?

Huch legt das Ohr an den Lautsprecher.

- Wenn du genau hinhörst, entgeht es dir nicht. Der Automat erwacht aus dem Ruhezustand.

Havelland atmet tief.

- Es ist ein sensibles Gerät, doch du kannst mit ihm Kontakt aufnehmen. Du bist ein sympathischer Kerl.

Ein Drucker surrt im Automaten. Mit einem Glockenklang aus dem Lautsprecher flattert ein Zettel in den Ausgabeschacht.

Forster hebt das Deckglas.

- Der Horoskopautomat ist eine wunderbare Erfindung.

Bella klaubt den Zettel heraus.

- Wisst ihr, was darauf steht?

Giulia streckt den Kopf vor.

- Nein, lies es vor.

Bella beugt den Rücken.

- Das tönt nicht gut. Da steht: Diese Suche wird sehr lang sein.

Havelland schaut Huch fragend an.

- Sag mir ehrlich, was du davon hältst.

Huch vergräbt die Hände in der Tasche.

- Das ist ein kurzer Satz.

Bella streift durchs Automatenkasino, öffnet versehentlich eine Seitentür.

- Da ist ein langer Weg.

Forster schließt sich ihr ganz unauffällig an.

- Er könnte uns zur Schildkröte führen.

Giulia verkündet stolz.

- Meine Rute schlägt ganz schwach aus.

Havelland wirft den Kopf zurück und lacht.

- Besser etwas als gar nichts.

Der Weg zieht sich purpurfarben durch den Wald. Der Wind lässt die lichtgrünen Wipfel erzittern.

Bella entdeckt eine gigantische Schneckenspur.

- Was bedeutet dieses Gel?

Forster senkt den Blick.

- Feucht, klebrig und schillernd, das ist Schleim von einer Wasserschnecke.

Giulia schiebt sich an ihm vorbei.

- Du hast fast richtig geraten. Die Spur stammt von einer Landschnecke.

Sie folgen der Spur, stoßen auf eine hausgroße Riesenschnecke.

Havelland schlendert um sie herum, schaut, wie sie kriecht.

- Schnecken haben ein eigenes Tempo.

Bella trottet gelangweilt auf und ab.

- Das mag sein. Aber ich bin nicht hier, um Riesenschnecken zu erforschen.

Forster tastet die langen Stielaugen mit seinen Blicken ab.

- Ich auch nicht, aber wir müssen doch allen Spuren nachgehen.

Giulias Rute zittert.

- Aus irgendeinem Grund spüre ich hier die kleine Schildkröte.

Havelland schaut der Schnecke aufs Maul.

- Hoffentlich steckt sie nicht in ihrem Bauch.

Huch legt den Kopf zurück.

- Wir sollten nachsehen, ob die Schildkröte auf der Schnecke reitet.

Eine Frau durchmisst mit forschem Schritt den Wald.

- Hallo, ich bin Angelina Bechstein.

Sie trägt federweiße, hautenge Jeans und hat eine Aluminiumleiter geschultert.

- Ich bin hier, um euch zu helfen.

Bella verschränkt die Arme unwirsch.

- Meinst du auch, dass meine kleine Schildkröte auf der Riesenschnecke reiten könnte?

Angelina stellt die Leiter ans Schneckenhaus.

- Ich bin nicht sicher, aber es ist möglich.

Die Riesenschnecke hält inne, spielt mit den Stielaugen und Fühlern.

Forster haut mit der Hand auf seinen Schenkel .

- Ich hole die Schildkröte. Vertraut ihr mir?

Giulia tippt sich mit dem Zeigefinger an den Kopf.

- Ich dachte, du würdest lieber am Boden bleiben.

Er steigt die Sprossen hoch.

- Nein, als Flaschengeist fühlst du dich bedrückt, wenn du nicht aufsteigen kannst.

Havelland geht unruhig hin und her.

- Siehst du sie?

Forster beugt sich vor.

- Ja, und sie ist kleiner, als ich sie mir vorgestellt habe.

Bella reckt den Kopf in die Höhe.

- Du kannst sie ruhig in die Hand nehmen. Sie hat keine Angst.

Forster fasst sie behutsam an.

- Kleine Schildkröten haben einfach die schönste und ein-drucksvollste Art, uns anzusehen.

Giulia streicht einen Haarschopf aus der Stirn.

- Dass sie sich gerade die größte Schnecke als Reittier ausgesucht hat, ist schon erstaunlich.

Havelland schließt die Augen.

- Ich wünsche manchmal, eine Schildkröte zu sein.

Angelina fährt ihm über den Arm.

- Möchtest du eine kleine oder eine große Schildkröte sein?

Er verwandelt sich in eine kleine Schildkröte.

- Eine kleine möchte ich sein. Ich traue Riesentieren einfach nicht.

Bella lacht verlegen.

- Bitte stellt sicher, dass wir ihn nicht mit meiner Schildkröte verwechseln. Er gleicht ihr wie ein Ei dem andern.

Forster steigt von der Leiter.

- Vielleicht finden sie es unerträglich, getrennt zu sein.

Giulia wedelt mit den Armen.

- Die beiden Schildkröten schauen einander an.

Angelina nimmt Forster Bellas Schildkröte ab, setzt sie zur andern.

- Ich finde, sie sollten sich kennenlernen.

Die beiden Schildkröten wippen mit den Füßen, tanzen in Schlaufen.

Bella sagt augenzwinkernd.

- Sie sind Freunde geworden. Wir dürfen sie nicht stören.

Forster senkt den Blick.

- Ihre Freundschaft entwickelt sich langsam zu Liebe. Eventuell sind sie bereit zu heiraten.

Giulia sieht sich nach Huch um, schaut ihm ins Gesicht.

- Übrigens, wie feiert man eine Schildkrötenhochzeit?

Ein leichtes Lächeln umspielt seinen Mund.

- Es gibt viele Möglichkeiten.

Ein Mann schiebt eine Windmaschine über den purpurfarbenen Waldweg.

- Hallo, ich bin Michel Radu.

Er trägt ein feines Leinenhemd und hat einen Sack mit Konfetti geschultert.

- Ich weiß, was Schildkröten mögen: Einen Konfettiregen.

Bella hebt die Arme.

- Nicht nur die Schildkröten! Lass uns nicht lang warten.

Starte die Maschine.

Giulia wirft ein Bein hoch.

- Du hast mir direkt aus dem Herzen gesprochen.

Angelina wendet sich an Huch.

- Was hast du gern?

Seine Blicke schweifen in die Ferne ab.

- Mir gefällt es, wenn ihr feiert. In der Zwischenzeit schaue ich, wohin der Waldweg führt.

Radu hält den Sack hoch.

- Darf ich dich mit einem Strahl vollpusten?

Huch entfernt sich.

- Nur nicht hasten! Lass dir ruhig Zeit mit den Vorbereitungen.

Radu füllt die Konfetti mit übertriebenem Schwung ein.

- Die Maschine wird jeden Moment startklar sein.

Huch erkundet den Moosboden, die Bäume und Eichhörnchen. Die Sträucher sind mit einem Gespinst aus Spinnweben bedeckt. Die Sonne fällt ein, taucht den Wald in ein verwunschenes Licht. Die Netze glänzen, bilden funkelnde Muster.

Eine Frau steht neben einem Notenständer.

- Hallo, ich bin Tamina Manati.

Sie trägt ein silbernes Latexkostüm.

- Liebst du Musik?

Das Licht ist so hell, dass Huch blinzeln muss.

- Ja, es ist schön, Musik zu hören.

Pink und rosa Pferde ziehen einen Festwagen durch den Wald. Hell klingen die Glöckchen am Geschirr.

Vorn auf dem Kutscherbock sitzt ein Mann.

- Hallo, ich bin Ferdinand Kunkel.

Er trägt eine Wolljacke, hält die Pferde an.

- Wollt ihr mitfahren?

Tamina steigt auf den Wagen.

- Ja gern. Das ist mit Abstand der beste Festwagen. Und die Glöckchen haben einen wunderbaren Klang.

Sie blickt zu Huch.

- Ich frage mich, warum du zögerst. Du hörst doch gern Musik.

Kunkel deutet ihm mit der Hand an aufzusteigen.

- Ich fahre nicht gern allein. Mit Gästen macht es mehr Spaß.

Huch klettert auf den Wagen.

- Danke für die Einladung.

Kunkel schnalzt mit der Zunge, treibt die Pferde an.

- Wollt ihr heiraten?

Tamina flüstert Huch ins Ohr.

- Aus dir wird ein guter Ehemann.

Kunkel schaut über die Schulter zurück.

- Was sagt sie?

Huch schließt die Augen.

- Ich verrate niemandem, was man mir zuflüstert.

Kunkel legt verschwörerisch den Finger auf den Mund.

- Das ist auch nicht nötig. Ich lese von eurem Gesicht ab, dass ihr über beide Ohren verliebt seid.

Er streckt den Arm zur Seite.

- Unter der Bank liegt eine Keksdose.

Tamina bückt sich.

- Ich möchte unbedingt etwas essen.

Sie öffnet den Deckel.

- Was sind das für Kekse?

Kunkel reißt lächelnd den Mund auf.

- Ich bin kein Bäcker, aber so viel weiß ich. Du nimmst ein bisschen Teig und Zuckerstreusel, und dann entstehen genau solche Kekse.

Er ruft den Pferden zu.

- Hott!

Sie halten inne, schnauben.

Mitten auf der Waldstraße steht ein Holztisch.

Daneben räkelt sich eine Frau wie ein Katze.

- Hallo, ich bin Alexa Dressler.

Sie trägt Lederstiefel.

- Ist etwas?

Kunkel streckt den Kopf weit vor.

- Du hast einen Tisch mitten auf die Waldstraße gestellt. Das finde ich falsch.

Alexa setzt ein strahlendes Lächeln auf.

- Wenn ich Fehler mache, lerne ich.

Tamina schenkt Huch einen aufmunternden Blick.

- Was sagst du dazu?

Er steigt vom Wagen.

- Tische sind schöne Möbel. Ich sehe ihn einmal genau an.

Alexa lächelt mit hochgezogenen Wangen.

- Wollen wir Verstecken spielen?

Sie läuft hinter einen dickstämmigen Baum.

- Wo bin ich?

Huch hebt die Hand und deutet zum Stamm.

- Hinter dem Baum.

Kunkel rutscht vom Kutschenbock.

- Wie siehst du das? Komme ich mit dem Wagen durch?

Huch wölbt die Unterlippe vor.

- Ich versuche gerade, es mir vorzustellen.

Tamina stellt sich mit der Dose neben ihn.

- Hast du schon einen Keks probiert?

Er tritt einen Schritt zurück.

- Ich bin noch nicht dazu gekommen.

Kunkel sagt mit charmantem Augenzwinkern.

- Greif zu! Ich schenke euch die ganze Dose.

Achtes Kapitel

Die Tür springt auf

Alexa zeigt sich, springt über eine Wurzel.

- Soll ich mich wieder verstecken?

Huch schaut sie an.

- Mach lieber eine Pause und iss einen Keks.

Tamina bietet ihr die Dose an.

- Wir laden dich ein.

Alexa langt zu.

- Ist das Zuckerstreusel?

Kunkel schlenkert mit den Armen.

- Ja. Du verstehst mehr von Keksen, als ich dachte.

Dann fragt er mit ernst gefalteter Stirn.

- Benutzt du den Tisch noch?

Sie wischt die Krümel von den Lippen.

- Nein, überhaupt nicht!

Ein Mann eilt in kleinen Trippelschritten daher.

- Hallo, ich bin Ludwig Olson.

Er trägt eine Lederweste und bringt eine Bügelsäge.

- Ich habe schon 1'000 mal einen Tisch zersägt.

Alexa atmet durch.

- Was hast du vor?

Er schnippt ein Stäubchen von der Weste.

- Ich schneide den Tisch in 2 Hälften. Dann kommt der Wagen durch.

Sie blickt zu Huch hinüber.

- Was sagst du dazu?

Er schiebt die linke in die rechte Hand.

- Es gibt 2 Möglichkeiten. Wir können ihn von der Straße nehmen oder zersägen.

Tamina lässt das Becken wippen.

- Zersägen ist eine fabelhafte Idee.

Kunkel streckt den Zeigfinger.

- Das macht Spaß.

Alexa dreht das Gesicht zu Olson.

- Fang an! Ich habe Lust zuzuschauen.

Er setzt die Bügelsäge an, sägt den Tisch in 2 Teile.

- Das gefällt mir.

Die Hälften zittern und wackeln.

Tamina schnalzt mit der Zunge.

- Bist du schon fast fertig?

Olson lockert seinen Oberkörper.

- Es fehlt nur der Schlussstrich.

Er führt die Säge sorgfältig wie einen Geigenbogen über die Kante.

- Mit einem sanften Schwung ist alles einfacher.

Der Tisch fällt auseinander.

- Gibt es sonst noch etwas in der Art zum Zersägen?

Alexa reckt die Finger wie Antennen empor.

- Nein, im Moment ist alles getan.

Kunkel stemmt die Hände in die Hüfte.

- Von dir kann man viel lernen. Es bleibt ein kleiner Wunsch. Könntest du die Tischhälften an den Straßenrand ziehen?

Olson packt ein Tischbein.

- Jetzt weiß ich wieder, was ich vorhatte. Danke, dass du mich daran erinnerst.

Tamina fasst sich an die Nase.

- Das Sägemehl verströmt einen unsagbar wohlriechen-den Duft.

Alexa blinzelt schelmisch.

- Du schenkst den Ameisen eine neue Duftnote für die Königinnensuite.

Nachdem er die Tischhälften weggeräumt hat, verbeugt er sich, schwenkt die Säge, als hätte er ein Violinkonzert gespielt.

- Ich bin sehr stolz, dass meine Arbeit allen nützt.

Kunkel sieht ihn prüfend an.

- Brauchst du ein Bett?

Die Frage entlockt Olson ein Achselzucken.

- Wie kommst du darauf?

Kunkel streckt den Fuß spitz.

- Ich dachte, du wärst müde.

Eine Frau streift durch den Wald.

- Hallo, ich bin Fanja Gruner.

Sie hat lange Haare.

- Darf ich euch etwas zeigen?

Sie führt die Gruppe unter grünen Baumkronen durch.

- Egal, wie ihr geht, ihr müsst einfach auf dem Weg bleiben.

Auf einer kleinen Lichtung, von riesigen Bäumen umge-ben, steht ein Bett im Farn. Eine Katze liegt auf der Decke.

- Wahrscheinlich wird jeder gern hier schlafen.

Tamina schätzt die Größe mit einem Blick ab.

- Wie viele haben Platz?

Fanjas Lächeln strahlt ihr zahnweiß entgegen.

- Nun, es ist ein Doppelbett. Aber wenn wir etwas zusam-menrücken, haben wir alle darauf Platz.

Tamina bietet ihr die Dose an.

- Das sind feine Kekse.

Fanja probiert einen.

- Zuckerstreusel habe ich gern. Weißt du was? Wenn du diese Kekse jemandem ans Bett bringst, hilfst du ihm, seine Träume zu erfüllen.

Kunkel sagt zu Huch.

- Es steht dir ins Gesicht geschrieben, dass du am liebsten abliegen würdest.

Huch lehnt gegen einen Baumriesen.

- Ich habe schon geschlafen.

Alexa zieht die Stiefel aus.

- Ich mag große Betten. Wir könnten uns unter der Decke verstecken.

Olson reibt die Hände über dem Bauch.

- Erzähl mir nicht, dass du Verstecken spielen willst, solange es so gute Kekse hat.

Fanja beugt sich leicht nach vorne.

- Er hat Recht. Vergewissert euch, bevor ihr euch versteckt, ob sie tatsächlich ans Bett serviert werden.

Tamina deutet mit dem Zeigefinger auf die Dose.

- Ich verstehe nicht alles, was ihr vorhabt, doch ich stehe gern neben dem Bett und biete Kekse an.

Kunkel richtet den Blick auf Huch.

- Du wirst nicht enttäuscht sein.

Huch reißt die Augen auf.

- Sag mir, was du damit meinst.

Kunkel hängt die Daumen in den Gürtel.

- Du kriechst mit Alexa unter die Decke. Und wir versorgen euch mit Keksen.

Alexa streichelt die Katze.

- Welche Farbe hat ihr Fell?

Olson legt die Säge weg.

- Ich würde sagen, es ist hellorange.

Fanja mustert Huch aus den Augenwinkeln.

- Es gibt viele Arten, Verstecken zu spielen.

Tamina trommelt mit den Fingernägeln auf die Keksdose.

- Ich denke, das könntest du tun.

Kunkel hört ein Wiehern.

- Ich muss nach den Pferden schauen.

Er läuft zur Waldstraße zurück.

- Vielleicht wollen sie mich nur sehen.

Die Katze räkelt sich, springt vom Bett.

Alexa schlüpft unter die Decke.

- Das Bett ist nun frei.

Olson schiebt sich neben sie.

- Gilt das auch für mich?

Sie führt den Handrücken an die Stirn.

- Ja sicher. Wie gut kannst du Verstecken spielen?

Er blickt durch die Bäume zum Himmel empor.

- Manche Leute sagen, man würde mich überhaupt nie finden.

Alexa sieht durch das Blätterdach.

- Das tönt gut.

Sie steuert den Blick zu Huch.

- Und du?

Huch deutet aufs Bett.

- Ich sehe etwas.

Die Federn quillen aus dem Kissen und den Decken, fächern sich zu 2 großen Flügeln. Zuerst schlagen sie herzförmig über dem Bett zusammen, dann schwingen sie regelmäßig. Langsam hebt das Doppelbett ab, steigt aus dem Farn.

Tamina springt auf.

- Ich liebe das Fliegen.

Alexa rudert zeitlupenhaft mit den Armen.

- Ein Bett, das im Wald bleibt, langweilt. Es muss zum Himmel steigen.

Olson lässt den Mund vor Staunen offen stehen.

- Wohin fliegt es?

Fanja hebt die Hände auf Schulterhöhe.

- Das fragen wir dich. Wie hoch hinaus möchtest du?

Er zieht die Mundwinkel hoch.

- Wir sind über den Farn hinaus gekommen, also soll es weiter steigen.

Tamina ruft mit glockenheller Stimme.

- Ich verbringe meine Zeit am liebsten im fliegenden Bett.

Alexa guckt Huch an.

- Flieg bitte mit uns!

Er sagt mit halb geschlossenen Augen.

- Ich schaue gern zu.

Olson krempelt die Ärmel hoch.

- Ich ziehe es vor, dabei zu sein.

Fanja schubst Huch sanft an.

- Verschwende keine Zeit! Spring auf!

Er schenkt ihr ein aufmunterndes Lächeln.

- Ich denke, das könntest du tun.

Sie fasst sein Handgelenk.

- Hey, das schlage ich dir vor.

Das Bett erreicht die Höhe der Baumwipfel. Die mächtigen Flügel schlagen im rhythmischen Gleichtakt ruhig weiter, ohne ein Blatt zu streifen.

Tamina beugt sich über den Bettrand.

- Wir haben Spaß!

Alexa lehnt sich weit vor.

- Gleich sind wir über den Bäumen.

Das Gegenlicht streift über Olsons Haare.

- Suchen wir ein Wort für diesen Flug!

Er formt mit der Hand ein Megafon.

- Er ist einfach unwiderstehlich.

Die Flügel schwingen das Bett immer höher hinauf. Es verliert sich im quellwasserblauen Himmel.

Fanja legt die Hand auf Huchs Schulter.

- Ich verstehe nicht, warum du nicht mitgeflogen bist.

Er richtet den Blick bedächtig zum Himmel.

- Zuschauen gefällt mir.

Sie hebt die offenen Hände auf Brusthöhe.

- Wir könnten aus dem Wald hinausgehen.

Der Weg schlängelt sich um dickstämmige Bäume herum, verlässt den Wald und verliert sich in einer Wiese voller Lilien.

Huch guckt in den Himmel, sieht Raben auf einer Stromleitung sitzen.

- Sie haben Blätter in den Schnäbeln.

Die Raben krähen, fliegen weg. Die Blätter fallen raschelnd in die Lilien.

Fanja hebt eines auf, bläst den Blütenstaub weg.

- Das ist ein Notenblatt. Was machen wir damit?

Huch betrachtet es.

- Ich könnte die Partitur lesen und mir vorstellen, wie die

135

Musik tönt.

Ihre Augen funkeln schelmisch.

- Ich falte gern Papierflieger.

Sie faltet, dreht und wendet das Blatt geschickt, bis sie einen Papierflieger in den Händen hat.

- Als ich klein war, wollte ich Pilotin werden.

Huch klappt die Lider hoch.

- Wenn man soviel faltet wie du, ist man im Handumdrehen fertig.

Fanja holt aus, wirft ihn in die Luft.

- Gleich wirst du sehen, wie er fliegt.

Der Flieger gleitet über die Lilienwiese.

Fanja wendet sich Huch in einer leichten Drehung des Oberkörpers zu.

- Er fliegt wie eine Schwalbe.

Sie läuft voraus.

- Los! Wir versuchen, ihn einzuholen.

Huch fährt mit dem Handrücken über die Stirn.

- Wenn ich gewusst hätte, dass mich ein Schnelllauf erwartet, hätte ich Turnschuhe angezogen.

Der Flieger landet vor einem Haus. Das Dach läuft spitz zu. Kunstvolle Holzschnitzereien zieren den Giebel. Der Rollladen am Fenster neben der Tür bewegt sich wie von Geisterhand, geht auf und zu.

Fanja wispert hinter vorgehaltener Hand.

- Das ist vielleicht ein Klubhaus.

Die Tür springt auf.

Ein Mann steht aufgerichtet im Rahmen.

- Hallo, ich bin Lorenz Hansen.

Er trägt einen ausgeleierten Pullover.

- Ich tue mein Bestes, um Gäste zu empfangen, aber es gelingt mir nicht immer.

Fanja blickt ihn bedeutsam an.

- Meine Güte! Was hast du vor?

Hansen wippt auf den Zehen.

- Ich bin ein Mitglied vom Klub der Keks-Genießer.

Sie schüttelt die Hände, als wolle sie den Regen beschwören.

- Für Kekse sind wir empfänglich.

Er reibt sich das Kinn.

- Das kann ich verstehen. Das Problem ist nur: Ich habe keine Kekse.

Eine Frau kommt näher. Ihre Schritte werden kürzer.

- Hallo, ich bin Elin Marini.

Sie trägt einen ananasgelben Rock.

- Ich habe ein Sperrholzregal gesehen. Darum herum stapeln sich Einkaufstüten.

Fanja legt den Finger auf den Mund.

- Zeig uns das Gestell.

Hansen läuft freudestrahlend auf Elin zu.

- Das wäre außerordentlich freundlich. Ich bin Lorenz vom Klub der Keks-Genießer.

Er streift seinen Ring vom Finger.

- Ich möchte ihn dir schenken. Willst du ihn anprobieren?

Ein Zucken läuft über ihr Gesicht.

- Ist das ein Hochzeitsgeschenk?

Hansen schiebt die Brauen in die Stirn.

- Natürlich nur, wenn du zustimmst. Sonst bleibt so ein Ring einfach nur ein Ring.

Elin spreizt die Finger.

- Hm, ich weiß gar nicht. Es könnte sein, dass ich noch einen anderen Ring bekomme.

Sie legt Huch den Arm um die Schulter.

- Wir sind 2 Frauen und 2 Männer. Ist dir das aufgefallen?

Er setzt ein Lächeln auf.

- Ja. Wir haben uns zufällig getroffen.

Elin fasst seine Hand.

- Hast du einen Ring?

Sein Blick wandert herum.

- Nein. Sollen wir einen suchen?

Ein Mann läuft auf Elin zu.

- Hallo, ich bin Thore Raselli.

Er hat weiche Gesichtszüge.

- Darf ich dir einen Ring geben?

Sie steht grazil da, stellt ein Bein vor das andere.

- Du bist schnell.

Er klappt eine kleine Schachtel auf. Darin leuchtet ein goldener Ring.

- Ich möchte, dass du Spaß hast.

Elin wendet sich an Huch.

- Welchen magst du besser, den Ring von Thore oder den von Lorenz?

Er lacht hell auf.

- Das sind deine Ringe.

Fanja kneift die Augen zu.

- Wolltest du uns nicht ein Regal zeigen?

Elin legt die Hand auf ihre Brust.

- Doch. Wir gehen gleich hin. Braucht ihr es denn so dringend?

Hansen steckt seinen Ring an den Finger zurück.

- Also nur, wenn es Kekse in den Tüten hat.

Elin führt sie zu einer Pappelallee. Die Blätter rascheln, als würden Strohhalme raspeln.

- Hört ihr den Klang?

Raselli plinkert mit den Augen.

- Ja, er ist ein bisschen hart, tönt fast wie meine Schachtel, wenn ich sie jetzt zuklappe, und du hast meinen Ring immer noch nicht genommen.

Sie marschiert mit baumlangen Schritten.

- Du möchtest höchstwahrscheinlich, dass ich mir nichts dir nichts zugreife.

Er schüttelt langsam, sehr langsam den Kopf.

- Nein, ich gebe dir alle Zeit der Welt zum Überlegen.

Fanja lacht schallend.

- Möchtest du Hochzeit feiern?

Seine Stimme vibriert vor Erregung.

- Das würde mir gefallen. Dir auch?

Sie albert rum und macht einen Luftsprung.

- Zuerst möchte ich etwas essen.

Hansen federt in den Knien.

- Hast du schon einmal ein Stück Keks einfach im Mund behalten, ohne es zu kauen?

Fanja streicht sich die Fransen aus der Stirn.

- Nein, das wäre für mich etwas ganz Neues.

Elin blickt Huch an.

- Sicher hast du dich gefragt, wo das Regal ist.

Er neigt den Kopf leicht zur Seite.

- Du wirst es uns sagen.

Sie zeigt auf einen Wegweiser. Er deutet auf einen Pfad, der durch einen großen Haufen wahllos dahingekullerter

Riesenkiesel führt.

- Es ist in diesem Steinlabyrinth.

Raselli reißt die Augen weit auf.

- Ist das ein Traum, aus dem ich aufwachen muss?

Fanja stemmt den weit ausgestellten Arm in die Hüfte.

- Wieso? Hast du Angst vor Steinen?

Er lauscht.

- Nein, ich höre lieber dem Gesang der Grillen zu, als dass ich mich beunruhigen lasse.

Hansen eilt voraus, entdeckt das Sperrholzregal. Tatsächlich ist es von Einkaufstüten umgeben.

- Wir haben das Regal gefunden. Ich bin glücklich.

Elin streicht Huch über die Schulter.

- Guck in die Tüten!

Er verschränkt beide Hände ineinander.

- Wie es aussieht, sind die andern schneller als ich.

Raselli stürzt sich auf eine Papiertasche, greift hinein.

- Da sind leckere Kekse drin.

Fanja wippt auf den Zehen.

- Was sagt unser Mann vom Klub der Keks-Genießer dazu?

Hansen packt einen Keks aus, sperrt den Mund auf.

- Das ist ein Glückskeks.

Elin reißt den Arm hoch.

- He, du hast ja quarzweiße Zähne!

Er beißt den Keks an.

- Danke! Die kann ich jetzt gut gebrauchen.

Raselli dreht sich abrupt um.

- Für mich sehen alle Kekse gleich aus. Warum ist das ein Glückskeks?

Hansen zieht einen Papierstreifen heraus.

- Gewöhnliche Kekse enthalten keinen Hinweis, wie man glücklich wird. Aber im Glückskeks steckt er drin.

Fanja verfolgt gebannt jede seiner Bewegungen.

- Was steht darauf?

Hansen glättet den Streifen.

- Da steht: Geht um den Steinhaufen herum.

Elin schmiegt den Kopf an Huchs Wange.

- Das tönt interessant, nicht wahr?

Sein Blick wandert zum Steinhaufen.

- Ja, der Satz ist einfach zu verstehen.

Ein Lächeln stiehlt sich in Rasellis Gesicht.

- Zuerst traute ich dem Glückskeks nicht ganz. Ich gebe es zu. Aber jetzt bin ich begeistert und schlage vor, dass wir sofort gehen.

Fanja geht aufrecht voran.

- Das ist ein einfaches Ziel. Ich freue mich.

Hinter dem Steinhaufen öffnet sich eine muschelartige Mulde. Sie sieht wie ein ausgetrocknetes Wasserfallbecken aus. Darin liegen Kissen, mit bananengelber Seide bezogen.

Hansen legt sich hin.

- Nach diesem anstrengenden Weg muss ich mich ausruhen.

Elin zupft einen Kissenbezug zurecht.

- Atme langsam, dann kannst du dich richtig gut entspannen.

Raselli lässt sich in die weichen Kissen sinken.

- Wie gefällt dir mein T-Shirt?

Elin lächelt mit halboffenen Augen.

- Ich finde es hübsch.

Er stemmt die Ellbogen auf.

- Möchtest du mit mir relaxen?

Sie räkelt sich wie eine Raubkatze.

- Meinst du träumen?

Raselli schiebt mit beiden Händen Kissen zusammen.

- Ja genau. Ich brauche eine Freundin, mit der ich über meine Träume reden kann.

Elin lässt sich neben ihm nieder.

- Rück bitte zur Seite.

Fanja fragt mit einem Zwinkern in den Augenwinkeln.

- Hey, macht ihr eine Pause?

Hansen bewegt fahrig die Hand.

- Ja, das haben wir vor. Hat es genug Kissen für alle?

Elin hebt das Kinn.

- Es hat überhaupt nur Kissen. Und das finden wir gut so.

Raselli schaut auf ihre Finger.

- Hast du viele Freunde?

Ihr Blick schweift weit.

- Ich bin sehr kontaktfreudig.

Fanja versucht, Huch mit neugierigen Blicken zu erforschen.

- Warum legst du dich nicht hin?

Er sieht sich um.

- Mir gefällt das Steinlabyrinth.

Sie geht ein paar Schritte in einen engen, gassenartigen Gang hinein, gelangt zu kleinen Felsbecken.

- Das Wasser ist extrem farbig.

Die Becken liegen zwischen großen, bizarr geformten Steinen, schimmern in allen Tönen von Türkis bis Smaragd. Huch lässt den Blick schweifen.

- Das ist eine fantastische Landschaft.

Eine Balletttänzerin spielt mit einem glanzüberzogenen Luftballon.

- Hallo, ich bin Holly Hagen.

Sie trägt ein Feenkostüm.

- Ich fange jetzt mit dem Tanz an.

Fanja betrachtet sie beeindruckt.

- Das würde ich auch gern.

Holly lässt ihre Füße tanzen, wie sie wollen.

- Bewegen wir uns! Alle können tanzen.

Sie tippt den Ballon an, lässt ihn zu Huch fliegen.

- Bitte bleib nicht abseits!

Er streckt einen Arm nach vorne, einen nach hinten, schlägt den Ballon mit dem Handrücken in die Höhe.

- Meine Schuhe eignen sich eher zum Spazieren.

Holly umarmt ihn begeistert.

- Nein, du hast eine gute Ausgangsposition eingenommen. Mach weiter!

Fanja springt hoch, fängt den Ballon.

- Ich habe Durst. Gibt es hier in der Nähe ein Restaurant?

Holly tanzt mit ihnen aus dem Steinlabyrinth.

- Das Haus, das ich euch zeige, ist kein Restaurant. Es ist Kunst.

Fanja heftet sich ihr an die Fersen.

- Ah, ein Kunsthaus!

Holly hüpft über den Schotterboden zwischen den Grasbüscheln.

- Wieso denn? Kunst lebt in jedem Haus. Alle Häuser sind Kunsthäuser.

Sie führt sie vor ein riesiges Haus.

- Es wird sich leicht jemand finden lassen, der uns etwas anbietet.

Ein Lufthauch öffnet das angelehnte Haustor.

Fanja tritt ein.

- Ich komme her. Die Tür springt auf. Das ist mir noch nie passiert.

Neuntes Kapitel

Sand in der Sonnencreme

Holly springt über die Schwelle, dreht sich nach Huch um.

- Stoß dich von der Erde ab! Lass dich wieder anziehen!

So einfach geht das Tanzen.

Er wippt mit den Füßen.

- Danke, ich verstehe jetzt besser, was ich mir darunter vorstellen kann.

Ein Mann tritt aus einem dunklen Seitengang.

- Hallo, ich bin Luan Tournier.

Er trägt eine Goldkrawatte.

- Möchtet ihr lieber eine Tasse Kaffee oder Tee?

Fanja schreitet durch den Eingangsraum.

- Ich hätte gern einen Kaffee.

Tournier geht zum Treppenhaus.

- Folgt mir bitte. Der Kaffee ist sofort bereit.

Holly trippelt die Treppe hoch, tritt nur mit den Fußspitzen auf.

- Könntest du mir einen Tee geben?

Er bewegt sich in großen Sprüngen hinauf.

- Deine Bestellung freut mich.

Fanja fegt hinterher.

- Ihr läuft sehr schnell.

Tournier dreht sich nach Huch um.

- Du hast noch nichts gesagt.

Huchs Schritte hallen von der Decke wider.

- Ich bin zum ersten Mal hier.

Tournier kontrolliert den Sitz seines Hemds.

- Willst du Milch?

Huch steigt langsam die Treppe hinauf.

- Nein danke, ich bin im Moment nicht durstig.

Tournier legt ihm die Hand auf die Schulter.

- Du bist mein bester Freund. Sicher hast du die gleichen Gefühle wie ich.

Huch lehnt sich von ihm weg.

- Ich weiß nichts über dich.

Tournier schenkt ihm mehrmals hintereinander einen Blick.

- Ich dachte, du könntest vielleicht etwas Gesellschaft gebrauchen.

Im Salon setzt sich Fanja auf ein gigantisches Sofa. Es steht unter dem offenen Fenster.

- Es fällt mir schwer, an einem so bequemen Sofa vorbei zu gehen.

Holly nimmt neben ihr Platz.

- Du scheinst ziemlich schlau zu sein.

Tournier bildet mit den Händen ein Spitzdach.

- Es ist das größte Sofa der Welt.

Fanja schiebt die Unterlippe vor.

- Ich habe den größten Durst.

Holly blinzelt verschwörerisch.

- Das könnte verheerend sein, wenn du nicht bald deinen Kaffee erhältst.

Tournier läuft in die Küche zur Maschine.

- Macht euch keine Sorgen!

Fanja fragt Huch mit nach hinten geneigtem Kopf.

- Fühlst du dich kein bisschen müde?

Er tritt von einem Bein aufs andere.

- Nein, ich gehe lieber wieder raus und sehe mir die Landschaft an.

Holly singt mit fröhlicher Stimme.

- Du bist mein Sonnenschein. Ich habe vor zu heiraten.

Tournier stellt eine Tasse unter den Hahn, drückt den Knopf, guckt aus der Küche.

- Ich lasse euch nicht allein.

Er serviert den Kaffee auf einem Tablett.

- Das ist mein erstes Angebot.

Fanja blickt die Tasse an.

- Du hast besonderes Geschirr.

Holly hebt das Kinn.

- Übrigens, ich bin auch eine große Bewunderin von schönen Tassen.

Tournier rennt in die Küche zurück.

- Was ist deine Lieblingsgeschirrfarbe?

Sie ruft ihm nach.

- Bring mir eine melonengelbe Tasse.

Er klettert auf eine Haushaltleiter, greift in den Schrank.

- Melonentee in einer melonengelben Tasse! Ist das recht?

Holly nickt energisch.

- Das überzeugt mich.

Er gießt einen Teebeutel mit Wasser auf.

- Ich bemühe mich, alles zu vereinfachen.

Huch sieht einen schwarzbraunen Käfer mit braunroten Deckflügeln. Er hat ein Geweih.

- Ist das ein Hirschkäfer?

Tournier eilt mit dem Tee aus der Küche.

- Irgendwo habe ich eine Lupe. Wenn du sie brauchst, könnte ich sie suchen.

Huch dreht sich um.

- Danke. Der Käfer ist groß genug. Ich kann ihn von bloßem Auge erkennen.

Fanja steht auf.

- Das ist der größte Käfer.

Tournier macht ein pfiffiges Gesicht.

- Nun ja, es gibt noch größere Käfer. Aber ganz gewiss ist es ein Hirschkäfer.

Holly spitzt kurz die Lippen.

- Niemand bedient mich.

Er hält seine linke Hand als Hörtrichter hinter das Ohr.

- Die Frau, die auf dem Sofa sitzt, hat einen Tee bestellt. Ich habe dich nicht vergessen.

Sie tippt mit dem Finger aufs Sofa.

- Bitte setz dich neben mich.

Tournier schlägt die Hacken zusammen.

- Zu Befehl.

Der Hirschkäfer fliegt auf, schwirrt zum Fenster hinaus.

Huch läuft die Treppe hinunter.

- Das wäre äußerst schade, wenn ich ihn aus den Augen verliere.

Fanja ruft ihm nach.

- Wohin rennst du?

Er hält inne.

- Mich nimmt wunder, wo der Käfer landet.

Holly lehnt zurück.

- Ich wusste es. Er genießt es, die Natur zu beobachten.

Huch geht durch den Eingangsraum ins Freie, schaut sich

auf dem Schotterboden zwischen den Grasbüscheln um. Der Hirschkäfer fliegt zu einer Mohnwiese, landet auf einem Geldautomaten.

Eine Frau beschleunigt die Schritte, als sie Huch sieht.

- Hallo, ich bin Marina Distelhut.

Sie trägt einen knöchellangen schwanenweißen Rock.

- Du interessierst dich für den Käfer. Habe ich Recht?

Huch rückt unmerklich von ihr ab.

- Ich möchte sehen, wohin er fliegt.

Um ihren Mund spielt ein geheimnisvolles Lächeln.

- Wie gut kennst du eigentlich die Käfer?

Er fühlt ihre Hand auf seinem Arm.

- Ich bin immer am Auskundschaften.

Marina zuckt mit den Augenbrauen.

- Du siehst ziemlich beschäftigt aus.

Huch marschiert mit entschlossenem Schritt zum Geldautomaten.

- Nein, ich gehe nur etwas näher heran. Du kannst mich ja begleiten.

Sie schließt sich ihm an.

- Vielleicht sollten wir uns beeilen. Die Käfer bewegen sich schneller bei warmem Wetter.

Ein Mann stakst lässig durch die Mohnwiese.

- Hallo, ich bin Connor Nowak.

Er trägt ein neues T-Shirt und bringt ein altes Taschenradio.

- Wollt ihr den Wetterbericht hören?

Marina schreitet rascher aus.

- Vielleicht später. Wir beobachten nämlich einen Hirschkäfer und geben uns Mühe, ihn nicht zu stören.

Nowak stellt das Radio ab.

- Ich hätte einen Kopfhörer in meiner Tasche.

Huch geht um den Geldautomaten herum.

- Vorher war der Käfer noch da. Jetzt ist er verschwunden.

Marina legt ihm von hinten den Arm über die Schulter.

- Warten wir einen Moment. Vielleicht kehrt er zurück.

Nowak klaubt eine Kreditkarte aus der Brieftasche.

- Es stört sicher niemanden, wenn ich ein bisschen Geld rauslasse.

Marina wippt mit der Hand.

- Hast du eine Braut?

Er schiebt die Karte in den Schlitz, tippt den Code ein.

- Ich würde sagen, sie ist eine gute Beraterin.

Eine Lautsprecherstimme meldet sich.

- Hallo, ich bin Ayla Lesse.

Auf dem Bildschirm erscheint ein Gesicht.

- Ich bin deine persönliche Kundenberaterin, überall für dich da.

Nowak beugt sich zum Mikrofon.

- Ich hätte gern Geld.

Ayla schließt die Augen.

- Renne zur Bank und hol es.

Er schickt wütende, aber hilflose Blicke zum Bildschirm.

- Warum lässt du kein Geld raus? Liebst du mich nicht mehr?

Sie verzieht ihr Gesicht zu einem herben Lächeln.

- Ich liebe dich wie mich selbst.

Nowaks Augen beginnen zu strahlen.

- Das freut mich. Wollen wir zusammen zelten?

Ayla ruft mit heller Stimme.

- Ja, das ist eine gute Idee. Wir treffen uns am See.

Der Automat surrt. Der Bildschirm erlischt.

Nowak zieht die Karte aus dem Schlitz.

- Kommt ihr mit?

Huch schaut Marina an.

- Ich weiß nicht, was du vorhast.

Sie lächelt anzüglich.

- Ich würde gern die Wettervorhersage hören.

Nowak eilt mit weitausgreifenden Schritten die Wiese hinunter.

- So lange mag ich nicht warten. Ich schenke euch das Radio.

Marina schaltet es an.

- Gleich hören wir den Bericht.

Der Deckel zum Einfüllen der Batterien klappt auf.

- Passiert das oft?

Huch zuckt die Achsel.

- Ich würde eher fragen: Was unternehmen wir, wenn es
geschieht?

Banknoten fallen aus dem Batteriefach.

Marina reißt den Mund auf.

- Wir sind reich.

Sie zählt die Scheine.

- Was sagst du, wenn du mir zuschaust? Bin ich flink oder
langsam?

Huch faltet die Hände.

- Du bist sehr geschickt.

Marina beginnt zu tanzen.

- Jetzt kann ich ein Brautkleid kaufen und dich heiraten.

Er weist auf sich selbst.

- Warum mich?

Sie macht sich auf den Weg zur Landstraße.

- Du bist doch mein Freund.

Huch spannt die Schultern an.

- Wie kommst du darauf?

Marina klemmt die Mundwinkel zu einem Lächeln ein.

- Das weiß ich noch nicht, aber ich werde es schon noch herausfinden.

Sie erreichen die Straße, wandern unter Kastanienbäumen zur Stadt. Die Häuser drängen sich dicht aneinander, bestehen aus groben Kalksteinblöcken. Die Restaurants und Läden liegen hinter schweren Außenrollos. Die Straße ist wie ausgestorben.

Marina schüttelt ratlos den Kopf.

- Leider gibt es hier kein Kleidergeschäft.

Sie setzt ein nachdenkliches Gesicht auf.

- Vielleicht hat es eine Tankstelle.

Huch öffnet beide Handteller.

- Warum suchst du eine Tankstelle?

Marina winkelt den Zeigefinger ab.

- Dort könnten uns die Leute einen Tipp geben.

Sie marschiert mit großen Schritten umher.

- Es hat nicht einmal einen Gemischtwarenladen.

Ein Mann kommt mit stolz geducktem Gang.

- Hallo, ich bin Jonte Murati.

Er trägt einen schneeweißen Hut.

- Sucht ihr etwas Bestimmtes?

Marina packt ihn am Arm.

- Wo gibt es hier ein Brautkleid?

Murati schiebt die Beine eng zusammen.

- Du kannst überall ein Brautkleid bekommen.

Er zieht einen goldenen Kamm aus der Tasche, wirft ihn gegen ein Außenrollo. Er prallt mit hellem Klingen ab, landet klirrend auf der Straße.

- Ihr seid ein glückliches Paar.

Das Außenrollo wird hochgezogen. Die Tür dahinter steht offen.

Eine Frau sitzt auf einem quietschgelben Sessel vor einem blassblau gestrichenen Schrank. Daneben steht ein Tisch mit einer Kristallkugel.

- Hallo, ich bin Jessica Kley.

Sie hat flammend grünes Haar.

- Ich habe ein Brautkleid mit einem Reißverschluss. Tretet näher! Kommt rein!

Marina stampft vor Freude mit den Füßen.

- Du hast eine schöne Nase.

Jessica steht vom Sessel auf.

- Danke!

Ihr Blick streift Huch.

- Findest du meine Nase auch schön?

Er hält inne.

- Ich könnte nichts Anderes tun.

Murati streicht mit dem Zeigefinger über die Oberlippe.

- Möchtest du uns das Kleid zeigen?

Jessica öffnet den Schrank.

- Ja gerne. Es nimmt mich wunder, was ihr dazu sagt.

Sie nimmt ein langes seerosenweißes Kleid heraus.

- Achte auf das Rascheln. Das ist Fallschirmseide. Gefällt es euch?

Marina schlüpft aus ihren Schuhen.

- Ich mag dieses Kleid wirklich.

Murati hält die Hand locker flatternd in die Luft.

- Es ist dir auf den Leib geschnitten.

Jessica reicht ihr das Brautkleid.

- Niemandem wird es so gut passen wie dir.

Sie geht zur Kristallkugel.

- Ich habe das Gefühl, dass du bald heiraten wirst.

Huch blickt sie nachdenklich an.

- Was ist das für eine Kugel?

Sie schaut hinein.

- Ich kann darin die Zukunft sehen.

Marina hält das Brautkleid vor sich hin.

- Vertraust du der Kugel?

Jessica legt die Hand aufs Herz.

- Unbedingt! Mein Vertrauen ist grenzenlos.

Marinas Blick schweift zu Huch.

- Stell dir vor, in wenigen Augenblicken gehen wir in die Kirche.

Jessica schürzt unmerklich die Lippen.

- Ich denke, da liegst du wahrscheinlich falsch.

Marina lässt das Lachen aus dem Gesicht fallen.

- Mein Traum ist es aber, ihn zu heiraten.

Jessica verwirft die Hände.

- In der Kugel sehe ich dich mit einem anderen Mann.

Murati strahlt bubenhaft.

- Mit mir?

Sie tippt ihm auf die Schulter.

- Ja, du spielst die Rolle des Bräutigams.

Marina lenkt den Blick auf Murati.

- In diesem Fall heirate ich Jonte.

In seiner Stimme liegt ein leises Vibrieren.

- Wunderbar! Zieh das Brautkleid an.

Jessica öffnet ihr die Tür zu einem Nebenraum.

- Hier kannst du dich umziehen.

Marina nimmt Murati mit.

- Du kannst mir beim Reißverschluss helfen.

Jessica schließt die Tür hinter ihnen.

- Lasst euch Zeit. Es ist der schönste Tag in eurem Leben.

Sie wendet das Gesicht Huch zu.

- Oft ist es besser, in die Kugel zu schauen, bevor man heiratet.

Huch wirft einen kurzen Blick hinein.

- Ja, die Kugel kann gute Aussichten versprechen.

Jessica geht mit ihm auf die ausgestorbene Straße hinaus.

- Machst du nie Komplimente?

Er dreht die Arme einwärts.

- Möchtest du, dass ich dir ein Kompliment mache?

Sie schenkt ihm einen blitzenden Augenaufschlag.

- Hey, wir sind jetzt unter uns. Da kannst du mir doch in aller Ruhe ein Kompliment machen und sehen, wie es bei mir ankommt.

Huch lässt einen Arm über die ausgestellte Hüfte fallen.

- Ja, das ist eine gute Idee.

Er wendet den Kopf.

- Deine Augen gefallen mir.

Jessica zieht die Augenbrauen hoch.

- Ich kann mich nicht erinnern, dass mir jemand ein so tolles Kompliment gemacht hat.

Ein Mann hüpft auf der Straße.

- Hallo, ich bin Lionel Gegenbauer.

155

Er trägt eine Wollmütze.

- Möchtet ihr eine Treppe hochsteigen?

Sie lacht hell.

- Wozu soll das gut sein?

Er atmet mit einem kräftigen und tiefen Zug den Brustkorb empor.

- Ich zeige euch eine schöne Wohnung.

Jessica hemmt ihren Schritt.

- Wir sind interessiert.

Gegenbauer springt zu einem Haus, drückt einen Knopf. Der Summer tönt. Die Tür öffnet sich in ein Treppenhaus.

- Die Gelegenheit winkt. Herein, herein!

Huch schnuppert.

- Wer hat die Treppe so sauber geputzt?

Gegenbauer schnippt andeutungsweise mit den Fingern.

- Ich! Das ist mein Sport und meine Leidenschaft. Wenn ich anfange, kann ich nicht aufhören, bevor nicht alles blitzt und blinkt.

Jessica steigt die Treppe hoch.

- Gehst du es ruhig an oder hetzt du beim Putzen?

Er öffnet die Wohnungstür.

- Ganz ruhig! Dafür beginne ich vor Sonnenaufgang. Dann hat man Zeit.

Huch zeigt auf ein Brett, das in der Luft schwebt.

- Was ist das?

Gegenbauer setzt sich darauf.

- Das ist ein Stuhl.

Jessica legt ein Lächeln auf ihre Lippen.

- Aber er hat gar keine Beine.

Gegenbauer räkelt sich auf dem Brett.

- Zum Glück! Er würde sonst nur dem Staubsauger im Weg stehen.

Sein Blick wechselt ständig die Richtung.

- Habt ihr die bodentiefen Fenster gesehen?

Jessicas Stimme taumelt.

- Ich liebe bodentiefe Fenster.

Huch schaut hinaus, sieht Parkbäume und ein verschlungenes Wegnetz.

- Wohin führen die Wege?

Gegenbauer schreitet sehr würdig zur Fensterfront.

- Das macht den Reiz dieser Wohnung aus. Du bist zu Fuß in wenigen Minuten am See.

Er zieht eine Schachtel aus der Tasche.

- Ich möchte dir einen Ring schenken.

Jessica greift sich an den Kopf.

- Mir? Einen Ring? Aber wozu denn?

Gegenbauer klappt die Schachtel auf.

- Du bist meine beste Freundin.

Sie probiert den Ring an.

- Es ist das erste Mal, dass ich so reich beschenkt werde.

Er holt Luft.

- Kannst du ihn wieder abstreifen?

Jessica dreht sich im Kreis.

- Wahrscheinlich schon. Vorher würde ich aber gern die Küche sehen.

Sie wirft einen Blick zu Huch.

- Und du?

Er schließt die Augen.

- Zu Hause kochen ist gesund.

Gegenbauer ermuntert ihn.

- Du könntest an den See gehen und schauen, ob es einen Fisch gibt.

Huch kehrt ins Treppenhaus zurück.

- Für den Fisch ist es sicher auch interessant zu wissen, ob es einen Menschen gibt.

Gegenbauer hebt den Arm.

- Nimm ein Taxi.

Huch trippelt die Treppe hinunter, schlägt den Weg zum Park ein.

- Ich gehe lieber zu Fuß.

Jessica öffnet das bodentiefe Fenster.

- Wie fängst du den Fisch? Mit dem Netz oder mit der Angel?

Er verschwindet unter den mächtigen Baumkronen.

- Ich denke unterwegs darüber nach. Fakt ist, dass Fische sehr scheu sind.

Eine Frau sitzt auf einer Bank.

- Hallo, ich bin Amila Klan.

Sie trägt eine kurze Lederhose.

- Gehst du durch den Park?

Huch setzt einen Fuß vor den andern.

- Ja. Und was tust du?

Amila steht auf.

- Ich würde gern mit dir zusammen gehen.

Er senkt den Blick.

- Ist gut.

Ein Lächeln legt sich auf ihr Gesicht.

- Möchtest du mich heiraten?

Huch bleibt stehen.

- Das ist ein großer Schritt vorwärts und will gut überlegt

158

sein.

Sie lehnt mit der Brust gegen seinen Arm.

- Je länger du deine Gefühle versteckst, desto stärker werden sie.

Efeu wächst dicht und dick um die Baumstämme.

Er sieht sich nach dem Weg um.

- Wäre es nicht einfacher, einmal an den See zu gehen?

Amila tanzt mit ausgebreiteten Armen.

- Liebst du mich, wie ich bin?

Er entdeckt Beeren.

- Ich versuche gerade herauszufinden, was du gern hast. Wie steht es mit Himbeeren?

Sie pflückt eine Beere.

- Sie ist schmackhaft. Ich liebe Himbeeren.

Huch dreht den Kopf.

- Ich höre die Vögel singen. Hast du das auch gern?

Amila trippelt tänzelnd um ihn herum.

- Lock einen Vogel an!

Er wiegt den Kopf.

- Wieso soll ich Vögel anlocken? Vielleicht wollen sie einfach, dass wir von Zeit zu Zeit an sie denken.

Die Wellen glitzern durch die Bäume. Ein kleiner Weg führt zu einer Anlegestelle an der Seepromenade. Wie zu blauem Porzellan gebrannt, wölbt sich der weite Himmel.

Amila geht auf den Bootssteg.

- Manchmal erscheint ein Schiff am Horizont.

Huch steigt durch die grasbewachsene Böschung zum Sandstrand hinunter.

- Wir könnten den Strand entlang spazieren und die Fische beobachten.

Sie folgt ihm.

- Oder Blumen pflücken.

Ein Mann fegt über den Strand.

- Hallo, ich bin Mike Andersson.

Er trägt einen bunten Wollpullover, bringt einen Notizblock und 2 Rosen.

- Ich habe lang gesucht, wem ich die Rosen schenken könnte. Dann habe ich euch ausgewählt.

Amila blinzelt in die Sonne.

- Ich finde Rosen wunderbar.

Andersson überreicht ihr die Blumen.

- Darf ich von euch, wie ihr so am Strand steht, eine Zeichnung machen?

Sie setzt ein nachdenkliches Gesicht auf.

- Wenn wir in diesem Licht herumstehen, brauchen wir Sonnencreme.

Er klaubt eine Tube aus der Tasche.

- Ihr seid meine Freunde.

Amila schraubt den Deckel ab.

- Es hat Sand in der Sonnencreme.

Zehntes Kapitel

Das Paarfoto

Eine Frau läuft über den Strand.

- Hallo, ich bin Enise Jacuzzi.

Sie hat eine enorme Hahnenfeder ins Haar gesteckt und bringt eine kleine Plastikflasche.

- Vielleicht kann ich euch helfen. Möchtet ihr von meiner Sonnenmilch?

Amila atmet erleichtert auf.

- Genau die brauchen wir jetzt. Kannst du mir die Milch eincremen?

Enise öffnet die Beine leicht.

- Wo?

Amila schwingt sinnlich die Hüfte.

- Im Gesicht, an den Armen, Beinen, am Rücken, Hals, an der Brust. Meine Hände sind nicht frei. Ich trage Rosen.

Enise fängt mit ihrem Gesicht an.

- Dann muss ich besonders vorsichtig sein, wegen den Rosen.

Andersson zieht einen Bleistift aus der Tasche.

- Ich suche nach Leuten, die sich zeichnen lassen.

Amila deutet mit den Rosen auf Enise und Huch.

- Nimm uns 3.

Er zeichnet 2 Strichfrauchen und ein Strichmännchen.

- Es gibt keine Begrenzung. Bei mir dürfen alle in die Zeichnung kommen.

Enise neigt den Kopf zu Huch.

- Und was machst du?

Er schließt halb die Augen.

- Ich tu mein Bestes.

Sie cremt lächelnd Amilas Arme ein.

- Was ist das? Die Augen schließen?

Huch bewegt sich wie in Zeitlupe.

- Und langsam wieder öffnen.

Nachdem sie fertig eingecremt ist, guckt sie Anderssons Zeichnung an.

- Ich bin überrascht, wie gut du uns getroffen hast.

Er steht spreizbeinig da.

- Wie meinst du das?

Amila grinst breit.

- Die Strichfrauchen und das Strichmännchen scheinen sich alle wohl zu unterhalten. Das machen wir doch, oder nicht?

Andersson lässt den Kopf hängen.

- Schon, aber ich würde gern bleibende Spuren hinterlassen.

Enise schürzt ihren roten Mund.

- Was meinst du mit einer bleibenden Spur?

Er atmet tief ein und aus.

- Etwas, das nicht so schnell verloren geht wie eine Zeichnung auf einem Blatt Papier.

Amila bricht in Gelächter aus.

- Du bist ein bisschen verrückt, aber wir mögen dich.

Ein Mann kommt langsam mit kurzen Schritten.

- Hallo, ich bin Fabio Franklin.

Er trägt einen Blazer und bringt einen pink Farbeimer mit

162

4 Pinseln.

- Ich habe eine wetterbeständige Farbe.

Andersson wirft ihm einen Blick zu.

- Das klingt gut. Ich möchte gleich einen Pinsel für mich reservieren.

Enise schließt die Plastikflasche mit der Sonnencreme.

- Wird die Farbe immer bleiben?

Franklin lächelt wie ein Schelm.

- Solang die Erde sich um die Sonne dreht.

Amilas Oberkörper wippt vor und zurück.

- Das tönt nach einer sehr langen Zeit.

Franklin spaziert mit ihnen über den Strand.

- Wir können nicht auf den Sand malen.

Andersson senkt den Blick.

- Wir müssen einen Fels, eine Wand oder so etwas in der Art finden.

Enise steigt die Böschung zur Landstraße hinauf.

- Habt ihr ein Gefühl für Straßenmalerei?

Amila gibt Huch die Rosen.

- Halt sie mal.

Sie legt ihm den Arm um den Hals und schaut in seine Augen.

- Wir sind alle nach einem Gefühl gefragt, auch du.

Er hält die Rosen mit einer Hand, tritt auf die Straße, geht die signalweiße Linie entlang.

- Also wenn du mich so direkt fragst, ich finde Straßenmalerei schön.

Franklin schnuppert am Asphalt.

- Auf dem Belag hält die Farbe garantiert lange.

Ein Hahn kräht.

Anderssons Finger zittern ein wenig.

- Gib mir einen Pinsel.

Franklin stellt den Eimer ab.

- Bediene dich.

Andersson malt einen Hahn auf die Straße.

- Habt ihr schon mal wie ein Gockel geschrien?

Enise zieht die enorme Hahnenfeder aus ihrem Haar, hält sie an den Hintern, kräht aus Leibeskräften.

- Ich will ein Hahn sein.

Sie verwandelt sich in einen Gockel.

- Das ist erfrischend.

Franklin springt wie ein Gummiball um den Hahn herum.

- Du beeindruckst mich.

Amila krümmt sich vor Lachen.

- Du kannst lauter schreien als ein Hahn.

Andersson läuft vor Begeisterung im Kreis um den Farbeimer.

- Du bist eine Verwandlungskünstlerin. Wir haben dich entdeckt.

Enise stolziert als Gockel auf der Landstraße davon.

- Allmählich verstehe ich, warum uns die Tiere nicht beneiden, Mensch zu sein.

Huch ruft ihr nach.

- Egal wohin du gehst, ich wünsche dir viel Glück!

Franklin hebt den Arm und winkt.

- So macht das Malen richtig Spaß.

Ein Hund bellt in der Ferne.

Amila nimmt einen Pinsel.

- Wisst ihr, was der Straße fehlt? Ein pinkfarbener Hund.

Schnell, mit wenigen Pinselstrichen und triefender Farbe

malt sie einen Hund auf den Asphalt.

- Ich mag Hunde.

Andersson dackelt auf allen Vieren und bellt.

- Ich bin ein Hund.

Er verwandelt sich, bekommt ein zottiges, buntes Fell, das entfernt an seinen Wollpullover erinnert.

- Es hat nicht einmal eine Sekunde gedauert.

Huch tritt ihm ruhig entgegen.

- Wie ist es, ein Hund zu sein? Fühlst du dich gut oder schlecht?

Der Hund wälzt sich auf dem Boden herum.

- Super gut fühle ich mich.

Er rollt sich auf die Beine, trabt davon.

- Glaubt mir, das Menschsein wird gewaltig überschätzt.

Franklin blickt ihm nach.

- Ich habe Hunger, möchte aber kein Hundefutter.

Eine Frau eilt mit federnden Schritten herbei.

- Hallo, ich bin Kaya Enders.

Sie trägt einen farbigen, knielangen Rock und bringt eine Speisekarte.

- Willst du sie lesen?

Er greift nach der Karte.

- Natürlich.

Amila steckt den Pinsel in den Eimer, blickt ihm über die Schulter.

- Was sehe ich auf dem Bild?

Franklin buckelt zum Rundrücken.

- Es wird eine Orange sein.

Kaya wiegt fast unmerklich den Kopf.

- Das ist keine Orange. Unsere Aprikosen haben eine

goldene Farbe.

Ein Mann kommt mit trippelndem Gang.

- Hallo, ich bin Kian Wunderlich.

Er hat dunkelbraune Haare und bringt einen Korb voller Aprikosen.

- Ich denke, das wirkliche Gold wächst an den Bäumen.

Amila nimmt eine Aprikose.

- Wenn ich den Stein setze, und es wächst ein Baum daraus, ändert sich etwas auf der Erde.

Sie bricht sie auf, klaubt den Stein heraus.

- Es gibt einen Baum mehr, und der trägt wieder Früchte.

Franklin isst eine Aprikose.

- Ich wünschte, du würdest öfters vorbeikommen.

Kayas Blick schweift übers Ufer.

- Wir stehen mitten auf der Straße rum. Wollen wir nicht zum See runter gehen?

Amila steigt durch die Böschung zum Strand hinunter.

- Doch, wir machen ein Picknick am Ufer.

Franklin rückt den Farbeimer an den Straßenrand.

- Ich bin froh, haben wir Früchte dabei.

Kaya wirft Huch eine Aprikose zu.

- Willst du auch eine?

Huch fängt sie mit der freien Hand.

- Ja, danke.

Wunderlich schaut mit zusammengekniffenen Augen auf die glitzernden Wellen hinaus.

- Ich finde den See sehr schön.

Amila verschränkt die Arme hinter dem Kopf.

- Er hat so viele Blautöne. Es kommt mir vor, als würde ich träumen.

Franklin lungert am Strand herum.

- Und was wärst du gern im Traum?

Sie richtet den Blick regungslos in die Ferne.

- Ich möchte eine Königin sein.

Kay stupst Huch sanft an.

- Du würdest als König auch ziemlich gut aussehen.

Er setzt eine heitere Miene auf.

- Das ist mir bis jetzt nicht einmal im Traum eingefallen.

Wunderlich hat Lachfältchen in den Augenwinkeln.

- Wieso? Ein König hat es doch gut. Er kann immer Filme anschauen, Musik machen und sich neue mathematische Ideen ausdenken.

Eine Frau kommt in geduckter Haltung.

- Hallo, ich bin Levke Rinkle.

Sie trägt einen mit samtroten Dreiecken gemusterten Kleiderrock und bringt einen purpurfarbenen Königinnenmantel.

- Das ist ein üblicher Mantel für eine Königin.

Amila hat eine hingerissene Miene.

- Darf ich den Stoff einmal berühren?

Levkes Mundwinkel zucken.

- Willst du den Mantel nicht gerade anlegen?

Amila nimmt ihn, wirft ihn über die Schultern.

- Ich kann dir nicht genug danken.

Franklin zieht die Augenbrauen hoch.

- Das ist ein kostbarer Stoff.

Kaya schaut sie an.

- Fühlst du dich gut?

Amila stellt sich auf die Zehenspitzen.

- Ja, mit diesem Mantel muss ich gar nichts tun und bin

automatisch Königin.

Wunderlich holt Luft.

- Etwas tust du aber sicher. Du liebst mich.

Sie spielt mit dem Stein.

- Also ich fand deine Aprikose gut.

Franklin schlüpft aus den Schuhen.

- Dann solltet ihr heiraten.

Amila zuckt zurück.

- Moment, es gibt ein Bedenken.

Sie läuft zu Huch.

- Ich wollte doch dich heiraten.

Er fragt mit einem Lächeln im Gesicht.

- Wie wäre es mit einer Tasse Kaffee?

Amila reibt sich die Hände.

- Ich weiß nicht, was ich sagen soll.

Franklin lehnt den linken Arm lässig an die Hüfte.

- Ich würde ja sagen, wenn du sie umsonst bekommst.

Kaya drückt den Rücken ins Hohlkreuz.

- Kaffee kann gut gegen Stress sein.

Wunderlich greift mit den Händen in die Luft.

- Es ist manchmal schwer, sich zu entscheiden.

Levke umtänzelt Huch.

- Du scheinst ja motiviert zu sein, Kaffee zu holen.

Ein Mann eilt mit weit aufgerissenen Augen in großen Schritten über den Strand.

- Hallo, ich bin Tristan Pantani.

Er trägt eine Jacke aus feinem Stoff und bringt eine Tasse Kaffee auf einem Tablett.

- Entspann dich.

Amila trinkt einen Schluck.

- Er wirkt.

Franklin hebt seine Schuhe auf.

- Wisst ihr, was auch noch wunderbar beruhigend wirkt?

Kaya treibt die Neugier an.

- Ich bitte dich, das musst du uns unbedingt sagen.

Franklin springt aufgekratzt hin und her.

- Auf dem Berg hat es eine Höhle. Dort könnten wir eine Bienenwachskerze anzünden und die Flamme betrachten.

Wunderlich lässt seinen Blick zum Berg schweifen.

- Ich glaube, das würde uns gut tun.

Levke wippt mit den Armen.

- Du musst dich dort oben gut auskennen.

Franklin stürmt einen elegant geschwungenen Weg hinauf.

- Also, wenn mich jemand fragt, kann ich Auskunft geben.

Pantani sieht Huch etwas abseits stehen.

- Du kommst doch auch mit, oder?

Huch zeichnet Wellenlinien in die Luft.

- Ich bin dabei.

Der Weg steigt vom Strand durch den Wald zu den Felsen auf. Von dort öffnet sich ein weiter Blick in die Bucht.

Amalia blickt nach unten.

- Die Aussicht ist ein Geschenk.

Franklin spreizt die Beine.

- Wir verweilen ein bisschen, bevor wir zur Höhle gehen.

Kaya stellt sich auf die Zehenspitzen.

- Hast du noch etwas Kaffee? Darf ich einen Schluck trinken?

Amalia reicht ihr die Tasse.

- Ja sicher.

Pantani erkundigt sich.

- Bist du richtig durstig?

Kaya winkt ab.

- Nein, mit einem Schluck ist mir geholfen.

Wunderlich sonnt sich auf dem Fels.

- Es tut den Augen richtig gut, ins Weite zu blicken.

Levke stößt einen Seufzer aus.

- Ich habe nie zuvor so viele Freunde gehabt.

Pantani setzt ein Lächeln auf.

- Ich glaube, dass alle glücklich sind.

Amila streunt mit katzenartigen Bewegungen durchs Unterholz.

- Ich würde jetzt gern die Höhle sehen.

Franklin führt sie durch den Farn zu einem schroffen Fels mit einer großen, bogenartigen Öffnung.

- Da ist sie.

Kaya tritt ein.

Auf einer runden Felsplatte steht eine Bienenwachskerze.

- Hat jemand ein Streichholz?

Eine Frau kommt aus dem Schatten.

- Hallo, ich bin Maike Eichhorn.

Sie trägt ein enges dunkles Kleid und bringt eine Schachtel.

- Ich vertraue meinen Streichhölzern. Sie entflammen immer.

Wunderlich hört aufmerksam und mit ernstem Blick zu.

- Darf ich die Kerze anzünden?

Maike reicht ihm die Schachtel.

- Ja, tu das.

Er zündet die Kerze an, bläst die Flamme vom Streichholz

170

aus.

- Wohin soll ich es legen?

Levke streckt die Hand aus.

- Gib es mir. Ich sammle abgebrannte Streichhölzer.

Pantani kommt in die Höhle.

- Das Anzünden ist geschafft. Und schon beruhigt mich die Kerze.

Amila fixiert die Flamme mit schweren Augenlidern.

- Ich bin besonders berührt.

Franklin steht in leicht gebeugter Haltung.

- Jeder Mensch braucht Licht und Wärme.

Kaya geht zum Höhleneingang und hält Huch die Hand hin.

- Kommst du auch rein?

Er vertraut ihr die Rosen an und entgegnet nach kurzem Zögern.

- Ich würde noch gern den Weg durch die Felsen erkunden.

Sie kehrt in die Höhle zurück.

- Wenn die Kerze abgebrannt ist, kommen wir auch.

Ruhig steigt Huch weiter hinauf, bis der Weg eine Bergstraße kreuzt.

Ein alter knallroter Chevrolet Impala Cabriolet tuckert durch die Kehren hinauf.

Am Steuer sitzt ein Mann.

- Hallo, ich bin Hendrik Long.

Er trägt ein winterweißes Jackett.

- Willst du mein Auto anmalen?

Huch verschränkt die Arme vor dem Bauch.

- Ich habe leider keine Farbe.

Eine Frau kommt gelaufen.

171

- Hallo, ich bin Elena Turkan.

Sie trägt Stiefeletten, bringt einen Eimer mit kleegrüner Farbe und einen Pinsel.

- Dieses Grün hat einen warmen Ton.

Long steigt aus dem Auto und sieht Huch an.

- Was meinst du zu der Farbe?

Huch zieht die Schultern bis zu den Ohren hoch.

- Ich bin wirklich erstaunt.

Elena blinzelt mit den Augen

- Worüber staunst du?

Er dreht die Schulter ein bisschen nach hinten.

- Dass sie so rasch zur Stelle ist.

Sie wirft den Pinsel in die Höhe und fängt ihn wieder auf.

- Ich habe mich beeilt.

Long legt Huch die Hand auf die Schulter.

- Du siehst mutig aus und hast bestimmt großes Talent zum Malen.

Huch bewegt sich tänzerisch um den Chevrolet.

- Alle Menschen haben Talent, wenn sie ermutigt werden.

Elena gibt ihm den Pinsel.

- Bitte fang jetzt an.

Huch zuckt mit den Achseln.

- Vielleicht wollt ihr den ersten Strich ziehen.

Long verzieht sein Gesicht.

- Nein, ich schaue dir lieber zu.

Huch spielt mit dem Pinsel.

- Soll ich Farbtupfen machen? Oder stellt ihr euch ein Bild vor?

Elena ermuntert ihn mit freundlicher Stimme.

- Male einen Tannenbaum.

Ein Mann steigt die Felsstufen zur Bergstraße hinab.

- Hallo, ich bin Yaron Ulmenstein.

Er trägt eine Strickjacke.

- Ich liebe Tannenbäume und würde gern einen malen.

Huch reicht ihm den Pinsel.

- So einen Mann haben wir gesucht.

Long lächelt mit den Augen.

- Hast du auch gern Ulmen?

Ulmenstein taucht den Pinsel in die Farbe.

- Ja natürlich, der Name verpflichtet.

Elena hält kurz die Luft an.

- Was ist eine Ulme?

Ulmenstein geht zum Chevrolet.

- Das ist ein Baum mit Blättern.

Er malt mit raschen Strichen einen Tannenbaum auf die Motorhaube.

- Ich kann alle Bäume malen.

Long legt die Hand aufs Herz.

- Bäume sind ganz wichtig.

Elena tippt Huch auf die Schulter.

- Ich möchte einen Espresso.

Sein Blick geht über die Landschaft hin.

- Irgendwo an der Straße könnte ein Restaurant sein.

Eine Frau tritt heran.

- Hallo, ich bin Naila Humbert.

Sie hat milchweiße Kniestrümpfe an und trägt stolz ein Tablett mit einem Plastikbecher.

- Hier ist der Espresso!

Elena ergreift ihn.

- Danke vielmals.

Sie nimmt einen großen Schluck.

- Du hast schöne Beine.

Naila stellt ein Bein aus.

- Ich bin glücklich, wenn sie dir gefallen.

Longs Wimpern beginnen fast unwillkürlich zu zwinkern.

- Können wir etwas für dich tun?

Sie breitet die Arme aus und knickst.

- Eure Freundlichkeit ist für mich sehr wichtig.

Elena schmiegt die Hand um ihre Hüfte.

- Du bist unsere Freundin und hast unser Vertrauen.

Naila tänzelt über die Bergstraße.

- Mehr kann ich nicht wollen.

Ulmenstein gibt Huch einen Wink.

- Stell dich mal neben Naila.

Huch lässt die Schultern hängen.

- Wieso?

Ulmenstein legt den Pinsel ab.

- Ich möchte euch fotografieren.

Long zeigt auf Huch und lacht.

- Du musst mit Naila aufs Bild. Ihr seid ein Traumpaar.

Huch hat ein leises Lächeln in den Augen.

- Wie kommst du darauf?

Long stellt die Füße eng zusammen.

- Ihr habt beide große Herzen.

Huchs Mund steht offen.

- Woran sieht man das?

Elena formt mit runden Armen eine Mondscheibe.

- Wir fühlen es. Ihr gehört zusammen.

Ulmenstein spreizt Zeigefinger und Daumen ab.

- Ich habe es auf den ersten Blick gesehen.

Naila legt das Tablett auf den Kofferraum des Chevrolets.

- Ihr scherzt.

Ein Mann trippelt auf Zehenspitzen heran.

- Hallo, ich bin Dennis Salvatore.

Er trägt eine silberne Sonnenbrille.

- In meinem Hinterhof habe ich eine Kamera auf einem Stativ.

Long senkt die großen Augen.

- Wir sind interessiert.

Elena stellt den Becher auf die Motorhaube.

- Wenn die Kamera auf einem Stativ steht, ist es eine besondere.

Ulmenstein schiebt den Pinsel in den Eimer zurück.

- Ja, dann zeig uns deinen Hinterhof.

Naila nickt freundlich.

- Ich wollte schon immer in einem Hinterhof fotografiert werden.

Salvatore führt sie zu einem alten, verlassenen Berghotel.

- Ihr müsst euch nur mir anvertrauen. Ich finde immer etwas Gutes für euch.

Long schaut Huch direkt in die Augen.

- Auf dem Foto könntest du Nailas Hand halten.

Elena hat Glanz in den Augen.

- Das macht man für gewöhnlich so bei Hochzeitsfotos.

Huch ist baff vor Staunen.

- Wer heiratet denn?

Ulmenstein kichert in sich hinein.

- Naila und du. Es gibt eine einfache Regel. 2 sind immer ein Paar.

Die Sonne scheint Naila ins Gesicht.

- So ein Paarfoto ist doch nur ein kleines Ding. Aber seien wir ehrlich. Es kann etwas Großes daraus werden.

Salvatore zeigt ihnen den Durchgang zum Hinterhof.

- Ich bin ernsthaft überzeugt, dass wir ein wunderbares Foto kriegen.

Long eilt voraus.

- Ich sehe mich nach einem passenden Hintergrund um.

Elena sagt zu Huch und Naila.

- Ihr müsst nicht heiraten, wenn ihr nicht wollt.

Naila betritt den sonnigen Hinterhof.

- Das ist doch klar. Wir sind Freunde und machen nur ein Foto.

Elftes Kapitel

Der große Bügel

Eine große Kamera steht auf einem Stativ.

Ulmenstein geht darum herum.

- Ich mag alte Apparate sehr.

Salvatore stößt Huch mit dem Ellbogen an.

- Das Licht ist fast zu gut, um wirklich zu sein.

Long entdeckt einen Haufen grober Steine.

- Wir könnten sie zu einer Mauer zusammenfügen. Dann sieht es aus, als wäre das Foto in einem Schloss gemacht worden.

Elena legt eine Hand auf die Hüfte.

- Ich muss einen Blick darauf werfen. Nicht alle Steine eignen sich.

Ulmenstein beginnt, die Mauer zu bauen.

- Du musst sie nur in die Hand nehmen, dann schichten sie sich von selber auf.

Naila hakt sich bei Huch ein.

- Küssen wir uns auf dem Foto?

Er schaut zum Fotografen.

- Was meinst du?

Salvatore zuckt nur mit den Schultern.

- Ich gebe euch keine Anweisung. Seid möglichst spontan und natürlich.

Long formt die Finger zu einem Dach.

- Wir haben eine Mauer für euch gebaut. Ich hoffe, ihr

wisst es zu schätzen.

Elena wischt mit der Hand durch die Luft.

- Die Sonne scheint wie Gold, bringt die Steine zum Schimmern.

Ulmenstein legt Salvatore die Hand auf die Schulter.

- Bist du bereit? Kannst du die Aufnahme machen?

Salvatore richtet die Kamera auf die Mauer.

- Manchmal ist der Fotograf bereit, der Hintergrund auch, aber das Paar ist noch nicht im Bild.

Naila tritt vor die Kamera.

- Ich möchte eine Frage stellen.

Long legt den Rücken der linken Hand in die rechte Innenhand.

- Worum geht es? Es ist nie zu spät für eine Frage.

Sie überlegt, wie sie es ausdrücken soll.

- Mir ist nicht klar, weshalb es die Mauer braucht.

Elena steht der Mund offen, als könne sie es kaum glauben.

- Falls dir die Steine nicht gefallen, wählen wir einen anderen Hintergrund.

Ulmenstein holt tief Luft.

- Denkst du, dass es so wichtig ist?

Naila senkt den Blick.

- Ja, ich stehe lieber vor einer gewöhnlichen Wand.

Salvatore schwenkt die Kamera.

- Das kann ich verstehen. Ich habe einen Sinn für verwaschene Farben.

Long zieht eine Schulter hoch.

- Wieso wollt ihr für das Foto überhaupt stehen?

Elena wirbelt auf der Spitze eines Fußes herum.

- Wir sollten Stühle suchen.

Eine Frau schreitet mit gebeugtem Rücken in den Innenhof.

- Hallo, ich bin Kimberly Delaney.

Sie trägt ein clowneskes Kleid und bringt 2 Klappstühle.

- Es ist nur zu deutlich, was euch fehlt.

Ulmenstein lässt den Brustkorb einsinken.

- Warum sind wir nicht gleich darauf gekommen?

Naila klappt einen Stuhl auf.

- Ich dachte nicht daran.

Sie setzt sich.

- Ich bin noch nie auf einem Klappstuhl gesessen, weil ich dachte, das klappt gar nicht.

Salvatore nimmt den zweiten Stuhl.

- Eigentlich habe ich gar keine Lust auf eine Standfotografie.

Kimberlys Augen wandern ruhelos hin und her.

- Das gibt ein tolles Bild. Seid ihr das Brautpaar?

Nailas Finger spreizen sich vom Körper weg.

- Nein, das sind wir nicht. Dennis ist der Fotograf.

Salvatore ringt sich ein spöttisches, halb zufriedenes Grinsen ab.

- Das bin ich. Aber ich muss mich erst in eure Lage versetzen. Es ist leichter, zusammen zu sitzen als zusammen zu gehen.

Long guckt auf den Monitor.

- Ich sehe es auf den ersten Blick: Dennis und Naila, ihr passt zusammen.

Elena zeigt sich beeindruckt.

- Ihr seid wie füreinander geschaffen.

Ulmenstein stellt die Unterlippe vor.

- Ich finde, ihr solltet die Stühle noch etwas näher zusammenrücken.

Naila schaut großäugig zu Huch.

- Möchtest du lieber neben mir sitzen?

Er schlägt die Lider nieder.

- Ich stehe gern.

Kimberly ergreift Huchs Arm.

- Ich mag dich sehr.

Er zieht die Schultern ein.

- Wen? Mich?

Sie führt ihn aus dem Hinterhof.

- Ja, ich würde gern mit dir einen Apfel essen gehen.

Huch schreitet durch den Durchgang.

- Wo gibt es Äpfel?

Long ruft ihnen nach.

- Kommt bald zurück!

Elena breitet die gestreckten Arme aus.

- Wir lieben euch.

Ulmenstein hält den Kopf schräg.

- Was geht ihr essen?

Kimberly dreht sich einmal um die eigene Achse.

- Einen Apfel.

Naila schiebt die Hand über die Brust.

- Ich könnte euch helfen, den Apfel zu finden.

Salvatore streckt die Beine von sich.

- Das ist eine gute Idee. Wir machen eine Probeaufnahme und kommen dann gleich nach. Es dauert eine Minute.

Kimberly geht mit Huch zur Bergstraße.

- Hast du Äpfel gern?

Er schiebt seinen Strohhut in den Nacken.

- Ja, ich finde sie gut.

Ein Mann kommt ihnen entgegen.

- Hallo, ich bin Korbinian Naubert.

Er trägt einen buchsgrünen Anzug.

- Ich kann euch sagen, wo es Äpfel gibt.

Sie betrachtet ihn mit großen Augen und offenem Mund.

- Wo denn?

Naubert sagt mit einem Augenaufschlag.

- Es ist einfach. Wir wechseln ein paar Schritte auf der Bergstraße und sind gleich da.

Kimberly fasst sich an den Kopf.

- Hat es einen Baum?

Er dreht den Oberkörper.

- Nein, einen Kühlschrank. Was willst du mehr?

Sie schielt aus den Augenwinkeln zu Huch.

- Traust du Äpfeln aus dem Kühlschrank?

Er hat die Augen halb geschlossen.

- Wir nehmen sie raus und schauen sie an.

Naubert kräuselt die Oberlippe.

- Seid ihr Freunde?

Kimberly legt die Hand auf Huchs Schulter.

- Wir sind schon eine Weile zusammen und haben uns noch nie verlassen.

Naubert reibt den Nacken am Haaransatz.

- Ich beginne zu begreifen. Ihr seid unzertrennlich.

Sie holt tief Luft.

- Hast du dich auch schon gefragt, ob die Liebe unendlich groß ist?

Er macht eine wegwerfende Handbewegung.

- Unendlich groß ist zu bescheiden für das, was sie wirklich ist.

Kimberly fragt Huch.

- Gibt es denn etwas Größeres als unendlich groß?

Er schaut sich neugierig um.

- Ja, wenn du hinter der unendlichen Größe einen Fußabdruck siehst, dann merkst du, dass da einer einen Schritt weiter ging.

Mitten auf der Bergstraße steht der Kühlschrank.

Naubert öffnet die Tür.

- Was in aller Welt ist denn das?

Kimberly beugt sich sehr weit nach vorn.

- Was ist passiert?

Er wagt kaum zu atmen.

- Der Kühlschrank ist leer.

Sie legt die Hände übereinander.

- Deine Äpfel, wo sind sie jetzt?

Naubert breitet die Arme aus.

- Ich vermisse sie.

Eine Frau tigert mit federnden Schritten auf ihn zu.

- Hallo, ich bin Eleni Tanaka.

Sie hat eine Katze auf dem Pullover und bringt einen angebissenen Apfel.

- Man kann immer einen Apfel finden.

Kimberly neigt den Kopf leicht zur Seite.

- Ja, aber du hast ihn leider angebissen.

Elenis Mundwinkel zucken verschmitzt.

- Ja nun, lieber angebissen als ganz weg.

Naubert verlagert sein Gewicht von einem Fuß auf den andern.

- Das stimmt. Wir können ihn teilen.

Kimberly lacht perlend.

- Warum ist mir das nicht gleich eingefallen?

Eleni spricht mit kräftiger Stimme.

- Wir schneiden Schnitze. Dann haben wir alle etwas davon.

Ein Mann schlendert vorüber.

- Hallo, ich bin Nino Alami.

Er trägt einen mohnroten Pullover, auf den ein vierblättriges Kleeblatt gestickt ist.

- Ich weiß, wo ein Tisch steht.

Kimberly dreht mit geschlossenen Augen eine Pirouette.

- Ich möchte ihn sehen.

Naubert formt die Hände vor dem Bauch zur Raute.

- Wir haben vor zu teilen. Ohne Tisch wäre es gefährlich, das Messer einzusetzen.

Eleni geht 2 Schritte vor und dann 3 zurück.

- Es geht um meinen Apfel.

Alami stemmt selbstbewusst die Hände in die Hüften.

- Ich kann euch hinführen, wenn ihr wollt.

Kimberly richtet sich auf.

- Ich komme gern mit.

Naubert blickt ihm ins Gesicht.

- Dein Angebot klingt verlockend.

Eleni stützt das Kinn auf den Handrücken.

- Ist dein Tisch stabil oder wackelt er?

Alami streckt steif die Hände in die Luft.

- Er ist ein Wunder an Stabilität und bedeutet mir alles.

Die Bergstraße schweift um einen Fels. Hinter der Biegung werden zuerst ein Telefonmast und dann ein runder Eichentisch sichtbar. Mit 6 Stühlen steht er in der Straßenmitte.

Kimberly setzt sich.

- Das ist der massivste Tisch des Tages.

Naubert nimmt neben ihr Platz.

- Er sieht gediegen aus.

Eleni legt den Apfel darauf.

- Der Tisch macht uns glücklich.

Sie nimmt Huch in die Arme.

- Küss mich!

Eine Frau kommt angerannt.

- Hallo, ich bin Liz Imhof.

Sie trägt ein enzianblaues Tenniskleid und bringt ein Messer.

- Die Bergstraße eignet sich hervorragend zum Laufen. Darum bin ich so schnell.

Alami lehnt lässig gegen den Tisch.

- Dein Messer ist für uns ganz wichtig.

Liz wiegt sich in den Hüften.

- Ich laufe gern Leuten über den Weg, die mein Messer brauchen.

Kimberly bekommt wässerige Augen.

- Teilen wir den Apfel!

Naubert krümmt sich über den Tisch.

- Wer schneidet die Schnitze?

Eleni scheint vor Energie zu sprühen.

- Das übernehme ich gern.

Alami wiegt den Oberkörper hin und her.

- Ich bin wirklich stolz auf unser Team.

Liz schleicht um Huch herum.

- Reicht der Apfel für alle? Was meinst du?

Sein Blick schweift nach links.

- Ich bin zuversichtlich.

Kimberly sitzt auf der Stuhlkante.

- Die Schnitze werden uns stärken.

Naubert blickt Eleni an.

- Bist du fertig?

Sie fläzt sich auf den Stuhl.

- Ja, gerade in diesem Augenblick.

Alami rundet den Rücken.

- Isst du selber auch ein Stück oder nicht?

Sie nimmt einen Schnitz.

- Natürlich, das habe ich vor.

Liz hebt den Blick.

- Ich finde Telefonmasten spannend. Man kann hinaufschauen und entdeckt manchmal ganz oben bei den Drähten einen Zettel.

Kimberly beißt in den Schnitz, guckt hinauf.

- Da ist tatsächlich ein kleines Stück Papier.

Der Zettel ist an 2 Nägeln aufgehängt.

Naubert verschluckt sich, hustet.

- Leider kann ich nicht so gut klettern.

Elenis Augen gleiten über den Mast.

- Jemand schafft es immer.

Sie sagt zur Katze auf ihrem Pullover.

- Versuch es!

Die Katze springt aus dem Pullover auf den Tisch.

Alami fasst sich an den Kopf.

- Pass auf, dass der Faden nicht reißt!

Liz spreizt die Arme weit vom Körper weg.

- Jetzt würde ich mir wünschen, dass die Katze den Mast

erklimmt.

Kimberly drückt ihr Rückgrat durch.

- Sie sucht bestimmt etwas zum Spielen.

Die Katze klettert auf den Mast, schlägt die Krallen in den Zettel, reißt ihn von den Nägeln.

Naubert beobachtet sie aufmerksam.

- Seht euch die Katze an!

Achtsam, Fuß für Fuß krallt sie sich beim Abstieg in den Mast.

Eleni stockt der Atem.

- Das ist wie eine Rückkehr aus dem fünften Stock.

Alami hat den Mund leicht geöffnet.

- Könnt ihr euch vorstellen, wie sie in den Pullover zurückkommt?

Liz trocknet sich die Stirn mit einem Taschentuch.

- Ich fürchte, das geht nicht mehr.

Auf halber Höhe springt die Katze vom Mast auf den Tisch, duckt sich und ist mit einem Satz in Elenis Pullover zurück.

Kimberly hat in den Augen ein blitzendes Lachen.

- Sie hat es geschafft.

Der Zettel strudelt herab.

Naubert fängt ihn.

- Ich hoffe, es steht etwas darauf.

Er liest, rutscht vom Stuhl.

- Es ist ein Frage.

Eleni schenkt ihm einen tiefen prüfenden Blick.

- Du siehst sehr verdutzt aus.

Naubert wirft das Papier in die Luft.

- Das ist kein Wunder. Diese Frage verblüfft mich.

Alami erhascht den Zettel.

- Ich möchte sie selber lesen.

Er senkt den Blick.

- Wie wird aus aufgerolltem Blech eine Coladose?

Liz blickt recht ernst, dann mit gespielter Ratlosigkeit Huch an.

- Weißt du, wie das funktioniert?

Er verschränkt die Arme hinter dem Rücken.

- Ich lasse mir deine Frage durch den Kopf gehen.

Ein Mann schreitet heran.

- Hallo, ich bin Lean Corner.

Er geht unter einem durchsichtigen Regenschirm.

- Ich zeige euch gern, wie aus aufgerolltem Blech eine Dose wird.

Kimberly blinzelt mit den Augen.

- Du wirst Freunde gewinnen, wenn du das kannst.

Corner leckt sich die Oberlippe.

- Suchst du einen neuen Freund?

Naubert schlägt erregt die Augen auf.

- Wir suchen immer neue Freunde.

Eleni lächelt, hält sich die Hand vor den Mund.

- Das ist die einzige Möglichkeit, glücklich zu sein.

Alami springt, tänzelt, lockert die Muskeln.

- Ist es weit bis zur Dosenfabrik?

Corner geht voran.

- Fabrik ist etwas viel gesagt.

Die Bergstraße führt in einen dichten Wald hinein.

Eine Frau sitzt auf einem Koffer.

- Hallo, ich bin Nicole Marler.

Sie trägt eine goldgelbe Kostümjacke.

- Wisst ihr, wie eine Coladose entsteht, und warum?

Kimberly bleibt stehen.

- Nein, wir verstehen leider nichts davon.

Naubert lehnt an einen Baumstamm.

- Du weißt es sicher.

Nicole steht auf.

- Ja, ich schon. Aber es geht um euch. Wollt ihr es gleich herausfinden oder lieber etwas später?

Eleni zieht die Brauen nach oben.

- Ich glaube, ich spreche für uns alle: Wir können es kaum erwarten.

Nicole pustet vorsichtig den Staub vom Koffer.

- Das freut mich. Habt ihr eine Rolle Blech dabei?

Alami macht große Augen.

- Ist das nötig?

Sie streckt lächelnd die Hand aus.

- Ja, ich brauche wirklich Blech.

Corners Finger nesteln nervös an den Hosentaschen.

- Das leuchtet uns ein.

Ein Mann findet ein Loch im Gebüsch, steigt hindurch.

- Hallo, ich bin Diego Tiro.

Er trägt eine steinweiße Jacke und bringt eine Rolle Blech.

- Was soll ich tun?

Nicole dreht sich nach ihm um.

- Gib mir das Blech.

Tiro gibt ihr die Rolle.

- Darf ich dir eine Frage stellen?

Sie öffnet den Koffer.

- Frag mich, was du willst.

Er lacht wie befreit.

- Was machst du mit dem Blech?

Nicole legt die Rolle hinein.

- Ich mache eine Coladose.

Kimberly lässt sich vornüber hängen.

- Wo ist deine Fabrik?

Nicole zeigt mit ausgestrecktem Arm hinunter.

- In meinem Koffer.

Naubert staunt mit offenem Mund.

- Du hast die kleinste Fabrik der Welt.

Eleni setzt sich ins Moos.

- Wahrscheinlich müssen wir lang warten, bis die erste Dose fertig ist.

Alamis Mundwinkel nehmen verträumte Züge an.

- Das nehme ich gern in Kauf. Es ist eine einmalige Chance.

Nicole schließt den Deckel.

- Ich beginne.

Sie setzt sich im Schneidersitz auf den Koffer.

- Es dauert nicht so lang, wie ihr denkt.

Liz kauert in der Hockstellung.

- Kannst du zaubern?

Nicole konzentriert sich auf den eigenen Atem.

- Das sieht nur so aus.

Corner zählt langsam von 10 herunter.

- Wir drücken dir die Daumen, dass es klappt.

Sie erhebt sich.

- Danke für die Unterstützung. Ohne euch hätte ich es kaum geschafft.

Tiro trocknet sich die schweißnasse Nase.

- Ist die Dose fertig?

Nicole öffnet den Koffer, klaubt eine Coladose hervor.

- Sie ist rasch entstanden, wird aber lang halten.

Kimberly zeichnet die Dose mit dem Zeigefinger nach.

- Darf ich sie haben?

Nicole überlässt sie ihr.

- Gern. Ich werde allen eine Dose schenken.

Naubert hängt an ihren Lippen.

- Ich vermag gar nicht zu sagen, wie ich mich freue.

Eleni bündelt die Haare im Nacken.

- Ich ahne schon, dass die Dose unser Leben verändern wird.

Alami lässt die Lippen beim Reden leicht auseinandergehen.

- Manchmal ist sogar Blech wunderschön.

Liz stellt sich auf die Zehenspitzen.

- Ich finde es anregend, eine Dose zu bekommen, die du selber herstellst.

Corner lässt die Arme lose baumeln.

- Danke, dass du für uns produzierst.

Tiro setzt sich auf den Boden, schlägt die Beine seitlich unter.

- Wir könnten ein Dosen-Team gründen.

Huch winkt zum Abschied.

- Ich gehe den Wald anschauen.

Nicole macht den Koffer zu.

- Dieser Wald ist das Ende der Welt. Verlauf dich nicht.

Er schreitet lachend davon.

- Macht euch keine Sorgen. Ich bleibe auf der Straße.

Vogelstimmen singen. Das Laub raunt bei jedem Windzug. Rehe springen über den Waldboden. Die Klauen klopfen dumpf. Hohe Bäume ragen auf. Ihre Wurzeln sprengen den Asphalt. Tiefer im Wald belegt Mergel die Straße.

Die Schritte einer Frau knirschen.

- Hallo, ich bin Viola Pepper.

Sie trägt eine flammend grüne Perücke und bringt eine Drahtspule.

- Ich bin allein im Wald.

Huch deutet auf die mächtigen Stämme.

- Es hat viele Bäume.

Ein Lächeln schleicht sich in ihr Gesicht.

- Gut, die Bäume sind da, aber vermisst du nicht ein bisschen die Menschen?

Er senkt den Blick.

- Ja, wenn jemand gern einen direkten Draht zu den Menschen hat, kommt er im Wald nicht so ohne weiteres zum Zug.

Viola hebt die Spule hoch.

- Dich nimmt gewiss wunder, was ich mit dem Draht mache.

Huch steckt die Hände in die Hosentaschen.

- Ja, ich bin sehr neugierig.

Sie zieht am Draht.

- Brauchst du einen Kleiderbügel?

Er stochert mit dem Fuß im Mergel.

- Im Moment habe ich kein Teil, das ich an den Bügel hängen könnte.

Ein Mann wandelt durch den Wald.

- Hallo, ich bin Lino Morgenroth.

Er trägt leichte Schuhe.

- Ich würde gern mein Hemd aufhängen, habe aber keinen Bügel.

Viola spult Draht ab.

- Ich biege einen Bügel.

Ihr Blick flattert ins Leere.

- Leider fehlt die Schere. Damit müssen wir leben.

Eine Frau läuft barfuß übers Moos.

- Hallo, ich bin Alenka Zeman.

Sie trägt einen kardinalsroten Umhang und bringt eine Drahtschere.

- Darf ich das Stück abschneiden?

Viola legt den Kopf in den Nacken.

- Ja gern.

Morgenroth wippt mit dem Fuß.

- Du siehst munter aus.

Alenka trennt den Draht durch.

- Ich mag das Schneiden.

Viola biegt den Draht.

- Wisst ihr, was Mode ist? Große oder kleine Bügel?

Morgenroth macht eine Grimasse.

- Große.

Alenka schaut ihn mit unbefangener Direktheit an.

- Woher weißt du das?

Er lehnt lässig am Baum.

- Ich will einen großen Bügel.

Viola dreht den Draht, formt oben einen Haken.

- Der Bügel ist fertig. Was machst du jetzt?

Zwölftes Kapitel

Geheimnisvolles Rubinrot

Morgenroth zieht das Hemd aus.

- Nun sehe ich mich nach einem Ast um.

Alenka wirft Huch einen Blick zu.

- Den gleichen Bügel könnten wir für dich machen.

Er schlägt die Augenlider nieder.

- Ich wende mich sofort an euch, wenn ich einen brauche.

Viola hüpft auf der Mergelstraße.

- Ich habe eben den Dreh raus und möchte nicht aus der Übung kommen.

Morgenroth hängt den Bügel mit dem Hemd an einen Buchenast.

- Das stimmt. Du bist Spitze.

Alenka bückt sich am Straßenrand.

- Da liegt ein roter Faden.

Viola beugt sich zu ihr.

- Als Kind träumte ich davon, einem Faden nachzugehen.

Morgenroth fährt sich mit der Hand über das Gesäß.

- Ich bin ein bisschen verwirrt. Wollen wir die Straße wirklich verlassen und einem Faden ins Unterholz folgen?

Alenka blinzelt mit den Augen.

- Ja, mich interessieren geheimnisvolle Spuren.

Viola stützt die angewinkelten Arme auf das Becken.

- Es macht nichts, wenn wir von der Straße abkommen. Ich fühle mich wohl im Wald.

Morgenroth geht dem Faden nach.

- Ich kann mir kaum vorstellen, wo er uns hinführt.

Alenka wackelt mit den Hüften.

- Tiefer in den Wald hinein. Das siehst du doch.

Zunächst zeichnet der Faden eine Spur durch hüfthohe Farnbüschel.

Viola fährt Huch mit der Hand über den Rücken.

- Wir freuen uns, wenn du mitkommst.

Er schlägt die Augen auf.

- Dankeschön.

Morgenroth spitzt Daumen und Zeigefinger.

- Du bist unser Freund.

Alenka lächelt und hat strahlende Augen.

- Wir sind 4 Freunde.

Die Bäume bilden einen grünen Tunnel. Wie Blitze tanzen die Sonnenstrahlen. Der Faden bringt Viola auf eine Lichtung.

Sie balanciert auf einem umgestürzten Baum.

- Der Ort ist paradiesisch.

Morgenroth kann sich an der Mischung aus Waldluft, Sonne und Sommerflieder nicht satt riechen.

- Am liebsten würde ich eine Postkarte versenden.

Ein Mann geht mit resolutem Schritt über die Moospolster zwischen den Wurzeln.

- Hallo, ich bin Mert Marino.

Er trägt eine grasgrüne Hose, bringt eine Bildpostkarte und einen Kugelschreiber.

- Ich habe alles, was ihr wünscht.

Alenka rudert mit den Armen.

- Eine Karte schreiben gibt ziemlich viel zu tun.

Eine Frau tippelt in die Lichtung.

- Hallo, ich bin Asya Wolfbauer.

Sie trägt eine safrangelbe Bluse.

- Ihr braucht Hilfe, oder?

Viola schiebt die Hände zusammen.

- Wir suchen Worte für eine Postkarte.

Morgenroth blickt sie in gespannter Erwartung an.

- Worte, die ihre Wirkung nicht verfehlen.

Alenka reibt Daumen und Zeigefinger aneinander.

- Bitte wirf einen Blick auf diese Karte!

Marino hält sie hoch, deutet auf das Bild mit dem Urwald.

- Was sagst du?

Asya bekommt leuchtende Augen.

- Ich kann meine Begeisterung nicht unterdrücken.

Viola wendet sich an Marino.

- Gib ihr die Karte!

Er wackelt auf den Absätzen.

- Hast du schon ein paar Grußworte?

Asya streckt die Hand aus.

- Ja, ich weiß genau, was wir schreiben. Viele liebe Grüße.

Morgenroth dreht sich um seine Achse.

- Das ist sehr persönlich.

Alenka wischt sich die Stirn.

- Trotzdem geben wir nichts von unserem Privatleben preis.

Marino holt durch den Mund Luft.

- Manchmal stellt sich heraus, dass 3 Worte viel sind.

Asya nimmt den Kugelschreiber und die Postkarte, beginnt zu schreiben.

- Deshalb fasse ich mich kurz.

Viola streicht Huch über die Schulter und das Haar.

- Möchtest du die Grüße noch einmal durchlesen?

Er wirft einen Blick auf die Karte.

- Ja, ich fühle mich gut, wenn ich schöne Buchstaben sehe.

Morgenroth wendet den Kopf.

- Was hältst du davon?

Huch wischt mit der Hand über die Brust.

- Ich finde, die Grüße sind in Ordnung.

Alenka hebt langsam die Lider.

- Mir ist etwas aufgefallen.

Marino fährt sich durchs Haar.

- Was denn?

Sie zieht alle Blicke auf sich.

- Die Briefmarke fehlt. Wir müssen eine suchen.

Asya fordert die Gruppe mit einem Winken auf, ihr zu folgen.

- Gehen wir!

Sie drückt Huch die Postkarte in die Hand.

- Es erleichtert mich, wenn du sie trägst.

Viola schmiegt sich an ihn.

- Ich liebe Menschen, die eine Karte tragen.

Sie verlassen die Lichtung und wandern durch den Wald.

Die Sonne scheint auf leuchtende Fingerhutblüten.

Morgenroth breitet die Arme aus wie Flügel.

- Wie viele Freunde sind wir?

Alenka dreht Pirouetten.

- Wir sind 6.

Marino geht mit hoch erhobenem Kopf.

- Wer keine Freunde hat, weiß nicht, was Glück ist.

Asya kreist um die eigene Achse.

- Wir sind gut zusammen unterwegs, niemand schneller, niemand langsamer.

Ein Mann steht am Wegrand. Vor ihm auf dem Tisch liegen Kartoffeln und Sparschäler.

- Hallo, ich bin Anton Primer.

Er trägt einen dunkelroten Anzug.

- Wer hilft mir, Kartoffeln zu schälen?

Viola ergreift einen Schäler.

- Ich habe starke Hände und bin sehr geschickt.

Morgenroth gesellt sich zu ihr.

- Ich sehe schon, wie wir sie im Nu geschält haben.

Alenka tritt zum Tisch.

- Ich würde gern dabei sein.

Marino zeigt mit dem Finger auf sich selbst.

- Ich habe mich noch nie mit einem Schäler beschäftigt und würde gern etwas Neues lernen.

Asya nimmt einen Schäler.

- Wir haben die Briefmarke ganz vergessen. Kümmerst du dich bitte darum?

Huch blickt neugierig auf die Kartoffeln.

- Ja.

Viola lässt den Schäler elegant zwischen den Fingern wippen.

- Genauso würde ich es machen, wenn ich die Karte hätte.

Er biegt auf einen schmalen Waldpfad ab.

- Ich sehe mich um. Es gibt überall Briefmarken.

Die hohen Baumkronen bilden ein riesiges Dach. Die Stämme ragen wie Säulen auf. In einem Fels sieht Huch versteinerte Muscheln.

Eine Frau stapft mit dem Rumpf einer Schaufensterpuppe

durch den Wald.

- Hallo, ich bin Jolene Bandura.

Sie trägt ein mit Blumenmustern bedrucktes Kleid.

- Ist das eine Bildpostkarte?

Huch zeigt sie.

- Ja genau.

Jolene sagt nach einem langen, sehr festen Blick in seine Augen.

- Eigentlich müsstest du sie nicht die ganze Zeit tragen.

Kleine Lachfältchen kräuseln sich in seinem Gesicht.

- Wer könnte sie übernehmen?

Sie deutet auf den Rumpf.

- Die Puppe. Aber sie hat leider keine Hand.

Ein Mann bewegt sich so schnell durch den Wald, als hätte er keine Zeit.

- Hallo, ich bin Jeremy Padrone.

Er trägt einen ockergelben Anzug, bringt den linken Arm einer Schaufensterpuppe mit einer zierlichen Hand am Gelenk.

- Glaubt ihr, dass er passt?

Jolene steckt den Arm an den Rumpf.

- Ja, er lässt sich mühelos einfügen.

Padrone wedelt mit den Augen.

- Eigentlich hätte die Puppe 2 Arme.

Eine Frau huscht herbei.

- Hallo, ich bin Ellen Manzoni.

Sie trägt eine rosa Perücke und bringt den rechten Arm.

- Den wird die Puppe sicher mögen.

Jolene setzt ihn an.

- Ich bin sicher, dass er ihr gefällt.

198

Padrone hält die Beine eng geschlossen.

- Leider kann die Puppe nichts dazu sagen, weil ihr der Kopf fehlt.

Ein Mann springt lässig über die Wurzeln.

- Hallo, ich bin Henning Cassata.

Er hat Flügel am Rücken und bringt einen Kopf.

- Hoffentlich ist er gut genug.

Ellen steckt ihn auf den Hals der Puppe.

- Das ist genau der Kopf, den sie braucht.

Padrone zieht die Winkel des breiten Munds nach oben.

- Sie hat einen Kopf und 2 Hände. Jetzt könnte sie schon Briefe schreiben.

Die Puppe legt beide Hände auf die Wangen.

- Helft mir! Ich will Beine.

Jolene sagt, als sie sich von der Überraschung erholt hat.

- Eigentlich ist das ein verständlicher Wunsch.

Padrone fasst sich an den Hals.

- Ich bin dafür, dass sie Beine erhält.

Ellen lässt die Arme seitlich hängen.

- Dann könnte sie mein Bett machen.

Cassata dreht die Fußspitzen leicht nach Außen.

- Oder mit uns tanzen!

Eine Frau hopst durch den Wald.

- Hallo, ich bin Mary Nitschke.

Sie trägt ein kajalschwarzes Kostüm mit wolkenweißer Hüftschärpe und bringt 2 Beine mit Füßen.

- Ich trage gern Schwarz. Ich hoffe, es stört euch nicht.

Jolene streift sie mit kurzen Blicken.

- Nein, wir sind glücklich, dass du Beine gefunden hast.

Padrone klatscht begeistert.

- Es ist wahrscheinlich, dass sie passen.

Ellen setzt sie der Puppe an.

- Bald kannst du laufen.

Die Puppe steht auf.

- Was kann ich für euch tun?

Jolene deutet mit dem Finger auf die Postkarte, die Huch trägt.

- Jetzt kannst du sie halten.

Die Puppe ergreift die Karte.

- Warum hast du sie noch nicht eingeworfen?

Er schiebt die Fersen zusammen.

- Wir müssen noch eine Briefmarke darauf kleben.

Cassata legt die Hand über die Schläfe.

- Gut, treiben wir eine auf!

Mary streicht durchs Haar.

- Darf ich dabei sein?

Jolene sagt mit leuchtenden Augen.

- Ja, du bist unsere Freundin. Wir werden eine schöne Zeit haben.

Padrone breitet die Arme aus.

- Willkommen im Team!

Ellen dreht die Knie einwärts.

- Es ist einfach, Briefmarken zu bekommen.

Sie deutet auf den Kamm des Waldbergs, der von einer Wolkenfahne gekrönt ist.

- Da oben hat es einen Automaten.

Cassata schlägt den Bergweg ein.

- Gehen wir!

Mary lehnt sich ganz nebenbei bei Huch an.

- Ich bin gern unterwegs.

Er schaut mit forschendem Blick in die Baumwipfel.

- Ja, ich auch. Schritt für Schritt kommen wir der Höhe näher.

Beim Schreiten setzt sich der Wald langsam selbst in Bewegung.

Schokolade duftet.

Ein Mann steht vor einem Waldhaus.

- Hallo, ich bin Sami Achenbach.

Er trägt fliegenpilzrote Turnschuhe.

- Ich habe einen Schokoladenkuchen gebacken.

Jolene spreizt die Finger ab.

- Das ist der süßeste Duft, den ich je gerochen habe.

Achenbach lädt sie mit einer freundlichen Handbewegung ein.

- Setz dich in meine Stube!

Padrone presst die Hände auf den Bauch.

- Ich würde gern ein Stück probieren.

Achenbach begrüßt ihn mit Handschlag.

- Willkommen! Ich freue mich über jeden Gast.

Ellen reckt die Brust vor.

- Ich habe Hunger.

Er brummt zufrieden.

- Das kommt uns gelegen. Es könnte nicht besser sein.

Cassata ruckt den Kopf nach links.

- Wenn ich Kuchen höre, klickt es bei mir.

Mary fragt beim Eintreten.

- Wie groß ist der Schokoladenkuchen?

Achenbach kann sich das Lachen kaum verbeißen.

- Etwas größer als eine Katzenzunge ist er schon.

Sein Blick fällt auf die Puppe, die neben Huch steht.

- Und du? Was brauchst du? Etwas Strom für deine Batterie?

Sie klappt die Augenlider auf und nieder.

- Nein danke, ich bin eine Schaufensterpuppe, kein Roboter.

Achenbach greift sich an den Kopf.

- Entschuldige bitte, Schaufensterpuppen sind doch reglos und stumm. Weshalb kannst du gehen?

Die Puppe streckt den Arm aus.

- Weil mir Mary Beine geschenkt hat.

Ihm bleibt der Atem weg.

- Um ehrlich zu sein, darauf wäre ich nicht von selber gekommen.

Sie legt gelassen die Hände übereinander.

- Ich auch nicht. Alle, die bei dir Kuchen essen, haben nämlich dazu beigetragen.

Achenbach schaut Huch in die Augen.

- Und was ist dein Beitrag?

Er spricht langsam.

- Ich gab ihr die Postkarte.

Die Puppe beugt den Rücken.

- Wir brauchen eine Marke. Hast du eine?

Achenbach lehnt lässig an den Türrahmen.

- Nein, leider nicht. Aber ich könnte für euch auf den Berg zum Automaten rennen und eine rauslassen.

Die Puppe macht mit den Armen Bewegungen, als wollte sie Kuchen servieren.

- Danke für dein freundliches Angebot! Willst du dich nicht um die Gäste kümmern?

Er läuft ins Waldhaus.

- Das hätte ich fast vergessen.

Sie dreht sich auf dem Absatz um.

- Sami hat ein gutes Herz.

Huch kehrt auf den Bergweg zurück.

- Er nimmt seine Rolle als Gastgeber sehr ernst.

Die Puppe schiebt ihren Arm unter seinen.

- Hast du lieber Marken mit glattem Rand oder mit Zacken?

Er steigt mit ihr die Serpentinen hinauf.

- Welche würdest du vorziehen?

Ihr Kopf schnellt hoch.

- Mit Zacken. Sie geben der Marke einen markanten Rand.

Als sie den Kamm erreichen, hat sich die Wolke aufgelöst.

Die Sonne scheint auf einen Metallkasten. Er ist lindgrün und seidengrau, altrosa und puderweiß gestrichen.

Die Puppe tastet neugierig nach einem Knopf.

- Dieser Automat wird uns eine Marke geben. Ich frage mich nur, wie ich den Betrieb starten kann.

Eine Frau spaziert auf den Bergkamm.

- Hallo, ich bin Melisa Gabler.

Sie trägt ein flammend rotes Kleid und weist auf einen Schalter.

- Kippt ihn bitte.

Die Puppe führt es aus.

- Ich hoffe, der Automat lässt uns nicht zu lange warten.

Ein Motor surrt. Eine Briefmarke mit gezacktem Rand fällt in den Schacht.

Melisa nimmt sie heraus.

- Du bist geschickt.

Die Puppe bewegt rasch den Kopf.

- Jetzt brauchen wir nur noch einen Schwamm, um den

Klebestoff zu befeuchten.

Ein Mann stapft durch den Wald.

- Hallo, ich bin Kai Goldman.

Er trägt ein königsblaues T-Shirt und bringt einen flachen feuchten Schwamm.

- Schaut, was ich habe!

Melisas Blick wandert über ihn.

- Ich mag die Farbe deines Shirts.

Die Puppe pflichtet ihr bei.

- Blauen T-Shirts kann man immer einen Reiz abgewinnen.

Goldman verbeugt sich.

- Danke! Und wie findet ihr meinen Schwamm?

Melisa bestreicht mit dem Finger den Mund.

- Er sieht nicht allzu hart aus.

Die Puppe blinkert mit den Augen.

- Farblich passt er gut zu deinem Shirt.

Er reibt sich an der Nase.

- Das Wichtigste ist: Ihr könnt damit Briefmarken befeuchten.

Melisa blickt ihn mit leicht gesenktem Kopf an.

- Das sehen wir mit bloßem Auge.

Die Füße der Puppe kommen ins Wippen.

- Glasklar finden wir das.

Ein stolzes Lächeln huscht über Goldmans Gesicht.

- Dann würde ich gern die Marke damit befeuchten, wenn es euch recht ist.

Melisa legt sie in seine Hand.

- Ja, zeig uns, was dein Schwamm kann.

Die Puppe beugt sich leicht vor.

- Du machst uns neugierig.

Goldman drückt die Marke auf den Schwamm.

- Ihr werdet nicht enttäuscht sein.

Melisa streckt und räkelt sich.

- Der Duft des Klebstoffs kitzelt angenehm in der Nase.

Die Puppe reicht Goldman die Karte.

- So weit ich weiß, machst du alles richtig.

Er presst die Marke auf das vorgezeichnete Feld.

- Die Karte ist nunmehr frankiert. Grüße stehen auch darauf. Jetzt fehlt nur die Adresse.

Melisa wedelt mit dem Finger in Huchs Richtung.

- Denkst du, dass es notwendig ist, eine Adresse zu schreiben?

Er deutet auf den freien Platz neben den Grüßen.

- Sie ist das Erste, was der Briefträger liest.

Die Puppe spricht leise und überlegt.

- Ich mache mir Sorgen, dass uns keine Adresse einfällt.

Goldman hat die Lippen leicht geöffnet, als würde er gerade ganz tief durchatmen.

- Willst du sagen, dass wir keine finden?

Eine Frau rennt wie entfesselt über den Bergkamm, hängt einen Zettel an einen Baum.

- Hallo, ich bin Soraya Kirk.

Sie trägt ein kurzes, froschgrünes Sommerkleid.

- Wenn ihr wollt, könnt ihr den Zettel verwenden.

Melisa tritt zum Baum, reißt ungläubig die Augen auf.

- Das ist die Adresse, nach der wir gesucht haben.

Die Puppe dreht sich mit ausgestrecktem Arm langsam um die eigene Achse.

- Ich bin zufrieden.

Goldman nimmt einen Kugelschreiber aus der Hosentasche.

- Ich kann sehr schön und leserlich schreiben. Wenn ihr einverstanden seid, übertrage ich die Adresse.

Soraya richtet den Blick prüfend auf die Karte.

- Ich rate dir, mit dem Namen zu beginnen.

Die Puppe macht einen Ausfallschritt.

- So wird es gut gehen.

Goldman legt die Karte auf den Baumstamm.

- Je weniger Wörter die Adresse hat, desto besser findet sie Platz.

Soraya streicht sich das Kleid glatt.

- Du hast viel über das Schreiben nachgedacht.

Er malt die Buchstaben.

- Nein, ich spüre einfach, wenn die Zahl stimmt.

Huch guckt ihm über die Schulter.

- Das ist ein Kugelschreiber mit wasserfester Tinte.

Melisa deutet mit dem Finger auf Huch.

- Du siehst genau hin.

Huch dreht sich um.

- Die Adresse hat eine große Bedeutung.

Goldman gibt ihm die Karte.

- Ich bin fertig.

Huch ist von den Buchstaben fasziniert.

- Du hast eine schöne Schrift.

Die Puppe wirft einen neugierigen Blick auf den Zettel am Baum.

- Eine Telefonnummer ist beigefügt.

Goldman klemmt den Kugelschreiber zwischen Zeige- und Mittelfinger.

- Soll ich sie auch auf die Karte schreiben?

Soraya lehnt gegen den Baumstamm, blickt auf den Zettel.

- Nein, es ist besser, wenn wir direkt anrufen.

Melisa reicht Huch ihr Telefon.

- Gefällt es dir?

Er fährt mit den Fingern über den Rand.

- Ja sicher. Aber ich brauche gar kein Telefon.

Die Puppe tippt ihm rasch die Nummer ein.

- Es ist doch interessant zu telefonieren. Versuch es einfach!

Goldman nickt aufmunternd.

- Wir bewundern dich.

Sorayas Telefon spielt eine Melodie. Sie meldet sich.

- Hallo.

Huch hält das Telefon ans Ohr.

- Ah, das ist deine Nummer.

Sie moduliert die Stimme anders.

- Möchtest du dich mit mir treffen?

Er weist mit der Hand und dem abgewinkelten Zeigefinger in ihre Richtung.

- Wie stellst du dir das vor?

Soraya setzt sich auf einen umgefallenen Baum, schließt die Augen.

- Du könntest mir einen Lippenstift schenken.

Ein Mann fegt und tänzelt über den Waldkamm.

- Hallo, ich bin Paul Marsala.

Er trägt ein honiggelbes Oberhemd und bringt einen Lippenstift.

- Ich verstehe viel von Stiften und empfehle dir diesen.

Soraya beendet das Telefongespräch.

- Ich erhalte Besuch, rufe später zurück. Tschau.

Huch tippt auf den Monitor.

- Bis bald.

Er gibt Melisa das Telefon zurück.

- Es ist sehr einfach, das Gerät zu bedienen.

Die Puppe legt ihm eine Hand auf den Rücken.

- Du telefonierst sehr relaxt, als würdest du es Tag und Nacht machen.

Soraya springt auf.

- Vielen Dank für das Gespräch. Doch jetzt muss ich mich um den Lippenstift kümmern.

Marsala spielt mit dem Hemdkragen.

- Ich möchte mich nicht aufdrängen. Der Stift kann auch warten.

Melisa hat ein leises Lächeln in den Augen.

- Nein, lieber nicht. Wir sind gespannt.

Die Puppe dreht die Fußspitzen leicht nach außen.

- Wir müssen uns damit beschäftigen.

Goldman tanzt unter den Bäumen durch.

- Nicht jedes Rot passt.

Soraya räkelt ihre langen Beine.

- Ich mag Rubinrot.

Marsala reicht ihr den Stift.

- Genau das habe ich.

Huch zieht den Hut tiefer ins Gesicht.

- Ich sehe mich nach einem Briefkasten um.

Melisa blinzelt mit fröhlichem Blick.

- Wir kommen gleich. Es gibt überall Briefkästen.

Die Puppe bewegt die drahtigen Finger.

- Ich kann sehr gut Karten einwerfen.

Goldman winkelt den Arm an.

- Das haben wir als Nächstes vor. Ich freue mich darauf.

Soraya presst die Lippen zusammen.

- Da ist etwas Geheimnisvolles um das Rubinrot.

Dreizehntes Kapitel

Das goldene Besteck

Marsala streckt die Hände weit von sich.

- Schaut alle hin. Jetzt trägt sie den Lippenstift auf.

Huch spaziert durch den Wald. In einem weiten Bogen schweift der Weg um den Kamm herum, neigt sich sanft abwärts. In einem Baum singt ein Buchfink. Eine Waldstraße schneidet auf halber Höhe des Bergs den Weg.

Ein himmelblauer Rolls Royce Silver Cloud fährt vor. Die kleine Fahne am Rückspiegel flattert.

Eine Frau steigt aus.

- Hallo, ich bin Marlen Masina.

Sie trägt ein pazifikblau gesprenkeltes Chiffontop.

- Die Luft im Wald ist frisch.

Huch zeigt mit dem ausgestreckten Finger in den Wipfel.

- Es tut gut, mit den Bäumen zu leben.

Marlen blickt um sich.

- Ich mag die buchengrünen Blätter.

Er setzt einen Fuß vor den andern.

- Ich schau mich um in der Hoffnung, einen Briefkasten zu entdecken.

Sie geht neben ihm her.

- Ich begleite dich. Wir beginnen ein Spiel. Wenn wir einen Briefkasten finden, gewinnen wir.

Die Sonne sticht durchs Blätterdach, zeichnet helle Flecken auf die Waldstraße.

Marlen blinzelt ihm mit den Augen zu.

- Weißt du, was ich jetzt gut gebrauchen könnte?

Huch rät.

- Suchst du etwas Papier, um einen Brief zu schreiben?

Sie dreht sich um die eigene Achse.

- Nein. Ich würde mir gern mit einem Fächer etwas Luft zufächeln.

Die Steine knirschen unter seinen Sohlen.

- Stellst du dir einen besonderen Fächer vor?

Marlen wirft den Mundwinkel auf.

- Es müsste belebend sein, ihn zu öffnen.

Ein Mann hopst über die Waldstraße.

- Hallo, ich bin Leonas Spengler.

Er trägt ein tomatenrotes Hemd und bringt einen Fächer.

- Wir sind die Luft, die wir atmen.

Sie nimmt den Fächer.

- Er gefällt mir.

Rauschend öffnet er sich.

- Das tut gut.

Spengler steht mit gesenktem Kopf.

- Hast du alles? Oder möchtest du mehr?

Marlen stellt sich auf ein Bein.

- Ich hätte gern ein Glas mit Eis.

Er beugt den Oberkörper.

- Vanille oder Erdbeere?

Sie schließt den Fächer, gibt ihn Spengler zurück.

- Wir sind unterwegs zu einem Briefkasten. Was passt am besten dazu?

Eine Frau nähert sich mit großen Schritten.

- Hallo, ich bin Arja Banu.

Sie trägt eine silbern glänzende Brosche und bringt ein Glas mit Vanille-Eis.

- Ich berate dich. Auf dem Weg zum Briefkasten rettet dich Vanille.

Marlen probiert einen Löffel.

- Dieses Eis ist köstlich.

Arja dreht die Schultern hin und her.

- Das freut mich, wenn es dir schmeckt. Seid ihr Freunde?

Spengler bekommt glänzende Augen.

- Wir sind alle Freunde.

Sie dreht sich nach Huch um.

- Es geht um die Postkarte, die du in der Hand hast. Darum sucht ihr den Briefkasten.

Um seinen Mund deutet sich ein kleines Lächeln an.

- Ja. Ich trage sie mal in dieser, mal in der andern Hand, wechsle ab.

Arja streicht das Schläfenhaar hinter die Ohrmuschel zurück.

- Hättest du gern ein Geschenk?

Huch wippt mit dem rechten Fuß.

- Vielleicht etwas später. Ich fühle mich im Moment sehr beschwingt.

Sie schmunzelt mit scharf gezeichneten Mundwinkeln.

- Dieses Gefühl nennt sich Liebe. Ich gehe in mein Haus. Möchtet ihr mitkommen?

Spengler folgt ihr.

- Ich interessiere mich für Waldhäuser.

Arja schlägt einen Seitenweg ein.

- Habt ihr irgendwelche Fragen? Ich beantworte sie gern.

Marlen geht ihr wiegenden Schrittes nach.

- Ja, ich würde gern hören, wie deine Stimme im Haus tönt.

Bei der Wegbiegung blickt Arja zurück.

- Bitte komm mit!

Huch reckt den Kopf, dreht ihn.

- Ich habe die Idee, ganz in der Nähe könnte sich ein Briefkasten verstecken. Ihr versteht das schon.

Marlen streckt die Arme zur Seite.

- Warte auf uns! Wir sehen uns nur kurz das Haus an. Dann begleiten wir dich weiter.

Spengler läuft um die Biegung.

- Wir helfen dir, verschwinden nicht einfach.

Arja biegt um die Ecke.

- Wir tun alles Mögliche für dich.

Huch ruft ihr nach.

- Danke!

Er wandert auf der Waldstraße weiter, sieht eine Pflanze.

Ihre Blätter sind so groß wie ein Gartentisch.

Ein Mann kommt ihm langsam entgegen.

- Hallo, ich bin Berat Smart.

Er trägt eine Schirmmütze.

- Hättest du gern einen Kaugummi?

Huch richtet den Blick ins Ungefähre.

- Nein danke, ich hätte lieber einen Briefkasten.

Smart weist auf die postgelbe Verpackung, auf welcher ein Posthorn und ein Schlitz aufgedruckt ist.

- Was für ein Zufall! Mein Kaugummi ist ein Briefkasten.

Huch schließt alle Finger einer Hand zusammen.

- Das passiert mir auch nicht alle Tage, dass ein Kaugummi wie ein Briefkasten ausschaut.

Smart verbiegt kess den Körper.

- Siehst du! Er hat Seltenheitswert. Schon aus dem Grund solltest du ihn nehmen.

Huch schüttelt unmerklich den Kopf.

- Ich bin eben unterwegs und trage schon eine Postkarte. Da möchte ich nicht noch mehr Dinge an mich reißen.

Smart schreitet forsch bergan.

- Mein Kaugummi ist bei allen Menschen, die zur Post gehen, sehr beliebt. Wenn du es dir anders überlegt hast, ruf mich einfach.

Huch geht zielstrebig abwärts.

- Dein Angebot ist sehr freundlich.

Er kommt vor ein niedriges Haus mit ziegelrot gedecktem Dach. Die Wände sind weiß getüncht. Der Gartenzaun ist verschnörkelt.

Eine Frau schaut aus dem Fenster.

- Hallo, ich bin Marit Bender.

Sie trägt enge Jeans.

- Wirst du lang vor meinem Haus stehen oder rasch weiter gehen?

Huchs Blick verliert sich in der Ferne.

- Ich bin unterwegs zu einem Briefkasten.

Marit streicht sich durchs Haar.

- Ich gebe dir eine Dose Cola oder 2. Dann hast du etwas zu trinken.

Er spreizt die Finger ab.

- Ich kann mich nicht sofort entscheiden. Ich brauche etwas Zeit zum Nachdenken.

Sie fängt an zu kichern.

- Willst du sie oder nicht?

Ein Mann stürmt herbei.

- Hallo, ich bin Brian Pani.

Er trägt eine maigrüne Kapuzenjacke.

- Du kannst deine Dosen leicht loswerden. Gib sie einfach mir!

Marit lenkt seinen Blick auf ihre Hand.

- Magst du mir die Fingernägel bemalen?

Pani beschattet das Auge.

- Ja gern. Wie heißt dein Haus? Hat es einen Namen oder nur eine Nummer?

Sie öffnet die Tür.

- Es heißt „Entdeckung".

Er dehnt und reckt sich.

- Das ist aber ein komischer Name!

Marit zieht ihn ins Haus hinein.

- Zuerst gehen wir duschen.

Die Tür fällt hinter ihnen ins Schloss.

Huch folgt der Straße. Sie verlässt den Wald, führt zu einer hohen Holzlattenwand, die mitten in der Wiese steht.

Eine Frau steht davor, spielt mit den Zehen.

- Hallo, ich bin Scilla Witt.

Sie trägt ein libellengrünes Kleid.

- Du bist auf einer Reise. Was führt dich hierher?

Huch hält sich mit der freien Hand den Bauch.

- Ich möchte gern die Postkarte einwerfen.

Scilla mustert ihn aufmerksam und neugierig.

- Ich werde dir helfen.

Sein Blick wandert.

- Hoffentlich sehen wir einen Briefkasten.

Sie sagt mit einem steten Augenzwinkern.

- Es liegt an uns.

Huch lehnt gegen die Holzlattenwand.

- Nun, ich bin zuversichtlich, dass da irgendwo ein Kasten steht. Es ist sehr wahrscheinlich, dass wir ihn finden.

Die Wand kippt. Die Latten fallen auseinander. Ein feuerroter Teppich liegt auf der Straße. Er ist bis vor einen Briefkasten ausgerollt.

Scilla berührt seine Hände.

- Briefkästen sind immer da. Manchmal muss man sich nur darauf konzentrieren.

Huch streckt und reckt sich.

- Ich bin noch nie so nah daran gewesen.

Sie drückt ihre Nase an seine Nase.

- Hast du dich in mich verliebt?

Ein Mann kommt mit schnellen Schritten.

- Hallo, ich bin Mick Barsa.

Er trägt ein zitronengelbes Shirt.

- Bist du ein guter Tänzer?

Huch kauert wie eine sprungbereite Raubkatze.

- Warum fragst du?

Barsa hebt mit Zeigefinger und Daumen den Teppich an.

- Ich würde dir gern den Teppich unter den Füßen wegzerren, möchte aber vermeiden, dass du das Gleichgewicht verlierst.

Scilla schleudert ihren rechten Arm in die Höhe.

- Spring hoch! Mick zieht gleichzeitig. So kann nichts passieren.

Huch springt ab.

- Ich verlasse den Teppich lieber sofort.

Barsa zieht den Hals ein.

- Wenn es keinen Boden gäbe, könnte kein Lebewesen

landen.

Scilla schaut Huch an. Ihre Augen leuchten.

- Tanzt du gerne?

Eine Frau streift durch die Wiese.

- Hallo, ich bin Ada Ganna.

Sie trägt glitzernde Turnschuhe.

- Ich habe das Gefühl, dass ich schon ewig nicht mehr getanzt habe.

Scilla sperrt die Augen auf.

- Tanzt du mit mir?

Ada reicht ihr den Arm.

- Ja gern. Wir fangen gleich an.

Sie wirbeln mit fröhlichen Tanzschritten über die Wiese.

Barsa blickt ihnen nach.

- Es stellt sich heraus, dass du ein klein bisschen zu lang gezögert hast.

Huch geht um den Teppich herum zum Briefkasten.

- Ich habe „ewig" gehört und wollte herausfinden, was das ist.

Barsa rollt den Teppich ein.

- Ewig ist ein Berg von Zeit.

Huch schiebt die Postkarte in den Schlitz.

- Also nach deiner Vorstellung ist ewig ziemlich hoch.

Barsa setzt sich auf die Rolle.

- Ziemlich lang, würde ich sagen.

Huch lehnt gegen den Briefkasten.

- Ein paar Tage?

Barsa schlägt die Hände um das Knie.

- Tage sind manchmal schnell vorbei. Es könnte sich um Wochen handeln.

Huch lauscht den Grillen.

- Was machst du jetzt?

Barsa rutscht auf der Teppichrolle hin und her.

- Ich warte auf jemanden, der mich abholt.

Ein Mann wandert durch die Wiese.

- Hallo, ich bin Janne Miron.

Er trägt einen Ledermantel.

- Kommt ihr mit mir?

Barsa springt auf.

- Wohin gehst du?

Miron stopft die Hände in die Hosentaschen.

- Ich gehe schlafen. Unten im Hang sind Liegestühle.

Barsa entspannt sich.

- Liegen ist viel besser als auf einem Teppich rumsitzen.

Miron fragt Huch.

- Und du? Bleibst du beim Briefkasten?

Huch richtet den Blick auf die Wiese.

- Ich komme vielleicht später, wenn ich müde bin.

Barsa steigt langsam den Hang hinunter.

- Wieso? Du kannst doch auch relaxen, ohne müde zu sein.

Huch setzt den Hut aufs Ohr.

- Das stimmt. Aber ich kann auch relaxen, wenn ich der Erde zuhöre, wie sie sich dreht.

Miron tippt mit dem Zeigefinger in der Luft herum.

- Wir halten dir einen Stuhl frei.

Huch blickt ihm nach.

- Danke, das ist sehr freundlich. Sollte jemand vor mir eintreffen, könnt ihr ihm den Liegestuhl ruhig überlassen. Ich komme schon zurecht.

Er schaut den Schwalben zu. Sie fliegen so dicht über die

Halme, dass ihre Flügel fast die Grasspitzen berühren.

Eine Frau durchquert die Wiese im Geschwindschritt.

- Hallo, ich bin Tana Crocker.

Sie trägt einen jeansblauen Rock.

- Ich habe meine Kaffeemühle repariert. Darf ich sie dir zeigen?

Huch bewegt sich zeitlupenhaft langsam.

- Ist es eine Handmühle?

Tana schiebt das Kinn ein bisschen nach vorn.

- Danke für dein großes Interesse! Viele möchten nur Kaffee trinken, und die Mühle interessiert sie nicht die Bohne.

Sie führt ihn zu einer Nebenstraße am Rand der Wiese.

- Du bist mein Freund.

Er zieht die Schulter hoch.

- Ich habe dich zum ersten Mal getroffen.

Ein Mann läuft leise die Straße entlang.

- Hallo, ich bin Aras Palm.

Er trägt ein apfelgrünes Hemd.

- Wollt ihr meine Freunde sein?

Tana streckt ihren Arm aus.

- Ja, genau das wollen wir.

Palm nestelt an seiner Krawatte.

- Wie habt ihr euch kennengelernt?

Sie geht in besonders geschmeidigem Gang.

- Wir hofften, Freunde zu werden.

Er neigt den Kopf.

- Und so habt ihr euch gefunden.

Sie kommen in ein Dorf, in dem alle Läden geschlossen sind.

Tana lenkt die Schritte zu einem kurkumagelben Sonnenschirm.

- Ja, die Augen eines Freunds sind wie ein Spiegel.

Eine Kaffeemühle und ein Sack Bohnen stehen auf dem Tisch im Schatten.

Palm atmet hörbar ein.

- Das Mahlen gefällt mir.

Sie schüttet Bohnen aus dem Sack in den Trichter der Mühle.

- Bitte fang gleich an.

Er dreht die Kurbel.

- Ich nutze gern die Gelegenheit.

Tana wickelt sich spielerisch eine Haarsträhne um den Finger.

- Ich weiß nicht wann, aber wahrscheinlich bist du bald fertig.

Sie tänzelt um Huch herum.

- Ich nehme dich auf meine Liste.

Er weicht zurück.

- Was für eine Liste?

Tana umklammert den Stock des Sonnenschirms.

- Die Liste meiner besten Freunde.

Palm zieht die Schublade aus der Mühle.

- Was immer ich anpacke, erledige ich prompt.

Weil er die Bewegung etwas heftig ausführt, verstreut er Kaffeepulver.

- Ich habe mir neulich überlegt, ob ich dabei riskiere, achtlos zu werden.

Sie legt den Daumen ans Kinn.

- Mach doch eine Atemübung. Das entspannt.

Seine Kehle bebt bei jedem Schnauf.

- Die Atemtechnik verwandelt mich ein bisschen, aber nicht meine Gefühle. Die entstammen der Urwelt.

Er hört eine Stimme, klaubt sein Telefon aus der Tasche.

- Wer spricht?

Eine Frauenstimme gibt keine Antwort, sondern redet unbeirrt weiter.

- Hast du schon einmal mit mir etwas unternommen?

Eine Männerstimme erwidert.

- Bis jetzt noch nicht. Aber du hast einen sehr sympathischen Ton, muss ich sagen. Von daher kann ich mir gut vorstellen, dass wir uns zusammentun.

Tana empfiehlt.

- Schalt das Telefon aus. Wir hören ein Gespräch mit, das gar nicht für unsere Ohren bestimmt ist.

Eine Frau schlendert durchs Dorf.

- Hallo, ich bin Esma Dong.

Sie trägt ein aufwändig gerüschtes Seidenkleid mit Reifrock und hält das Telefon am Ohr.

- Entschuldigt bitte, ich bin gerade am Telefon.

Ein Mann kommt von der anderen Seite.

- Hallo, ich bin Yunus Zipp.

Er ist in hellblaue Jeanssachen gekleidet und auch mit dem Telefon am Ohr unterwegs.

- Ich bin es, der sich entschuldigen muss. Ich stoße zu euch, bevor ich mein Gespräch beendet habe. Das kann unfreundlich wirken.

Esma steht ihm gegenüber.

- Das gibt es nicht! Ich habe ja dich am Telefon!

Zipp holt Luft.

- Ich weiß, dass es kaum zu glauben ist. Wir reden die

222

ganze Zeit, gehen aufeinander zu und treffen uns plötzlich, ohne etwas abgemacht zu haben.

Esma öffnet die Lippen.

- Denkst du, dass wir das Telefongespräch jetzt beenden und uns direkt ansprechen?

Er drückt einen Knopf.

- Ja, so machen wir es.

Palm gesteht.

- Aus unerfindlichen Gründen haben wir euer Telefongespräch mitgehört. Es war keine Absicht. Es tut uns leid.

Esma schaltet das Telefon aus.

- Theoretisch könnte das eine Konferenzschaltung sein. Aber ich habe auch keine Ahnung, wie so eine ungeplante Vernetzung zustande kommt.

Tana fragt neugierig.

- Seid ihr froh, dass ihr euch gefunden habt?

Zipp reibt die Nase.

- Ja sicher.

Esma stellt sich auf die Zehenspitzen und dreht Pirouetten.

- Es macht Spaß, sich zu vernetzen. Ich finde uns alle sehr sympathisch.

Sie schmiegt die Hand um Huchs Hüfte.

- Ich liebe die Art, wie du mich ansiehst.

Er wartet eine Weile, bevor er sagt.

- Danke für das Kompliment.

Tana spielt mit dem Kaffeepulver.

- Ich träume davon, etwas zu essen.

Bei einem Laden wird die Store hochgezogen.

Eine Frau guckt heraus.

- Hallo, ich bin Madeleine Schapp.

Sie trägt einen Tellerhut.

- Gefällt es euch unter dem Sonnenschirm?

Palm legt den Zeigefinger an die Wange.

- Ja, es ist sehr ruhig.

Esma schließt leicht die Augen.

- Können wir hier etwas essen?

Madeleine verschwindet im Laden.

- Ich bin gleich zurück.

Zipps Brauen spannen sich an.

- Wo gehst du hin?

Sie kehrt mit einem Tischbesen und einer silbernen Schaufel zurück.

- Der Besen und die Schaufel sind außerordentlich praktisch. Noch seht ihr Kaffeepulver auf dem Tisch und fragt euch, wie man hier essen soll.

Tana beugt sich vor.

- Du bist sehr aufmerksam. Wir wollten Kaffee mahlen.

Beim Herausziehen der Schublade ist es passiert.

Madeleine wischt das Pulver in die Schaufel.

- Ihr seid meine Freunde. Ich zeige euch gern meine Putzsachen.

Palm kratzt den Nasenrücken.

- Ich bin manchmal etwas tollpatschig wie ein Clown.

Esma schiebt die Knie auseinander.

- Du warst eben eifrig.

Zipp streckt den linken Fuß lässig nach außen.

- Wird man müde, wenn man den Kaffee von Hand mahlt?

Palm lächelt verlegen.

- Nicht wirklich.

Madeleine kippt das Kaffeepulver aus der Schaufel in die Schublade.

- Aber etwas essen würde euch gewiss putzmunter machen.

Tanas Stimme klingt verträumt.

- Es könnte uns in schillernde Form bringen.

Palm fragt Madeleine.

- Was schlägst du vor?

Sie schwenkt ihre Nase.

- Habt ihr Erbsen gern?

Esma reckt den rechten Arm empor.

- Ja danke, sehr gern.

Zipp legt den Finger auf die Unterlippe.

- Wir helfen dir. Sag uns, was wir tun können.

Madeleine verdreht die Hand leicht nach außen.

- Tragt ihr gern Stühle?

Tana folgt ihr mit weit ausladenden Schritten.

- Das ist für uns ein Vergnügen.

Palms Stimme klingt hell.

- Wir fangen gleich an.

Esma sagt zu Huch.

- Bleib nur und schau dir das Dorf an. Wir machen das schon.

Zipp blinzelt aus seinen von Fältchen umgebenen Augen.

- Ob wir 5 oder 6 Stühle bringen, das geht fast von selber.

Huch lässt einen Arm fallen.

- Ihr seid sehr unternehmungslustig.

Tana bringt ihm einen weiß lackierten Stuhl.

- Jeder sollte unseren schnellen Service hautnah erleben und genießen.

Palm kehrt mit 2 Stühlen zurück.

- Das ist für uns eine gymnastische Übung.

Esma rückt einen Stuhl an den Tisch.

- Wir machen eine Reihe.

Zipps Blick trifft Huch direkt.

- Vor allem haben wir immer viel Zeit für unsere Gäste. Was dürfen wir dir bringen?

Huch setzt sich, schlägt die Beine übereinander.

- Was nehmt ihr?

Madeleines Hand beschreibt kleine Kreise in der Luft.

- Ich habe goldenes Besteck im Laden.

Vierzehntes Kapitel

Das Ziel

Tana streicht sich eine Haarsträhne aus dem Gesicht.

- Bis zu diesem Zeitpunkt haben wir noch gar nicht besprochen, ob wir das Messer links oder rechts vom Teller hinlegen.

Palm wirft die Stirn in Falten.

- Viele, die in ihrem Leben zum ersten Mal auftischen, legen das Messer rechts hin.

Esma stockt, überlegt einen Moment lang.

- Rechts hinlegen amüsiert mich.

Zipp tritt in den Laden und holt das Besteck.

- Ich bin froh, dass wir uns einig sind.

Madeleine fragt mit leicht besorgtem Lächeln im Gesicht.

- Möchtet ihr Servietten?

Tana schmiegt den Arm an den Körper.

- Ich bin mir ziemlich sicher, dass sie unentbehrlich sind.

Palm reibt sich die Hände.

- Das finde ich auch.

Esma neigt den Kopf leicht zur Seite.

- Ich esse immer mit einer Serviette.

Zipp deckt das Besteck.

- Sie dürfen nie fehlen.

Madeleine zuckt mit der Wimper.

- Ich habe schon Servietten im Laden, aber ich fürchte, man muss sie zuerst waschen.

Ein Mann stößt eine smaragdgrüne Waschmaschine auf Rädern vor den Laden.

- Hallo, ich bin Enes Picot.

Er trägt ein melonengelbes Hemd.

- Ich helfe euch.

Madeleine holt die Servietten.

- Du bist ein charmanter Mann.

Picot öffnet die runde Glastür.

- Vielleicht verwechselst du mich mit meinem Zwillingsbruder, der echt freundlich ist.

Tanas Stimme klingt silberhell und leuchtend.

- Zwillinge sind sich manchmal so ähnlich, dass man sie nicht unterscheiden kann.

Palm schaut erstaunt auf.

- Hat dein Bruder die gleiche Maschine wie du?

Picot schiebt die Servietten in die Trommel.

- Nein, er hat das ozeanblaue Modell.

Esma legt den Kopf schief.

- Wäschst du im Schongang?

Er schließt die Tür.

- Ja, ich drücke immer diese Taste, weil der Schongang die schönste Musik erzeugt.

Zipp legt die Innenhände mit gespreizten Fingern aufeinander.

- Brauchst du kein Wasser?

Picot wippt mit dem Schuh.

- Danke, dass du mich daran erinnerst.

Eine Frau kommt mit schlürfendem Gang.

- Hallo, ich bin Juliana Asbach.

Sie trägt eine Tunika bringt eine Gießkanne und eine

Wasserflasche.

- Das ist reines Quellwasser. Es macht alle Waschmittel überflüssig. Darf ich es einfüllen?

Picot schraubt den Deckel auf.

- Ja gern. Sicher macht das niemand so gut wie du.

Juliana kippt die Kanne.

- Ich bitte dich. Das könnten alle.

Madeleine hält sich die Hand als Lichtschutz vor die Augen.

- Kannst du auch Blumen gießen?

Juliana schlägt die Augen auf.

- Ja, das macht mich glücklich.

Picot startet die Maschine.

- Du trägst eine hübsche Tunika.

Mit einer leichten Kopfbewegung wirft sie eine Haarsträhne zurecht.

- Ich hoffe, sie gefällt euch.

Tana lauscht den Geräuschen.

- Wir müssen herausfinden, an welches Stück uns die Musik erinnert.

Palm streckt den linken Arm aus und zielt mit dem Zeigefinger auf die Waschmaschine.

- Die Wassermusik von Händel!

Esma fordert Huch mit einer einladenden Handbewegung auf.

- Tanz mit mir.

Er deutet mit leuchtenden Augen nach links und nach rechts.

- Wer hat schon länger als ich auf den ersten Tanz gewartet?

Zipp verbeugt sich vor Esma.

- Wenn ich Händel höre, komme ich in Schwung. Darf ich dich bitten?

Ihr Knie bebt.

- Ja gern! Ich bin hocherfreut.

Sie tanzen um die Waschmaschine.

Madeleine streicht sich über den Hinterkopf.

- Ist das deine Schwester?

Zipp hält eine Hand in die Höhe.

- Nein, wir haben uns am Telefon kennen gelernt.

Picot sitzt locker auf der Waschmaschine.

- Ich schaue euch gern zu.

Juliana schnipst mit dem Finger im Takt.

- Kann die Maschine die Servietten auch trocknen?

Er hebt seine Augenbrauen zur Mitte hin.

- Nein, sie wäscht nur.

Ein krokodilgrüner Drache fliegt über das Dorf, landet vor Madeleines Laden.

Ein Mann springt von seiner Schulter.

- Hallo, ich bin Mio Korsch.

Er trägt ein sonnengelbes T-Shirt und einen Rucksack.

- Braucht ihr Sonnenbrillen?

Picot räkelt sich.

- Ja, gleich hole ich nämlich die Servietten aus der Maschine.

Korsch öffnet den Rucksack.

- Bedient euch!

Tana wählt eine Brille mit golden umrahmten Gläsern.

- Sie steht mir doch, oder?

Palm nimmt eine riesige aus dem Sack.

- Setze sie einfach auf. Das Stehen kommt mit dem Tragen.

Plötzlich gehört die Sonnenbrille zu deinem Stil.

Esma bevorzugt eine markante Hornbrille.

- Wie sehe ich aus?

Zipp greift sich eine Kastenbrille heraus.

- Wundervoll!

Madeleine guckt durch eine Schmetterlingsbrille.

- Findet ihr nicht, dass ich damit seltsam aussehe?

Picot schiebt seine dunkle Sonnenbrille auf die Nase.

- Im Gegenteil. Du siehst damit außergewöhnlich schön aus.

Juliana angelt sich eine schwarzrandige aus dem Sack.

- Gleich können wir die Servietten betrachten.

Korsch schützt die Augen mit seiner Pilotenbrille.

- Ich habe noch viele Sonnenbrillen.

Er dreht sich im Kreis, schaut Huch an.

- Soll ich dir eine aussuchen?

Huch klaubt seine eigene aus dem Etui.

- Lieber nicht.

Tana wendet den Blick zu Korsch.

- Kann dein Drache auch Feuer speien?

Korsch deutet ein Kopfnicken an.

- Ja. Wenn sich auch nur eine winzige Gelegenheit bietet, macht es ihm riesigen Spaß.

Palm reckt das Kinn hoch.

- Dann könnte er ja unseren Kaffee kochen.

Korsch steht wie ein Reiher auf einem Bein.

- Habt ihr eine Espressokanne?

Madeleine verschwindet im Laden.

- Ja, ich bin gleich zurück.

Sie stellt die Kanne auf den Tisch unter den Sonnenschirm.

- Ich bin sicher, der Kaffee macht uns alle glücklich.

Esma schraubt das Kannenoberteil ab.

- Mir gefällt deine Zuversicht.

Zipp füllt das Pulver aus der Mühle in den Trichtereinsatz.

- Kaffee kochen ist spannend.

Juliana gießt Quellwasser aus der Flasche ins Unterteil.

- Hört ihr es sprudeln?

Picot fügt den Trichtereinsatz ein.

- Das klingt prächtig.

Korsch schraubt die Kanne zu, hält sie dem Drachen hin.

- Wir sind Partner.

Der Drache richtet sich auf, speit Feuer. Das Wasser kocht, steigt auf.

Tana schnuppert.

- Riecht ihr den Duft?

Palm presst seine rechte Hand schmatzend gegen die Lippen und wirft Küsse.

- Das Leben meint es gut mit uns.

Esma legt einen flachen Stein auf den Tisch.

- Ich mag es, mit einem Drachen zusammenzuarbeiten.

Korsch setzt die Kanne darauf ab.

- Es vereinfacht alles und macht erst noch Spaß.

Madeleine kommt mit einer Packung Tiefkühlerbsen aus dem Laden, fragt Huch.

- Wie findest du die Abbildung?

Er geht einen Schritt zurück.

- Jede Erbse ist anders. Man darf sie nicht alle in einen Topf werfen. Das kommt auf dem Bild deutlich zum Ausdruck.

Tana lässt die Arme kreisen.

- Natürlich sind alle Erbsen verschieden.

Palm legt den Kopf leicht zur Seite.

- Doch zum Kochen müssen sie alle in eine Pfanne.

Esma fragt Madeleine.

- Hast du auch so etwas in der Art im Laden?

Madeleine hakt sich bei Huch ein.

- Es liegt alles bereit.

Er fragt mit gesenkten Wimpern.

- Eignen sich alle möglichen Pfannen oder braucht es eine ganz bestimmte?

Sie lacht scheppernd.

- Du kannst gar nichts falsch machen. Nimm einfach eine, die dich anguckt.

Zipp rennt mit ausgebreiteten Armen los.

- Darf ich sie holen?

Madeleine winkt freundlich.

- Sicher. Du darfst auch langsamer gehen.

Er bringt eine Pfanne.

- War ich zu schnell?

Picot trommelt mit den Fingerkuppen.

- Nein, wir haben schon auf dich gewartet.

Juliana schüttet Wasser in die Pfanne.

- Es ist angenehm, mit dir zu kochen. Man kann sich auf dich verlassen.

Er neigt den Oberkörper leicht nach vorn.

- Ich springe gern ein.

Madeleine kippt die Erbsen ins Wasser.

- Kann sie der Drache kochen?

Korsch wirft die Hand in die Luft.

- Das wirst du gleich sehen.

Der Drache lässt einen Flammenstrahl aus dem Mund züngeln. Das Wasser sprudelt in der Pfanne.

Tana wirft prüfende Blicke in die Runde.

- Warum seid ihr so still?

Palm reibt sich die Hände.

- Wir sind fasziniert.

Esma hebt einen flachen Stein auf.

- Wenn die Erbsen gekocht sind, wird die Pfanne sicher sehr heiß sein.

Madeleine verwendet den Stein als Untersatz.

Zipp rückt sich seine Sonnenbrille zurecht.

- Wie steht es mit den Servietten?

Picot öffnet die Waschmaschine.

- Sie leuchten wie Sonnen.

Juliana nimmt sie heraus.

- Das Quellwasser hat sehr gut gewirkt.

Korsch öffnet die Beine eine Spur breiter.

- Ich weiß nicht genau, was ihr vorhabt, um die Servietten zu trocknen.

Tana sucht mit den Augen den Himmel ab.

- Wir könnten sie in die Hand nehmen, eine Runde auf dem Drachen fliegen und sie in der Luft schwenken.

Palm steht vor der Waschmaschine.

- Mag der Drache uns alle tragen?

Korsch ergreift eine Serviette und kraxelt auf den Rücken des Drachens.

- Er hat genug Kraft.

Esma folgt ihm mit einer Serviette.

- Ein Rundflug gefällt mir.

Zipp setzt sich hinter sie.

- Ich vertraue dem Drachen.

Madeleine beeilt sich aufzusteigen.

- Noch nie habe ich meine Wäsche so luftig getrocknet.

Picot schwenkt die Serviette.

- Das ist unvergleichlich.

Tana bewegt sich wie in Trance.

- Mir kommen viel mehr Ideen, wenn ein Drache in der Nähe ist.

Juliana streckt die Servietten wie Flügel hinter sich und kreist um Huch.

- Jetzt habe ich nur noch 2. Eine für dich und eine für mich.

Er rückt mit dem weiß lackierten Stuhl vor.

- Du siehst gut aus mit beiden.

Tana blickt ihn mit schwerem Augenaufschlag an.

- Ich dachte, jeder nimmt eine Serviette und fliegt mit.

Huch verbirgt die Hände in den Taschen seiner Hose.

- Ich bleibe lieber am Boden.

Juliana besteigt den Drachen.

- Dann schau erst mal zu, wie wir fliegen! Vielleicht können wir dich nachher überreden.

Palm hat ein nachsichtiges Lächeln auf den Lippen.

- Dürfen wir dich dann wieder fragen?

Huch springt auf und tippt sich an die Brust.

- Wenn ich noch hier bin.

Esma schlägt vor.

- Trink ein bisschen Kaffee.

Zipps Augenbrauen hüpfen.

- So ein Rundflug dauert nicht lang.

Madeleine führt mit der Serviette weiche, fließende Bewegungen aus.

- Bevor du einen Schluck getrunken hast, sind wir schon wieder gelandet.

Picot zeigt mit der Hand nach oben.

- Natürlich nur, um dich für die zweite Runde abzuholen.

Juliana thront mit kerzengeradem Rücken auf dem Drachen.

- Ein gutes Team lässt niemanden zurück.

Korsch schiebt seine Brille auf der Nase zurecht.

- Du gehörst dazu.

Der Drache hebt mit kräftigen Flügelschlägen ab.

Tana winkt mit der Serviette.

- Du bist unser Freund.

Palm hält die Serviette an einem Zipfel fest.

- Der Drache ist ein sehr intelligentes Tier.

Die andern schwenken die Servietten wie wild.

- Tschau, ruft Esma.

- Halt die Ohren steif, lässt sich Zipp noch vernehmen, bevor der Drache so hoch fliegt, dass die Stimmen wie ferner Gesang verklingen.

Der tiefblaue Himmel schimmert.

Huch spaziert durchs Dorf, gelangt in einen Baumgarten.

Apfelbäume und Reben wachsen auf kupferroter Erde.

Eine Frau wedelt sich mit einem Papierbogen frische Luft zu.

- Hallo, ich bin Adelina Manos.

Sie trägt einen preußischblauen Hut.

- Woher kommst du?

Er steht auf dem linken Bein.

- Vom Dorfeingang.

Adelina schenkt ihm einen verstohlenen Blick aus den

Augenwinkeln.

- Siehst du die Farbe der Erde?

Huch zieht die Sonnenbrille ab.

- Ja, sie ist besonders.

Sie tippt ihm auf die Schulter.

- Sie ist wunderschön, oder?

Er verdeckt die Augen mit der Sonnenbrille.

- Ja, ich lerne gern neue Farbtöne kennen.

Adelina legt das Blatt auf den Boden.

- Ist es möglich, ohne Stift zu malen?

Ein Mann rennt wieselflink in den Baumgarten.

- Hallo, ich bin Thies Timmer.

Er trägt aquamarinblaue Schuhe.

- Mit Erdfarben zu malen, ist eine atemberaubende Herausforderung.

Ein Lächeln huscht über ihr Gesicht.

- Deshalb bist du gekommen.

Timmer nimmt Erde und reibt sie mit dem Finger aufs Papier.

- Ich könnte unmöglich eine Sekunde zögern. Es macht viel mehr Spaß, als einen Pinsel in die Hand zu nehmen.

Adelina starrt konzentriert aufs Blatt.

- Nimm, soviel du willst. Es hat genug Erde.

Er zeichnet ein Herz.

- Ich würde dich gern heiraten.

Ihre Arme hängen steif von den Schultern herab.

- Ich weiß nicht, ob ich schon heiraten soll.

Timmer drückt ihr eine Münze in die Hand.

- Wirf sie auf!

Adelina spielt erst mal mit der Münze.

- Bist du bereit?

Er raunt bedeutungsvoll.

- Ja, ich bin wirklich in dich verliebt.

Sie kratzt sich am Kinn.

- Und was machst du, wenn die Münze nein sagt?

Timmers Atem stockt.

- Wie meinst du das?

Adelina erklärt.

- Kopf bedeutet: Ja, wir heiraten sofort.

Sie dreht die Münze.

- Zahl dagegen heißt: Nein, wir heiraten nicht.

Er kaut nervös an den Lippen.

- Sei mir nicht böse, aber das kann ich fast nicht glauben, dass mich das Glück im Stich lässt.

Ein Lächeln erhellt ihr Gesicht.

- Ich bin dir bestimmt nicht böse. Ich finde das Münzenwerfen nämlich unterhaltsam.

Sie wirft die Münze auf.

- Wie kann ich sonst feststellen, ob wir füreinander bestimmt sind?

Die Münze fällt auf die Erde. Der Kopf ist oben.

Adelina geht in die Knie, nimmt die Münze auf.

- Okay, dann gehen wir in die Kapelle.

Ein VW-Bus, der an vielen Stellen mehr rostfarben als meerblau schimmert, fährt vor.

Eine Frau steigt aus.

- Hallo, ich bin Lilith Ritz.

Sie trägt einen ahorngrünen Rock.

- Ich biete euch eine Fahrt zur Kapelle an.

Adelina schüttet ihr dankbar die Hand.

238

- Das kommt uns gelegen. Wir sind ein Brautpaar.

Timmer wirft den Kopf auf.

- Dürfen wir hinten sitzen?

Lilith öffnet die Tür.

- Gern! Ganz hinten sind die besten Plätze.

Adelina steigt ein.

- Ich bin die Braut, und Thies ist mein Bräutigam.

Timmer klettert in den Bus.

- Ich denke, unsere Liebe ist ewig.

Lilith guckt Huch fröhlich an.

- Sitzt du mit mir vorn?

Ein Mann schlurft heran.

- Hallo, ich bin Hanno Lipp.

Er trägt eine sonnenblumengelbe Hose.

- Ich würde gern einen Trick lernen.

Ihre Hände tasten über die Haare.

- Welchen?

Lipp richtet den Blick in die Ferne.

- Ich möchte möglichst schnell zur Kapelle gelangen, aber keinen einzigen Schritt gehen.

Lilith lehnt an den VW-Bus.

- Dann bist du bei uns genau richtig. Wir fahren dorthin und nehmen dich gern mit.

Er freut sich und fragt.

- Darf ich mich neben dich setzen und während der Fahrt mit dir plaudern?

Sie hebt die Schulter.

- Der Sitz ist bereits vergeben.

Huch teilt die Zweige auseinander und zieht sich zurück.

- Ich sehe mich noch ein wenig im Baumgarten um.

Lilith streckt den Arm.

- Das geht in Ordnung. Ich hole dich auf der Rückfahrt ab.

Lipp fläzt sich auf den Beifahrersitz.

- Das ist mein Lieblingssitz.

Adelina streicht sich über den Hinterkopf.

- Was könnten wir nach der Hochzeit machen?

Timmer beginnt zu schwärmen.

- Nachher gibt es ein Festessen mit schönen Servietten.

Lilith setzt sich ans Steuer, kurbelt die Scheibe herunter, beugt sich aus dem Fenster.

- Bis bald! Ich freue mich aufs Wiedersehen.

Huch zieht die Augenbrauen hoch.

- Ja, ich treffe immer gern Menschen.

Der VW-Bus fährt weg.

Huch kehrt zum Blatt zurück, das Timmer bemalt hat.

Eine Frau tritt in den Baumgarten.

- Hallo, ich bin Cara Dillenberger.

Sie trägt ein neonblaues Kleid und bringt eine Flasche.

- Möchtest du etwas trinken?

Er hält den Atem an.

- Danke. Was ist das für ein Saft?

Cara wirft einen verstohlenen Blick auf das gemalte Herz.

- Es ist Mango.

Huch schaut die Flasche an.

- Warum ist eine Libelle auf der Etikette?

Cara blinzelt in die Sonne.

- Sie verspricht süße Träume.

Er lehnt zurück.

- Mir gefallen die schönen Flügel.

Sie grapscht nach seinem Arm.

240

- Und mir hat es dein Herz angetan. Es hat einen gewissen Charme.

Huch reckt seinen Arm nach oben.

- Das hat Thies Timmer gemalt.

Cara nimmt das Blatt auf Augenhöhe.

- Liebt er dich?

Huch zieht die Schultern hoch.

- Er hat es für Adelina gemalt.

Sie kichert leise.

- Ah, für deine Freundin.

Er biegt die Finger.

- Ich bin ihr einfach begegnet.

Ein Mann kommt bedächtig in den Baumgarten.

- Hallo, ich bin Kalle Rocard.

Er trägt ein malvenfarbiges Hemd.

- Es wundert mich, dass niemand trinkt, obwohl ihr Saft habt.

Cara zuckt nur kurz mit den Augenlidern.

- Wie steht es mit dir?

Rocard neigt den Oberkörper leicht zur Seite.

- Ich würde ihn gern probieren.

Sie reicht ihm die Flasche.

- Kann deine Frau gut kochen?

Er schraubt den Deckel auf.

- Ich bin ledig.

Cara kichert in die Hand.

- Ich hoffe eines Tages zu heiraten.

Rocard hält die Flasche schräg.

- Du siehst schön aus.

Der Fruchtsaft tropft langsam auf das Blatt.

Caras Haar wischt über die Schulter und gibt den Nacken frei.

- Hast du Mut?

Er blickt kurz ins Leere.

- Gibt es etwas, das ich tun sollte?

Sie schnappt nach Luft.

- Ja, mich fragen.

Rocards Blick flattert.

- Es gibt verschiedene Fragen.

Cara bekommt einen Lachanfall.

- Ganz in der Nähe steht eine Kapelle, in der es dir bestimmt gefällt.

Er hebt den Fuß.

- Sollen wir hingehen?

Sie geht forschen Schrittes voran.

- Ja, dann haben wir etwas gemeinsam.

Rocard begleitet sie.

- Was denn?

Cara verfällt in einen federnden Gang.

- Wir sind zusammen unterwegs und haben ein Ziel.

Fünfzehntes Kapitel

Das rebellische Leuchten

Er trinkt einen Schluck.

- Deine Stimme klingt glücklich.

Sie wirbelt herum, ruft Huch zu.

- Komm auch! Du gehörst zu uns.

Er hebt seine rechte Hand.

- Geht schon mal voraus. Ich möchte noch das Bild betrachten.

Rocard bleibt stehen.

- Ich habe noch nie ein Herz gezeichnet.

Cara tollt über die Wiese.

- Würdest du das für mich tun?

Er schließt den Deckel, rennt ihr nach.

- Ja, vielleicht hat es in der Kapelle Papier und Farben. Dann male ich ein Riesenherz für dich.

Der Fruchtsaft, der aus der Flasche getropft ist, vermengt sich mit der kupferroten Erdfarbe, verläuft.

Eine Frau kundschaftet den Baumgarten aus, entdeckt das Blatt am Boden.

- Hallo, ich bin Henrike Piani.

Sie trägt goldene Leggings.

- Ich treffe mich gern mit Künstlern.

Huch zuckt mit den Schultern.

- Ich auch.

Henrike zieht die Lippen beim Lächeln nur auf einer Seite

hoch.

- Ich bin keine Künstlerin. Aber ich habe ein Auge für coole Bilder.

Er erklärt mit gesenkten Lidern.

- Das ist nicht mein Bild.

Sie kneift ihn in den Arm.

- Ich weiß, was du sagen möchtest. Die Bilder gehören nie dem Künstler. Sie gehören in die Galerie.

Ein Mann prescht in den Baumgarten.

- Hallo, ich bin Ruben Maddox.

Er trägt ein Jackett und bringt einen Rahmen.

- Ich bin ganz eurer Meinung und würde das Bild gern rahmen.

Henrike klopft sich auf den Schenkel.

- Sobald du fertig bist, tragen wir es in die Galerie.

Maddox legt Handschuhe an und das Bild in den Rahmen.

- Fasse ich das Blatt sorgfältig genug an?

Sie schaut ihm zu.

- Ja, wir bewundern deine Handschuhe.

Seine Stirn glättet sich.

- Ich achte eben darauf, dass ich gut ausgerüstet bin.

Henrike sagt mit sorgenvoller Miene.

- Am liebsten würde ich das Bild in ein Tuch einschlagen.

Eine Frau kommt in Schleifen durch den Baumgarten.

- Hallo, ich bin Iva Partout.

Sie trägt einen aprikosengelben Hut und bringt ein Badetuch mit Fransen.

- Seid ihr vollkommen glücklich?

Huch hebt die Augenbrauen zum Gruß.

- Warum fragst du?

Ivas Zeigefinger springt auf.

- Nun, weil ihr dieses wunderbare Bild habt.

Henrike presst den Mund zu einem Strich zusammen.

- Wunderbar ist es schon, aber es macht uns auch Sorgen.

Maddox atmet wie unter der Last eines unergründlichen Gewichts aus.

- Wir bräuchten ein Tuch, ungefähr so groß wie deins.

Iva hält ihr Badetuch hoch.

- Seht ihr die Fransen?

Henrike klimpert mit den Wimpern.

- Ja. Sie wirken fröhlich.

Iva legt das Tuch behutsam ab, setzt sich leicht vornüber gebeugt auf den Boden.

- Ich möchte sie flechten, bevor ich das Tuch aus der Hand gebe.

Huch klappt die Augen auf.

- Wie geht das?

Iva kämmt die Fransen mit den Fingern.

- Ich schlinge die Stränge ineinander und lasse Zöpfe entstehen.

Er lauscht hingerissen.

- Das würde ich gern sehen.

Maddox lehnt sich ein wenig vor.

- Beim Flechten kann man gut meditieren.

Henrike durchschreitet den Baumgarten mit festem, schnellem Schritt.

- Ich schaue mich nach einem anderen Tuch um.

Er setzt langsam einen Fuß vor den andern.

- Ich auch.

Iva schaut Huch in die Augen.

- Was sagst du? Bin ich eine gute Flechterin?

Er schiebt den Daumen in die Tasche, legt die übrigen Finger auf die Oberschenkel.

- Ja, du bist sehr geschickt.

Sie hält die umgedrehte Hand schalenförmig hoch.

- Ich liebe die Details. Ein Badetuch mit geflochtenen Fransen wirkt ganz anders.

Huch spreizt die Ellbogen ab.

- Das stimmt. Geht es gut am Boden?

Sie wirft die Haare zurück.

- Wenn ich an einem Tisch sitzen würde, könnte ich besser flechten.

Ein Mann tritt energisch in den Baumgarten.

- Hallo, ich bin Danny Bellini.

Er trägt einen Jogginganzug und bringt ein Kletterseil.

- Ich kann einen Tisch und einen Stuhl für euch runterholen.

Iva legt den Kopf in den Nacken.

- Willst du sie vom Baum pflücken?

Bellini streckt die Hände aus.

- Nein, sie sind auf Brückenpfeilern.

Sie rollt das Badetuch ein.

- Wir können sie nicht dort oben lassen.

Er geht voran.

- Es freut mich, wenn ich euch helfen darf.

Iva wuselt hinterher.

- Wenn wir dich nicht hätten, wer könnte uns sonst einen Tisch besorgen?

Bellini folgt einem still gelegten Bahngleis.

- Sieh es nicht so eng. Ihr seid gar nicht auf mich angewiesen. Tische stehen doch überall rum.

Er wirbelt mit den Armen durch die Luft.

- Die Pfeiler begeistern mich. Klettern ist für mich wie spazieren.

Sie dreht sich um, ruft Huch zu.

- Komm auch! Wir sind ein Tischrettungsteam und brauchen dich.

Huch steigt mit ihnen ins ausgetrocknete Flussbett hinunter.

- Wie gehen wir vor, wenn der Tisch gar nicht gerettet sein will?

Bellini blickt hinauf.

- Mach dir nicht zu viele Gedanken! Ich bin im Nu oben.

2 stählerne Brückenpfeiler ragen auf. Auf dem ersten steht ein Tisch, auf dem zweiten ein Stuhl.

Iva schlägt sich auf den Oberschenkel.

- Da kannst du ja direkt in den Himmel klettern. Wir freuen uns für dich.

Er beginnt mit dem Aufstieg.

- Freude ist ansteckend. Wisst ihr das?

Sie klatscht in die Hände.

- Ja sicher. Wir arbeiten wirklich gern mit dir zusammen.

Bellini steigt mit gewandten Griffen zum Tisch hinauf.

- Es braucht ein bisschen Geduld. Dann sind wir so weit.

Er schlingt das Seil um die Platte.

- Der Tisch ist wie für dich gemacht.

Iva reckt den Arm in die Luft.

- Von unten sieht er sehr gediegen aus.

Bellini seilt ihn ab.

- Ich mache alles für euch. Ihr seid die einzigen Freunde, die ich habe.

Im Flussbett unten nimmt Iva den Tisch in Empfang.

- Wir haben es geschafft.

Sie löst den Knoten.

- Danke vielmals. Das ist genau der Tisch, den es zum Flechten braucht.

Er zieht das Seil hoch.

- Jetzt hole ich den Stuhl.

Iva legt das Badetuch auf den Tisch.

- Gönnst du dir nicht eine kleine Pause?

Bellini schwingt das Seil wie ein Lasso.

- Nein, das brauche ich nicht. Ich nehme eine Abkürzung.

Er wirft die Schleife über einen vorspringenden Träger des zweiten Pfeilers.

- Ich wusste, dass ich treffe.

Huch behält ihn genau im Blick.

- Was hast du nun vor?

Bellini strafft das Seil.

- Ich versuche mich als Seiltänzer.

Er breitet die Arme aus, balanciert hinüber.

- Das ist der kürzeste Weg.

Iva tippt sich an den Hut.

- Sei vorsichtig!

Bellini kniet auf den Träger, holt das Seil ein.

- Der Stuhl wird euch auch gefallen.

Er macht einen Knoten um die Lehne.

- Ich lasse ihn hinunter.

Iva streckt die Arme.

- Ich staune, wie vielfältig sich das Seil einsetzen lässt.

Sie nimmt den Stuhl ab, setzt sich darauf.

- Jetzt kann ich mich richtig um die Fransen kümmern.

Bellini seilt sich selber ab.

- Wie sitzt es sich so auf diesem Stuhl?

Iva beginnt zu flechten.

- Wie auf einer Wolke.

Er wickelt das Seil auf.

- Brückenpfeiler sind praktisch.

Huch blickt auf.

- Warum?

Bellini legt das Seil auf einen flachen Stein.

- Der Pfeiler ist wie eine Leiter.

Ein Elefant kommt durchs ausgetrocknete Flussbett.

Iva schaut ihn aus großen Augen an.

- Elefanten sind riesige Tiere.

Sie steht auf.

- Ich würde gern reiten.

Bellini wirft die Arme in die Luft.

- Klettere auf den Pfeiler.

Iva hangelt sich an den Streben hoch.

- Begleitet ihr mich?

Er steigt hinter ihr hoch.

- Ja, du kannst uns begeistern.

Der Elefant bleibt neben dem Pfeiler stehen.

Iva setzt sich auf seinen Rücken.

- Du bist aufmerksam.

Bellini nimmt hinter ihr Platz.

- Du wartest am richtigen Ort.

Der Elefant dreht den Kopf, legt Huch den Rüssel auf die Schulter.

Iva lächelt verschmitzt.

- Er will, dass du mitkommst.

Huch deutet auf den Tisch.

- Was machen wir mit dem Badetuch?

Sie schiebt den Hut in den Nacken.

- Lass es einfach liegen.

Er weist zum flachen Stein.

- Und was ist mit dem Seil?

Bellini wackelt mit dem Kopf.

- Kümmere dich nicht darum. Zum Reiten brauchen wir es nicht.

Eine Frau hüpft die Stufen zum vertrockneten Flussbett hinunter.

- Hallo, ich bin Malena Mirella.

Sie trägt einen birkengrünen Hut.

- Reite später!

Huch verschränkt die Hände auf dem Rücken.

- Meinst du mich?

Malena deutet einen Gruß an.

- Ja. Bleib lieber bei mir.

Der Elefant hebt den Rüssel, setzt sich langsam, Schritt für Schritt in Bewegung.

Iva guckt über die Schulter.

- Hast du ihm gesagt, dass er gehen soll?

Bellini winkt ab.

- Nein, er ist von selber auf die Idee gekommen.

Ivas Blick schweift zu Huch.

- Lauf einfach hinter uns her.

Huch hebt das Kinn.

- Wohin reitet ihr?

Sie fragt Bellini.

- Was ist deine Lieblingsrichtung?

250

Er schließt die Augen.

- Ich würde gern zu einer Schmetterlingswiese reiten.

Iva schaut zu Huch zurück.

- Wie findest du unser Ziel?

Er neigt mit dem Körper zur Seite.

- Jeder hat seine Vorlieben.

Der Elefant trottet mit Iva und Bellini fort.

Malena tauscht mit Huch ein Lächeln aus.

- Jetzt sind wir zu zweit.

Ein Mann klettert über Äste und verblichenes Schwemm-holz.

- Hallo, ich bin Ivan Kaltenbach.

Er trägt einen Kittel.

- Zeigt einmal eure Hände.

Malena dreht den Handteller nach oben.

- Ich habe große Hände und will dich nicht in Verlegenheit bringen.

Kaltenbach blinzelt in die Sonne und atmet durch.

- Meine Hand ist tatsächlich kleiner als deine.

Sie blickt ihm direkt ins Gesicht.

- Können wir sonst noch etwas für dich tun?

Er umrundet den Tisch.

- Ja, ich hätte gern dieses Badetuch.

Malena faltet es zusammen.

- Wir schenken es dir.

Kaltenbach klemmt es unter den Arm.

- Dankeschön! Ihr seid meine Freunde.

Sein Blick wandert zwischen Malena und Huch hin und her.

- Seid ihr verliebt?

Sie stellt sich auf die Zehenspitzen.

- Ja, über beide Ohren.

Er läuft mit dem Tuch fort.

- Das habe ich auf den ersten Blick gesehen.

Malena schlingt die Arme um Huch.

- Ich bin voller Zuversicht, dass wir 2 etwas Besonderes erleben.

Eine Frau hüpft durchs ausgetrocknete Flussbett.

- Hallo, ich bin Franka Glenn.

Sie trägt ein Glitzerkleid.

- Darf ich den Stuhl haben?

Malena wendet sich ihr mit freundlicher Stimme zu.

- Ja sicher. Magst du ihn tragen?

Franka stemmt ihn hoch.

- Das ist ein Leichtgewicht. Es macht Spaß, mit so einem Stuhl durch die Gegend zu laufen.

Sie eilt davon.

- Und immer, wenn ich eine Pause brauche, weiß ich genau, worauf ich mich setze.

Ein Mann kommt durch ein kleines Wäldchen. Das Unterholz knackt unter seinen Füßen.

- Hallo, ich bin Jerome Linn.

Er trägt ein Hemd. Es leuchtet aprikosenorange.

- Ich würde gern eine Cola trinken. Aber ich weiß nicht, wo ich das Glas abstellen kann.

Malena streckt ihm die Hand zur Begrüßung hin.

- Wie wäre es mit diesem Tisch?

Linn weitet seinen Gürtel und atmet tief ein.

- Er ist perfekt. Ich würde ihn nehmen, wenn ich ihn nur allein tragen könnte.

252

Eine Frau begibt sich zu ihnen.

- Hallo, ich bin Jenna Antonello.

Sie trägt ein Abendkleid.

- Ist der Tisch aus Nussbaumholz?

Malena streicht mit der Hand über die Platte.

- Das ist eine richtige Annahme.

Linn spitzt die Lippen.

- Es macht glücklich, ihn zu berühren.

Jenna wirft ihre Haarmähne in den Nacken.

- Ich möchte ihn nicht nur berühren, sondern mit dir tragen.

Seine Augen werden ein wenig glasig.

- Du übertriffst meine kühnsten Erwartungen. Willst du mich heiraten?

Sie umarmt ihn fest.

- Ja. Ich vertraue dir.

Linn hebt den Tisch.

- Ich habe gerade herausgefunden, dass er gar nicht so schwer ist.

Jenna fasst mit an.

- Gehen wir los?

Sie tragen den Tisch aus dem Flussbett.

Linn hält hinten.

- Welches Sternzeichen hast du?

Jenna zuckelt voraus.

- Ich bin ein Zwilling.

Malena schaut ihnen nach.

- Tische dieser Art sind begehrt.

Ein Mann lugt hinter einem Baum hervor.

- Hallo, ich bin Torben Corallo.

Er trägt ein capriblaues Hemd.

- Ist das euer Kletterseil?

Malena verschränkt die Arme vor der Brust

- Nein. Kannst du es brauchen?

Corallos Gesicht hellt sich auf.

- Ja. Mein Hemd ist verschwitzt. Ich würde es gern waschen, aufhängen und an der Sonne trocknen lassen.

Sie dreht den Kopf.

- Ja dann, nimm das Seil.

Er hebt es auf.

- Wo kann ich mein Hemd waschen?

Eine Frau strebt dem ausgetrockneten Flussbett zu.

- Hallo, ich bin Mika Do.

Sie trägt einen Bleistiftrock und bringt ein goldenes Waschbecken.

- Ich habe einen Bach gesehen.

Malena wedelt sich mit dem Hut etwas frische Luft zu.

- Warum ist dein Becken aus Gold?

Mika schlägt sacht mit der Hand darauf.

- Gold hat einen warmen Ton.

Corallo reibt sich die Augen.

- Zeig uns bitte den Weg zum Bach.

Sie trippelt mit winzigen, aber sicheren Schritten voran.

- Kommt ihr alle mit?

Malena heftet sich an ihre Fersen.

- Das versteht sich von selber.

Corallo legt das Seil über die Schulter.

- Wir sind gern zusammen unterwegs.

Mika wendet den Blick Huch zu.

- Der Bach wird dir gefallen.

Er schließt sich der Gruppe an.

- Das könnte sein.

Der Weg ist steinig, steigt sanft an.

Malena dreht sich um die eigene Achse.

- Wann sind wir dort?

Mika weist auf einen gewundenen Pfad, der in einen Wald führt.

- Mit einem Bein sind wir schon angekommen.

Corallo nimmt einen tiefen Atemzug.

- Zum Glück! Ich kann es kaum erwarten, das verschwitzte Hemd abzustreifen.

Im Talgrund plätschert ein Bach.

Malena hält die linke Hand als Hörtrichter hinter das Ohr.

- Der Klang erquickt.

Corallo legt das Seil ab und knöpft das Hemd auf.

- Mich beruhigt er und zwar so sehr, dass ich fast einschlafe.

Ein Mann und eine Frau tragen ein Bett ans Ufer das Bachs.

Der Mann grüßt mit schalkhaften Augen.

- Hallo, ich bin Keno Kendall.

Er trägt eine augenblaue Krawatte.

- In unserem Bett schläfst du wie auf einer einsamen Insel.

Die Frau senkt die Stimme und das Bett.

- Hallo, ich bin Philippa Mill.

Sie trägt ein Cocktailkleid.

- Brauchst du ein Pyjama?

Corallo zieht das Hemd aus.

- Nein, ich lege mich lieber nackt ins Bett, wenn es euch nicht stört.

Ein Mann betritt das Waldtal.

- Hallo, ich bin Mario Rocco.

Er trägt ein ährengelbes Cap und bringt einen goldenen Garderobenständer.

- Das macht uns gar nichts aus. Wir sind froh, wenn jemand den Kleiderständer braucht.

Malena nimmt Corallo das Hemd ab.

- Wir machen es frisch wie eine Seerosenblüte.

Er schlüpft aus den Schuhen und streift die übrigen Kleider ab.

- Ich habe das große Los gezogen.

Mika füllt das goldene Becken am Bach.

- Übertreib nicht! Wir sorgen einfach für dich.

Kendall schlägt die Bettdecke zurück.

- Du bist unser Freund.

Philippa glättet das Kissen.

- Wem sonst sollten wir das Bett schenken?

Rocco hängt die Kleider am Garderobenständer auf.

- Sag uns, wenn dir etwas fehlt.

Malena trägt das Hemd zu Mika.

- Was ist der schönste Platz der Welt?

Corallo legt sich ins Bett.

- Der Wald. Ich könnte für immer hier sein und in die Wipfel schauen.

Mika tunkt das Hemd ins Becken.

- Übrigens, mach dir keine Sorgen wegen dem Wasser. Wir verzichten auf Seife.

Eine Frau kommt zum Bach.

- Hallo, ich bin Wilma Newell.

Sie trägt ein quittengelbes Kleid und bringt eine Flasche.

- Ich empfehle einen Absud aus Efeublättern.

Kendall deckt Corallo zu.

- Gefällt dir das Bett?

Corallo räkelt sich.

- Ja sehr. Ich hole mir jetzt eine Mütze Schlaf.

Philippa stolpert über das Kletterseil.

- Das bringt mich auf eine Idee. Wir könnten es als Wäscheleine verwenden.

Rocco hebt es auf.

- Wir spannen es zwischen 2 Bäume.

Wilma nimmt den Korken von der Flasche.

- Der Absud ist hoch wirksam.

Malena schlingt das Seil um einen Baum.

- Wenn wir die Erde retten wollen, müssen wir anfangen, Seife zu vermeiden.

Mika wäscht das Hemd und reicht es Kendall.

- Ich stimme von ganzem Herzen zu.

Er wringt es aus.

- Was ist der Unterschied zu halbherzigem Zustimmen?

Philippa legt das Hemd über das Seil.

- Wenn du äußerlich ja sagst, aber „na ja" denkst.

Rocco breitet die Arme aus.

- Die Wäscheleine funktioniert.

Wilma schließt die Flasche.

- Wir sind ein gutes Team und haben eine außergewöhnliche Leistung erbracht.

Malena atmet tief ein.

- Wir haben eine Belohnung verdient. Ich würde gern baden.

Mika legt Daumen und überwölbte Finger an die Stirn.

- Ich kann dir höchstens ein Fußbad anbieten. Mein Becken ist leider zu klein.

Kendall weist auf den Weg, der sich dem Ufer entlang schlängelt.

- Wir könnten dem Bach folgen. Vielleicht sammelt er Wasser aus den Seitentälern.

Philippa geht voran.

- Oder wir finden eine Badewanne in der richtigen Größe.

Rocco setzt sich auf einen Wurzelstrang.

- Ich würde lieber Karten spielen.

Wilma nimmt ihm gegenüber Platz.

- Ich auch. Es gibt immer Überraschungen. Man weiß nie, welche Karte man aufnimmt.

Malena stellt sich vor Huch hin.

- Und du? Was hast du vor?

Er zögert einen Atemzug lang.

- Ich kann mich nicht so schnell entscheiden.

Kendall macht eine Handbewegung wie ein Polizist, der ein Auto vorbeiwinkt.

- Dann komm doch mit uns und entscheide dich später.

Philippa zieht immer engere Kreise um Huch.

- Spielkarten gibt es überall.

Rocco blinzelt.

- Oder du kehrst zu uns zurück.

Wilma schießt funkelnde Blicke auf ihn ab.

- Das würde uns freuen. Es macht Spaß, mit dir zu spielen.

Malena versetzt Huch einen Stoß mit dem Ellbogen.

- Und weißt du, warum es Spaß macht?

Mika hebt das goldene Becken auf.

- Du hast so ein rebellisches Leuchten im Gesicht.

Huch versteckt die Hände burschikos in den Hosentaschen.

- Wer? Ich?

Sechzehntes Kapitel

Das Suchteam

Kendall atmet befreit auf.

- Ja, wir sind dir sehr dankbar, dass du in unserem Team bleibst.

Philippa zupft Huch am Ärmel.

- Sicherlich ist das eine gute Idee.

Das Waldtal spreizt sich, weitet sich zu einem kraterartigen Kessel. Fächerartig münden Rinnsale und Wasserläufe in den Bach, der über die Felsstufen fällt und durch kleine Becken strömt.

Malena stützt sich mit Ausfallschritt auf einen Fels.

- Worauf kommt es eigentlich an, wenn man ein Team bildet?

Mika blickt versonnen aufs Wasser.

- Wenn man zum Beispiel hungrig ist, sucht man gemeinsam etwas zu essen.

Ein heller Lichtfleck fällt auf Kendalls Stirn.

- Das stärkt das Gemeinschaftsgefühl.

Philippa sagt mit halb gesenkten Lidern.

- Ich esse gern hartgekochte Eier.

Huch hebt die Nase.

- Ich rieche Rauch.

Ein Mann sitzt bei einer Feuerstelle.

- Hallo, ich bin Romeo Brix.

Er trägt ein dottergelbes Jackett.

- Ich koche Eier.

Malena späht in den Topf, der über dem Feuer hängt.

- Wirst du sie hart kochen?

Brix legt den Unterarm über die Stirn.

- Ich richte mich nach euren Wünschen.

Mika beugt sich sehr weit nach vorn.

- Wir mögen sie hartgekocht.

Kendall nickt beim Anblick.

- Ich denke, sie werden gut.

Philippa lässt sich auf einem Baumstumpf nieder.

- Wir sprechen eben gern übers Essen.

Brix blickt auf die Uhr.

- Es dauert nur noch wenige Minuten.

Huch folgt dem Bach.

- Ich sehe mir die Wasserfälle an.

Malena reißt den Mund auf.

- Höre auf deinen Körper.

Mika lässt sich vom Sonnenlicht berieseln.

- Du solltest auch ein wenig relaxen.

Kendall setzt sich in den Schatten.

- Und etwas essen.

Philippa deutet auf den Topf.

- Eier machen schön.

Brix geht ein wenig in die Knie.

- Es schadet nichts, vor dem Essen ein paar Schritte zu wechseln. Das regt den Appetit an.

Huch spaziert auf dem Uferweg. Der Bach rinnt dahin. Vögel trällern und pfeifen. Bei einem Fels stürzt das Wasser in ein Becken. Zwischen 2 Bäumen ist ein Seil gespannt und ein Duschvorhang aufgehängt.

Eine Frau schiebt ihn eine Handbreit zurück, guckt hervor.

- Hallo, ich bin Janina Augsburg.

Sie trägt einen kirschroten Hut.

- Ich lade dich ein.

Huch bleibt stehen.

- Dankeschön. Ist das deine Dusche oder dein Bad?

Ein Mann streift durchs Unterholz.

- Hallo, ich bin Tino Ansari.

Er trägt einen Strohhut.

- Wie immer du es nennst, ob Bad oder Dusche, ich möchte tauchen und mich erfrischen, dass es zischt.

Sie schlägt den Vorhang zurück, öffnet die Sicht auf ein weites Felsenbecken.

- Komm rein. Du bist willkommen.

Ansari wirft den Strohhut in die Luft.

- Denkst du, ich sollte unter dem Wasserfall duschen, bevor ich ins Becken springe?

Janina lehnt sich auf ihr linkes Bein.

- Du bist ganz frei.

Er rutscht auf dem Fels ins Becken.

- Ich benötige eine Abkühlung.

Sie lenkt den Blick auf Huch.

- Warum zögerst du? Wenn dir dieser Wasserfall nicht gefällt, zeige ich dir einen anderen.

Er klatscht auf die Beine.

- Ich möchte noch ein bisschen die Beine bewegen.

Ansari schwimmt in Rückenlage, strampelt. Das Wasser spritzt und schäumt.

- Hier hast du vollkommene Beinfreiheit.

Janina legt den Hut ab.

- Du hast mich überzeugt.

Sie springt ins Becken.

- Wenn du etwas vom Wasser haben willst, musst du dich hineinstürzen.

Huch kehrt er auf den Uferweg zurück.

- Möglicherweise trifft das auch auf mich zu. Ich könnte es erkunden. Zunächst interessiert mich das Waldtal.

Birkenstämme ragen in die Höhe. Ein Wiesel huscht ins Gebüsch.

Huch gerät vor ein schmales, turmartiges Steinhaus. Es bröckelt vor sich hin. Auf dem Dach wuchern Brombeeren und Eschen.

Eine Frau eilt federnden Schrittes auf ihn zu.

- Hallo, ich bin Sarina Flipflop.

Sie trägt ein Halstuch.

- Früher hat das Haus viel besser ausgesehen.

Huch beschäftigt die Frage.

- Ist es ein besonderes Haus?

Sarina stützt den leicht geneigten Kopf nachdenklich in die Hand.

- Ja, es ist das geschlossene Rathaus. Es macht hungrig, alte Gebäude zu betrachten. Einem Snack wäre ich nicht abgeneigt.

Ein Mann wandert daher.

- Hallo, ich bin Alan Bernauer.

Er trägt ein arktisblaues T-Shirt und bringt eine Platte voll Lachsbrötchen.

- Höre ich Snacks, bin ich pünktlich zur Stelle.

Sie berührt Huchs Hand.

- Greif zu!

Er senkt den Kopf.

- Ich überlasse dir gern die Wahl des ersten Brötchens.

Bernauer sagt mit leuchtenden Augen.

- Ich bin stolz auf dich.

Huch überlegt lange.

- Auf mich? Wieso?

Bernauer drückt ihm die Hand.

- Du überlässt ihr den Vortritt. Das ist freundlich, aber sehr selten.

Sarina nimmt ein Brötchen.

- Derart ausgiebig verzierte Snacks sind auch rar.

Er fragt mit breitem Grinsen.

- Schmeckt es?

Sie senkt den Blick.

- Danach sieht es aus.

Bernauer schaukelt beim Reden hin und her, wobei er die Platte stets in der Waage hält.

- Was macht ihr so heute?

Ihre Augen funkeln.

- Ich esse das Brötchen.

Bernauer wirft den Kopf in den Nacken.

- Und sonst? Was habt ihr vor?

Huch deutet mit dem Daumen hinter sich.

- Wir schauen das Rathaus an.

Bernauer leckt sich die Oberlippe.

- Dann müsst ihr euch beeilen. Das Gebäude wird bald abgerissen.

Sarina dreht sich kurz um.

- Alles, was ich will, ist ein zweites Brötchen.

Er hält ihr die Platte hin.

- Du kannst aus dem Vollen schöpfen.

Sarina langt zu.

- Dankeschön. Du bist mein Freund.

Bernauer schmunzelt.

- Ich liebe dankbare Gäste.

Er spricht zu Huch.

- Bediene dich! Sonst ist die Platte leer, und du hast kein einziges Brötchen gegessen.

Huch weicht langsam, Schritt für Schritt zurück.

- Das wird nicht so schnell passieren.

Bernauer stützt das Kinn auf die Hand.

- Seid ihr verlobt?

Huch schnappt erst mal nach Luft.

- Wer? Sarina und ich?

Bernauer lacht laut auf.

- Ja genau, ihr passt zusammen. Es gibt einfach Menschen, die füreinander geschaffen sind.

Sarina wischt sich den Mund ab.

- Sagen wir es so. Wir könnten kurz vor der Verlobung stehen, aber es fehlt etwas Wichtiges.

Er streift die Haare zurück.

- Seid ihr noch nicht ganz sicher und braucht etwas Zeit? Ist es das?

Sie sagt, ohne mit der Wimper zu zucken.

- Nein. Was wir brauchen, sind Ringe.

Bernauer wirft die rechte Hand in die Luft.

- Wenn es nichts weiter ist, kann ich euch helfen.

Huch streicht sich über das Kinn.

- Bist du ein Goldschmied?

Bernauer legt die Hand auf seinen Rücken.

- Nein. Es gibt im Waldtal eine Magnolienblüte in vielfacher Lebensgröße, also sie ist größer als wir alle 3 zusammen.

Sarina reißt die Augen auf.

- Warum ist sie so groß geworden?

Er erzählt mit leuchtenden Augen.

- Es ist keine echte Blüte. Sie besteht aus Kunststoff. Doch jetzt kommt der Punkt, der euch interessiert. Wenn ihr wie Bienen in die Blüte dringt, findet ihr Ringe.

Sie zuckt mit den Mundwinkeln.

- Zeig uns die Blüte. Da müssen wir schnell hin.

Bernauer balanciert das Tablett.

- Es ist in der Nähe.

Der Weg folgt dem Bach durch den flimmernden Blätterwald.

Sarina öffnet leicht die Lippen und entblößt die Zähne.

- Ich erwarte viel von der Magnolienblüte.

Er geht aufrecht.

- Das ist richtig. Ihr seid ein schönes Paar und verdient wertvolle Ringe.

In der Mitte einer Lichtung schimmert die riesige Kunststoffblüte.

Sarina versucht, einen Blick ins Innere zu erhaschen.

- Es grenzt an ein Wunder.

Bernauer leckt die Lippen.

- Möchtet ihr euch nicht sofort und unverzagt ins Abenteuer stürzen?

Eine Frau bahnt sich einen Weg durchs blattgrüne Dickicht.

- Hallo, ich bin Grace Miranda.

Sie trägt ein gletscherweißes Tenniskleid.

- Du hast Recht. Das Herumstehen und Reden darf nicht länger dauern.

Sarina pflichtet ihr bei.

- Es ist höchste Zeit, die Ringe zu holen.

Bernauer stellt das Tablett auf eine Felsplatte, legt die Hände oberhalb der Schenkel an den Körper.

- Ihr wirkt besonders gut vorbereitet.

Grace steigt in die Magnolienblüte.

- Das sind wir. Der grundlegende Fehler besteht nur darin, dass ich noch keinen Verlobten habe.

Sarina dringt neben ihr ein.

- Das ist nur halb so schlimm. Sobald wir die Ringe haben, finden wir rasch einen Mann für dich.

Bernauer klatscht Beifall.

- Das ist zweifellos eine Idee.

Ein Mann wieselt auf die Lichtung.

- Hallo, ich bin Leonidas Eisinger.

Er trägt admiralblaue Trainingshosen.

- Ich würde mich gern verloben, habe aber leider keinen Ring.

Grace klettert mit einer Handvoll Ringe aus der Blüte, dreht sich nach Sarina um, zeigt auf Huch und gesteht.

- Mir gefällt eigentlich dein Verlobter am besten.

Sarina rutscht hinter ihr heraus.

- Streng genommen, sind wir noch gar nicht verlobt. Wenn du ihn wirklich willst, würde ich ihn dir überlassen.

Eisinger streckt ihr den Arm entgegen.

- Dafür kannst du ja mich nehmen.

Sie steckt ihm einen Ring an den Finger.

- Also gut! Dann sind wir verlobt.

Sein Herz schlägt schneller.

- Ich wäre allenfalls gar zur Heirat entschlossen.

Sarina wählt einen Ring für sich aus.

- Ich auch. Magst du Sport?

Eisinger senkt den Blick.

- Ja. Darum trage ich Trainingshosen.

Sie zieht den Ring an.

- Dann passen wir zusammen und heiraten.

Er streift beinahe schüchtern eine Haarsträhne aus dem Gesicht.

- Wie heißt du?

Sie lächelt charmant.

- Ich bin Sarina.

Eisinger fährt mit dem Zeigefinger kreisend in die Luft.

- Ich finde den Namen Sarina schöner als Sabrina. Obwohl, wenn jetzt jemand kommt und Sabrina heißt, würde ich sagen: Hey, alle Namen klingen wunderbar.

Ein margeritenweißer Kleinbus rollt über den Waldweg. Die Fahrerin stellt den Motor ab, steigt aus.

- Hallo, ich bin Cheyenne Pili.

Sie trägt Silberpumps.

- Darf ich euch zur Kapelle führen?

Sarina schiebt die Tür zurück, setzt sich auf die Rückbank.

- Du hast ja aus deinem Bus eine richtige Hochzeitskutsche gemacht.

Cheyenne spielt mit ihrer Halskette.

- Jetzt übertreibst du aber. Ich habe ihn einfach gewaschen. Daher ist die margeritenweiße Farbe wieder sichtbar.

Eisinger steigt ein.

- Wie viele Personen haben hinten Platz?

Sie fährt sich mit der Hand durchs Haar.

- 4 Fahrgäste kann ich mir gut vorstellen.

Grace sagt zu Cheyenne.

- Bevor du losfährst, muss ich eine wichtige Frage klären.

Sie streichelt Huch über die Schulter.

- Wollen wir uns zuerst verloben oder direkt heiraten?

Huch schiebt die Hände in den Sack.

- Möglicherweise lohnt es sich, darüber nachzudenken.

Bernauer grinst über das ganze Gesicht.

- Entschuldige bitte, dass ich ganz anderer Meinung bin. Ich würde nämlich ohne Bedenken und in jedem Fall sofort ja sagen.

Grace wendet sich ihm zu, heftet die Augen an sein Gesicht.

- Hast du dir das auch wirklich gründlich überlegt?

Er betont mit kräftiger Stimme.

- Ja sicher. Bei der Verlobung und Hochzeit gibt es viele feine Snacks.

Cheyenne lehnt lässig gegen den Kleinbus.

- Ich könnte auch Hamburger besorgen.

Sarina ruft aus dem Bus.

- Alan, bring uns die Lachsbrötchen!

Bernauer presst die Hände auf den Magen.

- Wo habe ich das Tablett abgestellt?

Grace weist mit einem Kopfrucken nach links.

- Es ist auf der Felsplatte.

Eisinger springt aus dem Bus.

- Ich finde Lachsbrötchen besser als Hamburger.

Cheyenne fragt etwas unsicher.

- Bitte sagt mir, wer nun zur Kapelle fahren möchte.

Er kehrt mit dem Tablett in den Bus zurück.

- Die Lachsbrötchen, Sarina und ich.

Bernauer hebt die Arme über den Kopf.

- Ich würde gern einsteigen.

Grace fährt auf.

- Was heißt: Ich würde gern?

Er hält den Kopf schräg.

- Offenbar habe ich nicht deutlich genug erklärt, was ich will. Was würdest du an meiner Stelle sagen?

Sie hüpft in den Bus.

- Wir sind auf dem Sprung.

Bernauer folgt ihr.

- Ja genau! Das ist eine mitreißende Wendung.

Cheyenne richtet den Blick prüfend auf Huch.

- Du hast allen den Vortritt gelassen. Jetzt hat es nur noch auf dem Beifahrersitz Platz.

Ein Mann huscht auf die Lichtung.

- Hallo, ich bin Pius Klingenstein.

Er trägt ein fuchsrotes T-Shirt.

- Wer möchte auf dem Beifahrersitz sein? Hebt die Hand!

Sarina legt die Hände tatenlos übereinander.

- Machst du eine Umfrage?

Klingenstein steht breitbeinig da.

- Ja.

Er hält rasch die Hand hoch.

- Das ist der schnellste Weg, einen Beifahrer zu finden.

Bernauer wirft ein Auge auf ihn.

- Es stimmt. Einer hat sich schon gemeldet.

Grace lächelt unbeschwert.

- Das trifft sich gut. Wir haben ja auch nur einen Sitz zu

vergeben.

Eisinger zeigt mit dem Finger auf Klingenstein.

- Dann bist du hiermit einstimmig als Beifahrer gewählt. Wir gratulieren.

Cheyennes Augen gleiten über Klingenstein hinweg, bis sie an seinem Gesicht hängen bleiben.

- Nimmst du die Wahl an?

Er legt die Arme auf den Rücken.

- Ihr lasst mir keine andere Wahl. Da muss ich wohl zusagen.

Cheyenne öffnet ihm die Tür.

- Hast du vor zu heiraten?

Klingenstein setzt sich auf den Beifahrersitz.

- Ja sicher. Wer möchte meine Braut sein?

Sie schwingt sich hinter das Lenkrad.

- Ich.

Er schließt die Tür.

- Danke. Dann heiraten wir und gehen nachher in ein Restaurant etwas Feines essen.

Sarina sucht nach Worten.

- Träume ich? Sind wir jetzt 3 Hochzeitspaare in einem Auto?

Bernauer ringt nach Atem.

- Sind wir in einem Film?

Grace lehnt entspannt in die Rückbank.

- Nein. Das kommt vor. Bei schönem Wetter gibt es viele Hochzeiten.

Eisinger fährt in die Höhe.

- Wir brauchen noch einen Brautführer.

Cheyenne kurbelt die Scheibe runter, fragt Huch.

- Möchtest du das sein?

Er neigt den Kopf.

- Vielleicht benötigt ihr 3 Brautführer.

Klingenstein dreht die Scheibe hinunter, stützt den rechten Arm auf.

- Du hast Recht.

Cheyenne startet den Motor.

- Gut, dann fahren wir los und suchen weitere Brautführer.

Sarina ruft von der Rückbank.

- Wir treffen uns bei der Kapelle!

Huch zieht die Schulter zurück.

- Das ist bestimmt ein markanter Treffpunkt.

Er schaut dem Kleinbus nach.

Eine Frau irrt ziellos im Wald umher, erreicht die Lichtung.

- Hallo, ich bin Jamie Kuhl.

Sie trägt ein brillantblaues Kostüm.

- Ich entsinne mich. Irgendwo habe ich schon einmal so eine künstliche Magnolienblüte gesehen.

Huch steht wie angeklebt auf einem Fleck.

- Bist du hineingestiegen?

Jamies Augen werden schmal.

- Nein. Ich finde ein Sofa bequemer als eine Blüte.

Er lehnt sich an einen Baum.

- Und wie ist dein Kostüm? Ist es bequem?

Sie streckt die Arme in den Himmel.

- Ja. Leute, die ein Kostüm tragen, neigen zu Optimismus.

Huch hat die Hände auf den Hüften.

- Was bedeutet für dich Optimismus?

Jamies Stimme ist ein helles Zwitschern.

- Wenn ich den Schlüssel verliere, gehe ich einfach nach

Hause, warum, weil meine Tür stets offen ist. Dann setze ich mich aufs Sofa, warte eine Sekunde, bis ein Mann klingelt und sagt, er habe einen Schlüssel gefunden. Ich schaue den Schlüssel an und erkenne auf den ersten Blick, es ist meiner.

Huch schließt die Augen.

- Ich lerne eine Menge im Gespräch mit dir.

Ihre Wangen werden rot.

- Das ist erst die Einführung gewissermaßen. Weißt du, was das wertvollste Geschenk ist?

Er lässt den Blick schweifen.

- Der Wald?

Jamie macht das Jackett auf und zu.

- Sieh es mal mit meinen Augen. Der Wald ist ohne Zweifel ein wunderbarer Haufen Bäume. Aber ein Kuss ist wertvoller als alle Wälder auf der Erde.

Huch klettert auf einen Baum.

- Es gibt eine Menge Wahrheit in dem, was du sagst.

Ein Schmunzeln gräbt sich in ihre Wangen.

- Was ist los? Warum kletterst du?

Ein Mann tanzt durch den Wald. Auf der Lichtung stoppt er mitten im Tanz.

- Hallo, ich bin Emanuel Bork.

Er trägt birnengelbe Turnschuhe.

- Wollt ihr meine Meinung hören? Der Kuss ist das Wichtigste im Leben.

Jamie presst ihn an sich.

- Ja dann bin ich mir ziemlich sicher, dass du geküsst sein möchtest.

Bork legt die Arme um sie.

- Ich würde gern jemanden wie dich heiraten.

Sie küsst ihn auf die Lippen.

- Verlieren wir keine Zeit. Gehen wir in die Kapelle.

Er blickt zu Huch hinauf.

- Was machst du?

Huch lehnt sich nach vorn.

- Ich sitze auf dem Ast.

Jamie verschränkt die Hände auf dem Rücken.

- Wenn du mein Mann wärst, würde ich mit dir in einem Baumhaus leben.

Bork dreht den Kopf.

- Aber du willst doch mich heiraten!

Sie senkt die Lider.

- Versprochen! Was für ein Haus möchtest du?

Seine Augen leuchten auf.

- Ich mag alte Häuser.

Jamie zeigt mit steil gerecktem Zeigefinger auf Huch.

- Kennst du ein altes Haus in der Nähe?

Er steigt vom Baum.

- Wir könnten uns umsehen.

Sie dreht sich im Kreis.

- Was ist dein Lieblingshaus?

Huch streicht mit den Händen über die schuppige Rinde des Baums.

- Ich mag Häuser, die mit mir reden.

Bork schreitet voran.

- Ich habe einen Plan. Kommen wir vor ein altes Haus, dann übernehmen wir es. Finden wir ein Haus, das spricht, kannst du es haben.

Jamie tippt ihm von hinten auf die Schulter.

- Etwas hast du nicht ganz verstanden, Emanuel. Wir, das sind wir alle 3 zusammen. Wir bilden ein Suchteam. Wenn du „wir" sagst, ist niemand ausgeschlossen.

Er läuft zielstrebig auf Huch zu.

- Entschuldigung, ich wollte dich nicht ausgrenzen.

Huch hält die Hand ans Ohr.

- Das hast du nicht. Man muss immer klären, was Wörter beinhalten.

Sie drückt Bork an sich.

- Ich bin Frühaufsteherin. Und du?

Bork wankt, kommt aus dem Tritt.

- Ich schlafe lieber aus.

Jamie streckt und dehnt die Arme.

- Ich trinke gern viel Kaffee.

Ein Lächeln klemmt zwischen seinen Mundwinkeln.

- Wenn er nicht zu heiß ist.

Siebzehntes Kapitel

Weit draußen

Unter einem Baum stehen gepolsterte Sessel und ein Tisch. Eine Kaffeeautomat surrt.

Eine Frau spielt im Schatten Gitarre.

- Hallo, ich bin Maxi Malang.

Sie trägt einen Kimono.

- Wisst ihr, was das Besondere an diesem Automaten ist?

Bork setzt sich.

- Er steht neben einem Sessel.

Maxi lehnt die Gitarre gegen den Baum.

- Ja, das stimmt. Und außerdem könnt ihr die Temperatur wählen. Heiß wie Lava aus einem Vulkan oder angenehm warm wie aus einer Thermalquelle.

Jamie fläzt sich in einen Sessel.

- Dann nehme ich gern den heißen Kaffee.

Maxi presst den Zeigefinger auf die lavarote Wahltaste.

- Erschreckt nicht. Das wird laut.

Der Automat rumpelt und rumort wie ein ausbrechender Vulkan. Während er oben einen Strahl dampfenden Kaffees ausspeit, macht sich ein Fangarm mit einem Becher bereit, die zischende Masse aufzufangen.

Bork schlägt die Beine übereinander.

- Das ist ein Schauspiel für sich. Trotzdem ziehe ich den warmen vor.

Maxi reicht Jamie den Becher.

- Sei vorsichtig beim Trinken.

Jamie bläht die Backen auf, bläst.

- Es ist nicht nötig, dass du mich warnst. Die Hitze ist geradezu schweißtreibend.

Bork stützt die Unterarme auf.

- Umso mehr freue ich mich auf meinen Becher.

Maxi drückt die kristallblaue Taste.

- Bald wirst du ihn genießen können.

Eine muschelartige Nische klappt im Bauch des Automaten auf. Darin sprudelt ein kleiner Kaffee-Springbrunnen in ein Becken. Der Überlauf rinnt in einen Becher.

- Schon das Warten entspannt, das Trinken noch viel mehr.

Sie guckt sich nach Huch um.

- Setz dich doch!

Er geht ein paar Schritte weiter.

- Lasst euch nicht stören. Vielleicht habe ich etwas später Lust auf einen Kaffee. Zuerst möchte ich mich nach einem sprechenden Haus umsehen.

Der Weg führt durch den Wald aus Buchen und Eichen. Es riecht nach Moos. Efeu und Gestrüpp ranken um ein verfallenes Haus. Die Tür knarrt und ächzt.

Ein Mann tritt heraus.

- Hallo, ich bin Ragnar Heck.

Er trägt ein lavendellila Hemd.

- Du suchst ein sprechendes Haus.

Huch weicht einen Schritt zurück.

- Nicht direkt. Wahrscheinlich sprechen alle Häuser, aber jedes auf seine Art.

In Hecks Miene liegt etwas Unerschütterliches.

- Du hast es erfasst. Und was dieses Haus betrifft, so bin

ich sozusagen seine Stimme.

Er gibt ihm eine Walnuss.

- Das ist ein Geschenk des Hauses.

Huch zieht die Schultern fast bis an seine Ohren hoch.

- Was soll ich damit?

Heck nimmt die Klinke in die Hand.

- Füttere ein Eichhörnchen! Wenn du weitere Fragen hast, darfst du jederzeit vorbeischauen. Wir lassen dich nie allein, sind an dir interessiert.

Er schließt die Tür.

- Entschuldige bitte! Häuser sind gelegentlich kurz angebunden.

Huch lässt die Schultern hängen.

- Vielleicht begegne ich einem Eichhörnchen.

Er läuft tiefer in den Wald.

- Hoffentlich mag es die Walnuss.

Eine Frau läuft mit wehenden Haaren auf ihn zu.

- Hallo, ich bin Anisa Pohl.

Sie trägt eine Bluse mit Spitzen.

- Oh, du hast eine Nuss gewonnen.

Huch blickt in die Wipfel.

- Ich würde sie gern einem Eichhörnchen geben.

Sie nimmt ihm die Nuss ab.

- Bitte denk dran, es ist ein scheues, aber sehr neugieriges Tier.

Er legt die Hand auf den Nacken.

- Es versteckt sich.

Anisa legt die Nuss gut sichtbar auf einen Baumstrunk.

- Ja, aber es kann nicht widerstehen.

Ein Eichhörnchen klettert vorsichtig aus einem Wipfel

herab, rennt zum Strunk. Es stößt sich kräftig mit den Beinen vom Boden ab, springt hoch, öffnet den Mund, schnappt die Nuss, dreht ab, bewegt sich in großen Sprüngen zur Wurzel seines Baums, fegt den Stamm hoch.

Anisa guckt ihm nach.

- Das wäre geschafft!

Sie fasst Huch ins Auge.

- Gehen wir etwas trinken?

Er steckt die Hand in die Hosentasche.

- Hat es eine Quelle in der Nähe?

Ein Mann wandert durch den Wald.

- Hallo, ich bin Chris Hamm.

Er trägt ein überdimensionales T-Shirt.

- Das Getränk, das ich am meisten trinke, ist Kaffee.

Anisa formt mit beiden Händen ein O, als würde sie eine Kristallkugel halten.

- Das ist tatsächlich mein Lieblingsgetränk.

Hamms Ohren leuchten im Gegenlicht.

- Es wird Zeit, dass wir einen bekommen.

Sie horcht.

- In deiner Stimme liegt ein freundlicher Unterton.

Er richtet die Augen auf Huch.

- Hörst du den auch?

Huch kann das Lächeln nicht unterdrücken.

- Ja, er ist unüberhörbar.

Anisa spreizt die Finger.

- Als würdest du uns einen Kaffee anbieten wollen.

Eine Frau bewegt sich vorsichtigen Schrittes, rollt über den ganzen Fuß ab.

- Hallo, ich bin Patricia Eschenbach.

Sie trägt ein Paillettenkleid, bringt einen Jutesack.

- Die Sonne beleuchtet alles. Leider fällt ihr Licht nicht auf eine Coladose.

Huchs Blick tastet den Sack ab.

- Wieso meinst du?

Patricia atmet tief durch.

- Ich sammle Coladosen. Aber hier liegt keine.

Anisa beugt den Nacken.

- Dürfen wir deine Sammlung ansehen?

Patricia öffnet den Sack.

- Ich habe große und kleine Dosen gefunden.

Hamm zuckt mit den Blicken.

- Ein bisschen staubig sind sie schon.

Sie hat einen wehmütigen Zug um die Lippen.

- Ja, ein Staubsauger könnte Wunder wirken.

Ein Mann bewegt sich wie in Zeitlupe durch den Wald.

- Hallo, ich bin Emre Dornier.

Er trägt eine schrille Krawatte und bringt einen Staubsauger.

- Möchtet ihr ihn anstellen?

Patricia packt die Dosen aus, stellt sie auf den Baumstrunk.

- Gern! Ohne Staub würden sie nämlich glänzen.

Hamm zieht beide Augenbrauen nach oben.

- Wir unternehmen alles, um deine Sammlung in neuem Glanz erstrahlen zu lassen.

Anisa spricht ruhig und konzentriert.

- Wir helfen doch einander, sind ein Team.

Ganz zuunterst im Sack liegt eine Kamera.

Dornier nimmt sie heraus.

- Sollen wir sie auch vom Staub befreien?

Patricia schließt die Augen.

- Das kann ihr ganz gewiss nicht schaden.

Dornier bietet Huch den Sauger an.

- Ich bin geneigt, dich auszuwählen.

Er schiebt den Hut mit einer trägen Bewegung in den Nacken.

- Hat der Staubsauger eine Batterie?

Anisa runzelt die Stirn.

- Das ist eine wichtige Frage.

Hamm schiebt die Oberlippe über die Unterlippe hin und her.

- Was möchtet ihr lieber? Batterie oder Akku?

Patricia beugt sich über den Sauger.

- Ich persönlich ziehe den Akku vor.

Dornier saugt tief Luft in seinen breiten Brustkasten.

- Du hast Glück. Er hat einen Akku. Dann darf ich dir also den Staubsauger geben?

Sie übernimmt ihn, stellt ihn an.

- Diese Vibration! Der ruhige Klang! Ich bin außer mir vor Freude!

Anisa beobachtet sie genau.

- Wir sind da, im Fall dass du Hilfe brauchst.

Hamm ruft mit rudernden Armen und einer sich hochschraubenden Stimme.

- Ein Team, das gut zusammenspielt, kriegt den Staub weg.

Patricia führt die Düse sorgfältig um die Dosen herum.

- Sie glänzen wie neu. Wir sind erfolgreich.

Dornier lässt beim Sprechen buchstäblich die Hände mitlaufen.

- Ich habe 2 Freundinnen und 2 Freunde bekommen.

Anisa schießt funkelnde Blick auf Huch ab.

- Wir könnten uns verloben.

Hamm schaut erschrocken auf.

- Und wen soll ich dann nehmen?

Patricia fährt mit dem Staubsauger über die Kamera.

- Mich. Dann hast du den Durchblick.

Anisa guckt ihr über die Schultern.

- Kannst du uns die Technik erklären?

Patricia stellt den Sauger ab.

- Gern! Es ist eine besondere Kamera. Ihr könnt damit durch Dächer und Mauern blicken.

Hamm reißt die Augen auf.

- Wir müssen sie sofort und ohne Verzug ausprobieren.

Patricia greift nach der Kamera.

- Eigentlich brauchen wir dazu nur ein Haus.

Dornier stützt nachdenklich seinen Kopf auf die rechte Faust.

- Und die Erlaubnis, würde ich meinen. Wir müssen die Person, die im Haus wohnt, zuerst fragen.

Anisa sieht zwischen den Bäumen eine helle Spur.

- Schlagen wir diesen Weg ein?

Hamm geht voran.

- Ich denke, er führt uns zu einem Haus.

Patricia hält die Kamera hoch.

- Ich sage euch jetzt etwas. Selbst wenn es kein Fenster hat, nicht einmal ein winziges Guckloch, können wir sogar einen Brotkrümel auf dem Tisch sehen.

Dornier hüpft auf der Stelle.

- Bei aller Bewunderung, ein bisschen taktlos ist diese Technik schon.

Anisa wirft einen Blick auf Huch.

- Bist du auch begeistert von der Kamera?

Er fächelt sich mit dem Hut Luft zu.

- Ich glaube, sie kommt vor allem bei Mauern und Dächern zum Einsatz.

Der Wald lichtet sich. Gras wächst über ein steingedecktes Haus.

Anisa hält den Kopf schief.

- Es sieht verlassen aus.

Hamm verschränkt die Arme.

- Ich frage mich, ob da überhaupt noch jemand wohnt.

Patricia führt die Kamera ans Auge.

- Das werden wir gleich sehen.

Dornier ringt die Hände.

- Wollen wir nicht zuerst anklopfen?

Patricia zieht das Kinn zurück.

- Doch, natürlich! So haben wir es abgemacht. Wie konnte ich es nur vergessen!

Die Tür ist mit Holzschnitzereien verziert.

Anisa klopft.

- Ist jemand zu Hause?

Eine Stimme antwortet.

- Ja, ich.

Hamm hält den Kopf hoch.

- Und wer bist du?

Die Tür fliegt auf.

- Hallo, ich bin Elaine Womack.

Sie trägt ein Glitzerkostüm.

- Ihr kommt mich besuchen? Das freut mich. Kommt rein.

Patricia winkt höflich ab.

\- Wir würden lieber draußen bleiben.

Dornier gesteht leicht kichernd.

\- Wir haben nämlich eine Kamera, mit der wir durch die Mauer blicken können.

Elaine schließt die Tür hinter sich, gesellt sich zu ihnen.

\- Nur zu! Dann durchleuchtet mal mein Haus bis in den letzten Winkel.

Anisa schnappt nach Luft.

\- Kommst du dir da nicht ein wenig bespitzelt vor?

Elaine steht extrem aufrecht, leicht nach rechts gewandt.

\- Nein, überhaupt nicht! Ihr wollt einen Versuch machen. Das verstehe ich.

Patricia späht in die Kamera.

\- Ich sehe eine dampfende Kaffeekanne.

Hamm gerät ins Stottern.

\- Das beeindruckt mich.

Dornier blinzelt.

\- Der Durchblick ist toll!

Elaine stößt die Tür auf.

\- Darf ich euch zum Kaffee einladen?

Anisa tritt über die Türschwelle.

\- Ja. Ich wollte dich gerade fragen.

Hamm seufzt so beiläufig vor sich hin.

\- Er riecht gut. Das muss der weltbeste Kaffee sein.

Patricia ruft quer durchs Haus.

\- Einen Kaffee vermisse ich schon lange.

Dornier erkundigt sich beim Eintreten.

\- Wie viele Tassen hast du?

Elaine zerrt ihn ungeniert ins Haus.

\- Es reicht für alle.

Sie streicht über die Klinke, schaut Huch an.

- Warum zögerst du?

Er blinzelt ins Sonnenlicht.

- Das Grasland interessiert mich. Ich würde mich gern umsehen.

Elaine streicht sich mit den Händen seitlich das Gesicht entlang.

- Ist gut! Dann erwarten wir dich etwas später.

Huch läuft einen Grashang hinunter, staunt einen bunt schillernden Käfer an. Ein Milan kreist.

Ein Mann nagelt eine Spanplatte an 2 Pfosten.

- Hallo, ich bin Timur Quest.

Er trägt einen Cowboyhut.

- Wir könnten darüber sprechen, was wir auf die Platte malen wollen.

Eine Frau fegt durch den Grashang.

- Hallo, ich bin Serafina Sinclair.

Sie trägt ein knalloranges Kleid.

- Wir malen eine Waldkulisse.

Quest springt vor Freude in die Luft.

- Dankeschön! Allein wären wir nicht auf die Idee gekommen.

Serafina bewegt sich mit wiegenden Schultern.

- Nichts zu danken! Ich wusste doch, dass euch eine Waldkulisse gefallen würde.

Quest schließt die Augen.

- Soll ich die Platte in 2 Stücke teilen?

Sie dreht sich im Kreis.

- Nein, lass die Platte, wie sie ist. Du brauchst nur etwas Farbe.

Ein Mann biegt vom Weg ab, kommt näher.

- Hallo, ich bin Andre Glick.

Er trägt ein karminrotes T-Shirt, bringt eine Fahrradpumpe und eine Spraydose mit dschungelgrüner Farbe.

- Ich versäume es nie, eine Spraydose mitzunehmen. Vielleicht habt ihr eine leere Wand und seid froh, wenn sie belebt wird.

Quest zeigt einladend auf die Spanplatte.

- Wir hätten gern eine Waldkulisse.

Serafina fragt mit geneigtem Kopf.

- Möchtest du sprayen?

Glick atmet tief ein.

- Ich bin verblüfft, dass ihr mich fragt. Üblicherweise biete ich nur den Spray an, und die Dose wird mir förmlich aus der Hand gerissen.

Quest nimmt den Spray und reicht ihn Huch.

- Wir wählen dich aus.

Serafina schleudert die Arme nach oben.

- Es eilt nicht.

Glick lächelt freundlich und breit.

- Du musst nur den Deckel abschrauben. Dann sprayt die Dose von selber.

Huch studiert die Etikette.

- Wie ist der Spray für die Umwelt?

Glick schraubt die Düse seiner Fahrradpumpe ans Ventil der Dose.

- Unbedenklich.

Er pumpt Luft hinein.

- Die Farbe ist aus Pflanzen hergestellt.

Quest ringt die Hände.

- Wann fängst du an?

Huch wirkt ganz entspannt.

- Es gibt 2 Möglichkeiten. Jetzt gleich oder etwas später.

Serafina streicht sich das Kleid glatt.

- Deine Einstellung ist ziemlich gut. Du gehst es ruhig an.

Glick setzt ein Grinsen auf.

- Ich mag dich.

Quest rudert mit den Armen.

- Es ist schwierig, relaxt zu sein.

Serafina hebt die Augenbraue.

- Ja, vor allem, wenn du es nicht magst, etwas Unfertiges zu hinterlassen.

Glick drückt die Hände zusammen.

- Du musst im Voraus eine Vision haben.

Huch sprüht mit Strich und Kreis einen Baum.

- Diese Dose ist eine tolle Erfindung.

Glick blickt auf die Spanplatte.

- Gefällt sie dir? Ich sage dir, sie ist vollkommene Nebensache.

Quest hebt seinen Zeigefinger.

- Weißt du warum?

Serafina drückt Huch an ihren Busen.

- Du malst umwerfend.

Er gibt die Dose Glick zurück.

- Ich hatte Glück. Die Farbe kam raus.

Quest fährt sich mit der Zunge über den Mundwinkel.

- Ich würde gern etwas essen.

Serafina sucht mit den Augen den Horizont ab.

- Mögt ihr Gemüse mit Reis?

Glicks Fuß zuckt.

- Ja. Das würde mir schmecken.

Quest entdeckt eine Landstraße.

- Da könnten wir langgehen.

Serafina eilt mit leicht schwingender Hüfte voraus.

- Wir sind verrückt nach gutem Essen.

Glick reißt die Arme nach vorne.

- Möchtest du meine Freundin sein?

Sie sagt augenzwinkernd.

- Ja. Wir sind ein Team. Ihr seid alle meine Freunde.

Die schmale, kurvenreiche Landstraße verheddert sich im Gelände, wo sich eine kleine Bar befindet. Zwischen Sonnenschirmen stehen runde Gartentische.

Eine Frau stellt eine Reihe Holzstühle auf.

- Hallo, ich bin Delia Heli.

Sie trägt ein Matrosenkleid.

- Es gibt Gemüse mit Reis.

Quest stellt sich auf einen Stuhl und ruft.

- Kann ich dazu etwas Brot und Butter bekommen?

Delia weicht zurück.

- Das bringe ich selbstverständlich gern.

Serafina setzt sich.

- Die Tischtücher sind voll von fröhlichen Herzen. Das gefällt mir.

Delia geht zum Eingang der Bar.

- Dankeschön. Wir tun alles, dass sich unsere Gäste wohlfühlen.

Glick feuchtet die Lippen mit der Zunge an.

- Man nennt mich Andre.

Delia dreht sich auf der Schwelle nach ihm um.

- Willkommen, Andre!

Quest springt vom Stuhl, bietet Huch Platz an.

- Willst du dich nicht setzen?

Er scharrt mit den Füßen.

- Ich habe noch nicht so großen Hunger, gehe das Gelände erkundigen.

Serafina stützt das Gesicht auf die Hände.

- Ich halte dir den Stuhl neben mir frei.

Glick steht unsicher lächelnd, leicht schief.

- Gerade darauf wollte ich mich setzen.

Sie stößt die Luft aus, als würde sie sich einen Ruck geben.

- Dann tu es!

Huch spaziert in die raue Graslandschaft. Eine Heuschrecke hüpft knackend in die Luft. Eine lavendelblaue Distel schimmert.

Ein Mann schlendert durch die Gräser.

- Hallo, ich bin Amar Gundi.

Er trägt Flip-Flops.

- Ich würde gern gläsern werden. Weißt du, wie das geht?

Huch zieht beide Augenbrauen nach oben.

- Möchtest du eher durchsichtig oder zerbrechlich sein?

Gundi verengt die Pupillen.

- So viel habe ich mir noch gar nicht überlegt. Ich habe einfach das Gefühl, es ist gut für die Gesundheit, wenn man gläsern ist.

Eine Frau geht durch die Wiese.

- Hallo, ich bin Eleanor Osterholz.

Sie trägt ein indischgelbes Kostüm.

- Möchtest du von Zeit zu Zeit gläsern sein oder immer?

Er verschränkt die Arme.

- Ich möchte einfach mal damit anfangen und dann sehen,

was daraus wird.

Eleanor schließt die Augen.

- Gut, dann schüttle den Kopf!

Sein Mundwinkel zuckt kaum wahrnehmbar.

- Was? Ich muss nur den Kopf schütteln, um gläsern zu werden?

Sie bestätigt.

- Ja, das sollte genügen.

Gundi schüttelt den Kopf.

- Das kann ich mir nicht vorstellen.

Er verwandelt sich in Glas, steht wie eine Schaufensterpuppe.

- Es fühlt sich ein bisschen steif an, wenn man gläsern ist.

Sie schützt die Augen vor dem Glanz.

- Dafür bist du durchsichtig und leichter zu durchschauen.

Gundi öffnet und schließt den Mund.

- Ich brauche etwas zu essen.

Eleanor hebt die Nase.

- Was ist das für ein köstlicher Geruch?

Ein Mann kommt durch die Graslandschaft.

- Hallo, ich bin Caspar Gatti.

Er trägt eine Safariuniform und bringt einen Korb voll Erdbeeren.

- Es ist gerade Erdbeerzeit.

Gundi streckt die Hand aus.

- Darf ich ein paar versuchen?

Gatti stellt den Korb ab, lässt sich im Gras nieder.

- Ja sicher! Setz dich zu mir! Ich schau gern zu, wie dir die Beeren den Hals hinunterrutschen.

Vorsichtig kommt Gundi seiner Aufforderung nach.

- Ich bin ganz neu aus Glas und muss mich erst daran gewöhnen.

Gatti legt beschwichtigend die Hand auf seine Schulter.

- Sei unbesorgt. Die Beeren laufen uns nicht davon.

Eleanor schaut aus ihren blauen, fast wimpernlosen Augen auf Huch.

- Ich habe keine Ahnung, was du vorhast.

Seine Blicke schweifen von ihr ab.

- Es macht mir Spaß, die Graslandschaft zu erforschen.

Gundi wackelt mit dem Kopf.

- Wollen wir nicht zusammen die Erdbeeren genießen?

Eleanor lässt den Mund offen stehen.

- Nein, das ist ein Vergnügen, dass du mit Caspar teilst.

Gatti reicht Gundi eine Erdbeere.

- Hast du das Gefühl, dass wir alle zusammenbleiben müssen?

Gundi sitzt sehr aufrecht.

- Nicht unbedingt. Ich brauche zuerst eine kleine Pause.

Eleanor spaziert mit Huch durch die Wiese, dreht sich um.

- Ihr holt uns bestimmt wieder ein. Wir gehen langsam voraus.

Gundi schiebt sich die Erdbeere in den Mund.

- Bis später!

Sie schmiegt den Kopf an Huchs Schulter.

- Willst du auch irgendwo ausruhen?

Er schreitet ruhig voran.

- Im Moment noch nicht.

Eleanor senkt die Stimme.

- Wir könnten in ein Hotel gehen.

Huch weicht einem Brennnesselgestrüpp aus.

- Wie es aussieht, sind wir weit draußen in der Landschaft.

Achtzehntes Kapitel

Das Strandhaus

Das Gras raschelt.

Eine Maus zeigt sich.

- Hallo, ich bin eine Maus.

Sie hat ein graubraunes Fell.

- Ich würde gern sprechen lernen.

Eleanor beugt ihren Kopf tief.

- Aber du kannst doch gut sprechen. Du stellst dich vor, kannst einen Wunsch vortragen. Was willst du mehr?

Die Maus stellt sich auf die Hinterbeine.

- Ich suche einen Namen für eine rote Blume.

Huch bückt sich.

- Zeigst du uns die Blume? Vielleicht kennen wir den Namen.

Die Maus läuft voraus.

- Ihr macht mich glücklich und seid meine Freunde.

Eleanor spannt die Hand kurz, als hoffte sie, in der Luft etwas zu greifen.

- Wart es ab! Es gibt so viele Blumen. Da kann es schon vorkommen, dass man rätselnd davor steht.

Die Maus schnauft geräuschvoll.

- Aber ihr seid doch Menschen!

Sie folgen ihr, gelangen zu einem Mohn. Die Blüte leuchtet senegalrot.

Eleanor deutet darauf.

- Meinst du diese Blume?

Die Maus senkt den Kopf.

- Ja. Wenn ihr mir den Namen sagen könnt, bin ich euch unendlich dankbar.

Huch antwortet leicht vornüber gebeugt.

- Sie heißt Mohn.

Die Maus lobt begeistert.

- Fabelhaft! Mit euch lerne ich sprechen.

Sie tanzt um die Blume.

- Wenn ihr heiratet und eine Trauzeugin sucht, fragt mich.

Eleanors Blick lichtet sich auf.

- Danke! Ich würde gern heiraten.

Ein Mann stapft durchs Gras.

- Hallo, ich bin Emin Conrad.

Er trägt floridablaue Turnschuhe.

- Ich wäre gern dein Mann.

Das Lachen quillt tief aus ihrem Brustkorb empor.

- Dann sollten wir uns trauen.

Conrad reicht ihr die Hand, rennt mit ihr über die Wiese.

- Wir dürfen keine Sekunde verlieren.

Die Maus läuft hinterher.

- Wer spielt die Rolle der Trauzeugin?

Eleanor dreht den Kopf.

- Du! Ich dachte, wir hätten das bereits ausgemacht.

Die Maus verzieht die Mundwinkel.

- Ich möchte aber gefragt sein.

Eleanor kauert nieder.

- Das verstehe ich. Also, begleitest du uns auf diesem wichtigsten Schritt?

Die Maus trampelt vor Begeisterung mit den Füßen.

- Gern! Das ist überhaupt keine Frage.

Conrad krampft die Finger zusammen.

- Da fällt mir ein, wir bräuchten noch einen Trauzeugen.

Eleanor kehrt zu Huch zurück.

- Wenn du wie ein Trauzeuge aussiehst und dastehst wie ein Trauzeuge, bist du ein Trauzeuge.

Eine Frau schlendert durchs Grasland.

- Hallo, ich bin Hanne Campesino.

Sie trägt ein Tuch um den Hals.

- Darf ich euch etwas zeigen?

Conrad tritt neugierig näher.

- Ist es ein Hochzeitsgeschenk?

Hanne klaubt ein Papierschirmchen aus der Tasche.

- Es bringt eine Botschaft.

Sie spannt es auf.

- Lest selber.

Eleanor spannt den Hals, liest.

- Schließ deine Augen und zähl bis 10.

Sie senkt die Lider, beginnt zu zählen.

Ein Mann bummelt durch die Wiese.

- Hallo, ich bin Youssef Henderson.

Er trägt Shorts.

- Was sucht ihr?

Eleanor öffnet die Augen.

- Der Trauzeuge ist noch nicht bestimmt.

Henderson geht feinfühlig auf sie ein.

- Ich mache alles, was man mich fragt.

Conrad jubelt laut.

- Dann bist du unser Trauzeuge?

Henderson hält sich den Ellenbogen.

- Zählt auf mich.

Hanne streckt die Arme in die Luft.

- Das ist angenehm. Wenn du dich nicht gemeldet hättest, hätte es jemand anders tun müssen.

Henderson sagt mit geschlossenen Augen.

- Wir sind doch alle Freunde und helfen einander.

Eleanors Blick fällt auf Hanne.

- Du könntest auch heiraten.

Conrad lächelt ihr aufmunternd zu.

- Dann feiern wir eine schöne Doppelhochzeit.

Hanne schaukelt den Kopf.

- Ich möchte aber, dass jemand auf der Hochzeit singt.

Henderson stellt sich zu Eleanor, Conrad und der Maus.

- Wisst ihr was? Wir gehen schon mal vor und dekorieren die Kapelle.

Eleanor weist auf Hanne und Huch.

- Ihr sucht eine Sängerin.

Conrad schlägt den Wiesenweg ein.

- Dann kommt ihr nach.

Die Maus hüpft hinter ihm her.

- Und die fantastische Hochzeit mit 2 Paaren und Gesang kann losgehen.

Eleanor hängt sich bei Conrad ein.

- Bis bald!

Hanne legt die Finger der rechten Hand zwischen die gespreizten Finger der linken.

- Ich sehe immer eine Möglichkeit, wie man Musik in den Alltag bringt.

Huch riecht an einer Blume.

- Vielleicht hast du eine Idee, wo die Sängerin sein könnte.

Hanne findet einen paprikaroten Faden im Gras.

- Ja, das habe ich. Wir folgen dieser Spur.

Der Faden ist abgespult, liegt locker in den Halmen. Sie läuft los.

- Ich mag die paprikarote Farbe.

Der Faden führt sie durchs Grasland zu einer Freilichtbühne. Die Stuhlreihen stehen leer.

Eine Frau tritt hinter dem Vorhang hervor.

- Hallo, ich bin Ashley Perlach.

Sie trägt ein elegantes Kleid.

- Ihr verdient Glückwünsche.

Eine Metalltreppe steht neben der Bühne. Hanne steigt auf die Rampe.

- Danke!

Ashley winkt Huch.

- Komm auch rauf! Mit dir kann das Stück beginnen.

Er erklimmt zögernd Stufe für Stufe.

- Wie heißt es?

Ashley legt das Kinn auf den Handrücken.

- Wir spielen den „Froschkönig" mit einer Hauptrolle, die dir bestimmt zusagen wird.

Ein Mann durchquert die Wiese wie aufgezogen, springt auf die Bühne.

- Hallo, ich bin Jake Pick.

Er trägt ein Froschkostüm und eine Krone.

- Darf ich dabei sein? Nehmt ihr mich auf?

Ashley schenkt ihm einen vielsagenden Blick.

- Hast du an eine bestimmte Rolle gedacht?

Pick geht in die Hocke.

- Ratet mal, was zu mir passen könnte!

Hanne sagt mit einem halb ausgeführten Lächeln, das alles in der Luft hängen lässt.

- Wir brauchen einen Froschkönig.

Er wippt auf der Bühne herum.

- Für diese Rolle fühle ich mich wie geschaffen.

Ashley schreibt schnell Ringe in die Luft.

- Du bist unser Freund.

Pick presst die Knie zusammen.

- Ich wäre aber gern euer Frosch.

Sie lässt von einem Moment zum andern das Lachen aus dem Gesicht fallen.

- Diese Rolle hat einen gewaltigen Nachteil. Du wirst gegen die Wand geklatscht.

Hanne dämpft die Stimme.

- Das könnte doch einige Unannehmlichkeiten bringen.

Ashley dreht die Hand um die Armachse.

- Willst du nicht lieber eine andere Rolle wählen?

Pick kugelt auf dem Boden rum.

- Nein, ich bin davon fasziniert.

Huchs Blick gleitet über das Grasland.

- Vielleicht finden wir eine weiche Wand, die dem Frosch nicht schadet, wenn er dagegen prallt.

Hanne steigt von der Bühne.

- Glaubt ihr, es gibt eine harmlose Wand?

Ashley hüpft die Stufen hinunter.

- Wir bleiben ganz locker und sehen uns einfach um.

Pick trottet hinter ihr her.

- Es eilt ja nicht. Hauptsache, ich bin der Froschkönig und werde gegen die Wand geklatscht.

Huch läuft aus dem Schatten der Bühne.

- Möglicherweise müssen wir gar nicht so weit suchen.

Hanne lässt die Schultern einfallen.

- Was ist überhaupt eine Wand?

Ashley tut, als handle es sich bei der Frage um einen Witz.

- Eine Wand kann aus allem Möglichen bestehen.

Pick läuft auf ein Haus zu, klatscht die Hand gegen die Fassade.

- Eine Hauswand ist zum Beispiel aus Stein.

Hanne eilt zu einem graugrünen Felsbrocken, der in der Wiese liegt.

- Eine Felswand auch. Diese Wände wären unangenehm hart.

Ashley kratzt sich am Nacken.

- Wie wäre es mit einer Nebelwand?

Pick nickt gedankenverloren und freundlich mit dem Kopf.

- Nebel fände ich angenehm, wenn wir ihn finden würden.

Hanne richtet den Blick zum Himmel.

- Vielleicht sollten wir eine Gewitterwand ausprobieren.

Eine Frau kommt durchs Grasland, hält im Gehen ein.

- Hallo, ich bin Amara Lazar.

Sie trägt einen Bikini.

- Ich habe eine große Leinwand zwischen 2 Bäume gespannt.

Hanne schnippt mit den Fingern.

- Damit könntest du Jake sehr glücklich machen.

Ashley legt die Hände auf den Kopf und schließt die Augen.

- Er würde gern dagegen klatschen, wenn du es erlaubst.

Pick zwingt sich ein Lächeln ab.

- Ich hoffe, dass ich die Leinwand treffe.

Amara führt sie zu einem Weg in die Wildnis.

- Du kannst sie nicht verfehlen. Sie ist riesig.

In einem grünweißen Birkenwald ist die Leinwand ausgespannt. Sie erinnert an ein Freilichtkino.

Hanne drückt die Hand gegen das Tuch.

- Ich finde die Wand komfortabel.

Ashley lehnt mit dem Ellbogen dagegen.

- Sie wirkt geradezu verführerisch.

Pick nimmt Anlauf.

- Geht bitte beiseite! Ich mache mich bereit.

Amara blickt nachdenklich.

- Können wir dir irgendwie helfen?

Er rennt gegen die Leinwand, klatscht dagegen.

- Ja, ich möchte gern eine Prinzessin kennenlernen.

Sie hilft ihm auf die Beine.

- Soll ich ein Prinzessinnenkostüm anlegen?

Seine Augen strahlen vor Freude.

- Das würde mich amüsieren.

Ein Mann flaniert unter den Bäumen.

- Hallo, ich bin Arik Uller.

Er trägt einen Wollschal und bringt einen Koffer.

- Nimm das Kleid heraus, und alle werden dich lieben.

Amara öffnet den Koffer.

- Dieses Kostüm ist ziemlich beliebt, oder?

Hanne hilft ihr ins rosafarbene Kleid.

- Ja, du siehst darin wie eine Prinzessin aus.

Pick greift hinter dem Rücken ums Handgelenk.

- Ist sonst noch etwas im Koffer?

Amara zieht die Brauen hoch.

- Woran denkst du?

Er lässt die Arme baumeln.

- Ich hätte gern Popcorn.

Uller schüttelt den Kopf.

- Nein, nur ein Baseballcap ist darin. Mehr habe ich leider nicht eingepackt.

Hanne überkreuzt die Beine.

- Das bedaure ich.

Ashley lacht leicht missvergnügt.

- Ich würde auch gern Popcorn essen.

Eine Frau läuft in hurtigen Sprüngen durch den Birkenwald.

- Hallo, ich bin Blandine Aikido.

Sie ist in einen topasblauen Mantel gehüllt und gibt Pick ein Couvert.

- Mach diesen Brief auf! Er ist an dich gerichtet.

Er guckt auf den Umschlag.

- An den Froschkönig. Bin ich das?

Hanne schlägt die Hände über dem Kopf zusammen.

- Möchtest du denn lieber ein Prinz sein?

Sein Blick fliegt unstet, landet bei Huch.

- Was rätst du mir?

Huch fragt zurück.

- Was würdest du gern spielen?

Pick macht ausladende Handbewegungen.

- Baseball.

Ashley holt das Cap aus dem Koffer.

- Es könnte deine Größe haben. Zieh es an!

Er reicht die Krone Amara.

- Ich trete zurück.

Sie setzt sie auf.

- Das ist deine Entscheidung. Ich hingegen finde das Leben als Prinzessin interessant.

Pick probiert das Cap.

- Es passt! Ein Wunder ist geschehen.

Uller klatscht in die Hände.

- Du hast dich verwandelt.

Blandine nimmt den Brief zurück.

- Ich hätte ihn dir nicht geben sollen.

Pick verlangt ihn zurück.

- Wieso nicht?

Er reißt das Couvert auf.

- Ich bin die Neugier in Person.

Hanne heftet den Blick aufs Cap.

- Ich dachte, du wärst jetzt Baseballspieler.

Ashley lacht neckend.

- Baseballspieler sind eben neugierig.

Pick tippt auf den Brief.

- Genau! Und jetzt seid bitte still. Ich muss mich konzentrieren.

 Er liest.

- In der erholsamen Stille des Parks gibt es Popcorn.

Uller tänzelt nervös.

- Hat es einen Park in der Nähe?

Blandine weist auf einen ausgeschilderten Wanderweg.

- Da geht es lang. Ihr könnt ihn nicht verfehlen.

Die Gruppe setzt sich in Bewegung.

Hanne führt sie an.

- Ich will nicht zu spät kommen, wenn es Popcorn gibt.

Ashley trippelt hinterher.

- Der Park ist zum Greifen nah.

Pick lässt die Hände mit bewegten Fingern sprechen.

- Das ist sehr aufregend.

Amaras Stimme schwillt an.

- Es gibt eine Regel beim Popcorn, die man beachten sollte. Esst nie zu viel aufs Mal!

Uller streckt seine Beine und rennt los.

- Ich wünschte, ich wäre in diesem Park geboren worden. Dann wäre ich nämlich schon da.

Blandine lächelt Huch über die Schulter hinweg zu.

- Jetzt sind sie gegangen, und wir können uns in aller Ruhe unterhalten. Gefällt es dir hier?

Er guckt nach rechts und nach links.

- Ja, ich höre Vögel und den Wind in den Blättern. Es hat viele Blumen und Schmetterlinge.

Ein Ruck geht durch ihre Finger.

- Ich schwimme gern. Und du?

Huch senkt die Lider.

- Ich habe leider kein Badetuch.

Ein Mann betritt singend den Birkenwald.

- Hallo, ich bin Cedric Robertson.

Er trägt eine Jeansjacke und bringt ein Tuch.

- Ist es recht?

Blandine nimmt es in die Hand.

- Das ist ein wertvoller Frotteestoff.

Robertson verbeugt sich knapp.

- Ich besorge euch nur den besten.

Er läuft davon.

- Und nun wollt ihr mich entschuldigen.

Sie schaut ihm nach.

- Das verstehen wir. Lass dich nicht aufhalten.

Robertson verschwindet zwischen den hellen Birkenstämmen.

- Die Welt ist voll Menschen, die etwas brauchen.

Blandine entfaltet das Badetuch, entdeckt ein Gesicht.

- Das ist sehr hübsch gestickt.

Huch wirkt verblüfft.

- Hast du eine Idee, was wir damit anfangen könnten?

Sie balanciert auf einem Baumstamm.

- Wenn du das Tuch um deine Hüften wickelst, könnte ich mich in dich verlieben.

Er hält kurz den Atem an.

- Wegen dem Gesicht?

Blandine springt vom Stamm.

- Nein, wegen dir.

Sie verlässt den Birkenwald, geht zum Seeufer.

- Ein Badetuch mit einem Gesicht passt zu dir.

Friedlich schwappen die Wellen vor sich hin.

Huch zuckt die Achsel.

- Ich brauche es doch nur zum Abtrocknen.

Blandine streift den Mantel ab, zieht sich aus.

- Aber ich benutze es gern so.

Sie schlingt das Tuch um die Hüfte.

- Gefällt es dir am See?

Er genießt den Wind auf dem Gesicht.

- Ja, ich bin sehr glücklich.

Blandine legt das Badetuch ab.

- Darf ich es dir geben?

Huch knöpft sich die Weste auf.

- Vielleicht nachher. Zuerst gehe ich ins Wasser.

Eine Frau flaniert am Ufer.

- Hallo, ich bin Talea Marlet.

Sie trägt einen Badeanzug und bringt ein löwenzahngelbes Tuch.

- Ihr seid 2 Personen und habt nur ein Badetuch.

Blandine streckt die Hand aus.

- Ich nehme das gelbe.

Talea reicht es ihr.

- Wollen wir zu meinem Strandhaus gehen?

Blandine legt das löwenzahngelbe Badetuch um ihre Hüfte.

- Ja. Können wir dort gut baden?

Talea hebt das Tuch mit dem Gesicht auf.

- Wir können alles machen. Bitte folgt mir!

Die Steine sind von den Wellen rund geschliffen. Blaugrün leuchtet das Wasser.

Blandine sagt mit leicht schwingender Hüfte.

- Ich würde gern jünger aussehen.

Tabeas Augenbraue zuckt.

- Was? Noch jünger? Dann bist du ein Baby.

Blandine rennt im Zickzack über den Strand.

- Das nehme ich in Kauf.

Ein Mann kommt mit langsam schlurfendem Gang.

- Hallo, ich bin Dylan Krapp.

Er trägt Radlerhosen.

- Sucht ihr einen Jungbrunnen?

Huch stellt die Frage.

- Was ist für dich ein Jungbrunnen?

Krapp zieht die Sandalen aus, spielt mit seinen Zehen Piano.

- Er sieht wie ein gewöhnlicher Springbrunnen aus und hat ein großes Becken. Man taucht hinein, so alt wie man eben ist. Doch wenn man aussteigt, ist man jung. Daher kommt der Name Jungbrunnen.

Blandines Blick wandert hin und her.

- Kannst du uns den Brunnen zeigen?

Krapp führt sie auf eine kleine Anhöhe. Sie ist üppig bewaldet wie ein Dschungel. In der Mitte einer Lichtung, von hohen Bäumen umgeben, befindet sich ein weites Marmorbecken mit schimmerndem, blaugrünem Wasser. Die Fontäne des Springbrunnens schießt fast bis in die Höhe der Wipfel, hat eine sprudelnde Krone, rauscht und rieselt in Regenbogenvorhängen herab. In der Luft vermischen sich der Duft von Lavendelblüten mit der Frische winzig perlender Wassertropfen.

Blandine tritt an den Beckenrand.

- Ich mag das Plätschern. Es klingt wie Musik, wie eine Sprache.

Talea ermuntert sie.

- Sing etwas!

Krapp fordert sie mit einer Handbewegung auf.

- Oder geh ins Wasser.

Blandine saugt die Luft ein, die nach quellendem Bergwasser riecht.

- Es ist so rein, als hätte nie ein Mensch den Fuß ins Becken gesetzt.

Auf Taleas Lippen liegt ein Lächeln.

- Mach einfach den ersten Schritt.

Krapp streift mit dem Zeigefinger über den Nasenflügel.

- Diese Wellen und Reflexe sind sehr schön.

Blandine streckt die Arme hoch.

- Ich würde gern mit einer Rose im Haar hineingehen.

Talea tanzt um den Jungbrunnen.

- Du hast Recht.

Krapp sieht den Wellen zu.

- Ich habe Lust, eine Rose zu suchen.

Talea schnipst mit dem Finger und deutet auf Blandine.

- Bist du ihr Freund?

Mit hektischen Handbewegungen und Augenzwinkern macht er deutlich.

- Wir sind alle Freunde.

Blandine steht mit einem Bein auf dem Beckenrand.

- Das sehe ich auch so. Wir holen die Rose gemeinsam.

Huch hat einen eigenen Zug um den Mund.

- Warum möchtest du jünger aussehen?

Sie kreuzt die Arme über der Brust.

- Wieso? Gefalle ich dir, so wie ich bin?

Er sagt mit weit offenen Augen.

- Ja, du bist besonders und sympathisch.

Talea schlägt einen Weg durch den dschungelartigen Wald ein.

- Bei meinem Strandhaus hat es viele Rosen.

Krapp schreitet ruhig, gelassen und barfuß hinterher.

- Ich freue mich, dorthin zu gehen.

Blandine holt Talea ein.

- Sag uns, was wir genau tun müssen. Brauchen wir eine richtige Rosenschere?

Talea bleibt stehen.

- Wir riechen zuerst an den Blüten und suchen eine aus, die zu dir passt.

Krapp zieht die Sandalen an.

- Vielleicht haben wir dann Hunger.

Blandine richtet den Blick auf Huch.

- Ich bin froh, dass du das gesagt hast.

Er fasst sich an den Kopf.

- Was gesagt?

Sie badet die Worte in wohlig warmem Silbenschaum.

- Dass ich besonders und sympathisch bin.

Talea dreht sich auf dem Absatz um.

- Wir können in meinem Garten auch etwas spielen.

Krapp nascht Brombeeren von den Sträuchern am Wegesrand.

- Ich frage mich, ob ich mit leerem Magen mag.

Am Waldrand biegt Tabea in den vanilleweißen Kiesweg ein, der zu ihrem Strandhaus führt.

- Da sind wir.

Neunzehntes Kapitel

Kuckuck

Der Duft von Rosen liegt in der Luft.

Blandines Stimme tönt hell und seidig.

- Das riecht gut. Ich könnte schreien vor Freude.

Krapp betrachtet das Strandhaus. Es hat einen verwachsenen Laubengang. Heckenrosen ranken an der Außenwand hoch.

- Hier kannst du dir eine Blüte aussuchen.

Talea zeigt auf gebrauchte Autoreifen, die in der Wiese liegen.

- Macht es euch gemütlich.

Blandine hält den Atem an.

- Ich suche einen Stuhl.

Krapp setzt sich ins Gras, winkelt ein Bein an.

- Ich würde lieber in einem Liegestuhl liegen und die Aussicht auf den See genießen.

Talea tätschelt Huch die Hand.

- Hast du auch Wünsche?

Eine Frau durchquert den Garten.

- Hallo, ich bin Annabella Batumi.

Sie trägt ein Ballkleid.

- Darf ich mit den Reifen Sessel zusammenstellen?

Blandine tollt auf der Wiese herum.

- Ja gern! Auf diese Idee wäre ich nie gekommen.

Talea atmet schneller.

- Fang gleich an!

Krapp verschränkt die Arme hinter dem Rücken.

- He, das könnte ja eine ganz neue Kunst werden!

Annabella schiebt die Reifen zu Sitzmöbeln zusammen.

- Sie eignen sich bestens zum Ausruhen.

Blandine lässt sich auf einem Sessel nieder.

- Hier könnte ich stundenlang sitzen.

Talea guckt mit einem fröhlichen Lächeln zu Annabella.

- Du bist unsere Freundin.

Krapp fläzt sich auf ein liegestuhlähnliches Sitzmöbel, fragt Huch.

- Was ist dein Lieblingssessel?

Huch meint mit einem Achselzucken.

- Alle sehen sehr bequem aus. Ich schaue sie vielleicht später genauer an.

Blandine ergreift seine Hand.

- Was hast du denn vor?

Er schließt die Lider.

- Ich suche eine Sängerin.

Taleas Fingerspitze kreist.

- Geh einfach das Ufer entlang. Am See leben viele Sängerinnen.

Krapp beugt sich vor.

- Wenn du wüsstest, wie bequem man hier liegt, würdest du die Suche verschieben.

Annabella kneift die Augen zusammen.

- Kommst du gut allein zurecht?

Huch geht zum Strand.

- Ja, ich denke schon.

Er wandert über den feinen Sand in die strahlend blaue

Bucht. Türkisgrün leuchtet das Wasser, das betupft ist mit Schaumkronen.

Ein Mann läuft auf ihn zu.

- Hallo, ich bin Miguel Tamm.

Er trägt ein marineblaues Hemd.

- Hast du einen Blick für Kunst?

Huch schmiegt die Arme auf Bauchhöhe an den Leib.

- Ist das ein besonderer Blick?

Tamm legt sich die Hände auf den Kopf.

- Ja, du musst merken, ob etwas gut ist.

Huch presst die Lippen zusammen.

- Kann ich das einmal ausprobieren?

Tamm führt ihn zu einem kleinen Sandhaufen.

- Gefällt er dir?

Huch schließt die Knie.

- Ja, ich finde den Haufen gut.

Tamm springt in die Luft und davon.

- Danke, ich habe gleich gedacht, dass du etwas von Kunst verstehst.

Huch schaut ihm nach.

Das Wasser des Sees schimmert in Blau-, Grün- und Türkistönen.

Eine Frau schreitet auf ihn zu.

- Hallo, ich bin Friederike Cavallo.

Sie trägt Glitzerhandschuhe und bringt einen Glasfrosch mit einer Krone auf dem Kopf.

- Ich bin aufgewacht und habe diesen Frosch gefunden.

Huch betrachtet ihn mit weit offenen Augen.

- Er macht einen guten Eindruck.

Friederike atmet schwer.

- Was du wissen musst: Er ist ein Superheld.

Huch schaut scheu unter dem Hut hervor.

- Wer?

Sie zieht ganz kurz ihre linke Wange hoch.

- Der Frosch. Wenn du traurig bist, kann er dich trösten.

Huch klappt mit der rechten Hand sein rechtes Ohr nach vorne.

- Wie macht er das?

Friederike schraubt die Krone wie einen Deckel ab.

- Ich sammle Zettel.

Sie hält ihm den Frosch hin.

- Hast du einen?

Ein Mann hüpft durch den Strand.

- Hallo, ich bin Tilman Bunge.

Er trägt einen Pullover.

- Ich habe große Lust an Zetteln.

Friederike klebt an seinen Lippen.

- Willst du einen in den Frosch legen?

Bunge wischt sich lässig das links gescheitelte Haar aus der Stirn.

- Das würde ich gerne tun. Leider habe ich keinen Zettel dabei. Aber wir könnten ja mit offenen Augen durch die Bucht gehen. Da liegt allerhand im Sand. Weshalb nicht auch ein paar Zettel für deinen Frosch?

Sie kreuzt die Beine.

- Ja, du hast Recht. Wir sind Freunde. Gemeinsam werden wir sicher fündig.

Er schlurft im Sand beim Gehen.

- Glaubst du, was auf den Zetteln steht?

Friederike guckt verträumt in die Bucht.

- Auf manchen steht eine Nachricht. Wir können sie ja einfach mal lesen und uns dann fragen, was wir davon halten.

Bunge sieht das Leuchten in ihren Augen, wenn sie redet.

- Einkaufszettel sind zum Glück nicht aus der Mode gekommen.

Sie bleibt stehen und lehnt sich an Huch.

- Das wäre toll, wenn wir einen finden würden.

Er setzt Fuß vor Fuß in den puderzuckerfeinen Sand.

- Hast du auch schon einen leeren Zettel gefunden?

Friederike durchstreift die Bucht.

- Was wäre daran interessant?

Bunge malt einen Pfeil in den Sand.

- Du könntest selbst eine Nachricht schreiben.

Sie sieht einen Papierzipfel.

- Das ist ein Zettel.

Er zieht ihn aus dem Sand.

- Zumindest einen haben wir jetzt.

Friederike trippelt in Schleifschritten um ihn herum.

- Ich bin gespannt. Was steht darauf?

Bunge hält den Zettel mit beiden Händen.

- Es ist eine einfache Frage.

Sie reibt sich verwundert die Augen.

- Und wie lautet sie?

Er liest.

- Wie viele Kuchen kannst du essen?

Friederike kratzt sich am Nacken.

- Ich bin überrascht von allen Fragen, die auf Zetteln stehen.

Bunge kreuzt die Beine.

- Soweit ich weiß, kann man immer eine Antwort finden.

Eine Frau strolcht durch die Bucht.

- Hallo, ich bin Katja Tullio.

Sie trägt einen Bademantel und bringt einen Korb mit Muffins.

- Nehmt einen Muffin.

Friederike langt zu.

- Danke! Du bist großzügig.

Bunge bedient sich.

- Was machst du am Strand?

Katja hält die Zehenspitzen ins Wasser.

- Ich schaue mich nach neuen Freunden um.

Sie hält Huch den Korb hin.

- Willst du auch einen Muffin?

Huch schaut sich die Kuchen an.

- Vielleicht etwas später. Ich sehe mich mal um, ob ich eine Sängerin treffe.

Friederike steht eine Zeit lang auf einem Bein.

- Wir kommen gleich nach.

Bunge nimmt im Schneidersitz Platz.

- Nur nicht hetzen! Ich fühle mich irgendwie hungrig.

Katja streckt die Zehen in den von der Sonne aufgewärmten Sand.

- Wir heben dir einen Muffin auf.

Huch trollt sich.

- Das ist sehr freundlich.

Er spaziert durch die langestreckte Bucht. Das Wasser ist glasklar.

Ein Mann fährt mit einem Dreirad Zickzack.

- Hallo, ich bin Junis Roll.

Er trägt kürbisorange Jeans.

- Möchtest du damit fahren?

Huch verharrt erwartungsvoll.

- Weshalb hat dein Fahrrad hinten 2 Räder?

Roll winkt ihn zu sich heran.

- Es ist sehr schön zu fahren, wenn du überhaupt nicht aufs Gleichgewicht achten musst. Und mein Fahrrad ist schnell. Schließ die Augen und zähl bis 20!

Huch hält die Hände übereinander auf dem Bauch.

- Soll ich ohne zu stoppen durchzählen?

Eine Frau läuft durch die Bucht.

- Hallo, ich bin Rina Martelli.

Sie trägt einen Minirock.

- Darf ich für dich zählen?

Roll tritt in die Pedalen.

- Aber bitte nicht gucken! Das gilt übrigens für euch beide.

Rina und Huch senken die Lider.

Sie zählt bis 20.

- Dürfen wir nun die Augen wieder öffnen?

Roll ist verschwunden. Nur die Spur von seinem Dreirad ist noch im Sand sichtbar.

Rina reibt sich die Augen.

- Es gibt Menschen, die so schnell starten, dass sie in 20 Sekunden schon weg sind.

Huch blickt auf den Sand.

- Die Spur ist ziemlich breit. Ich dachte, die Hinterachse sei schmaler.

Sie nimmt den Ring von ihrem Finger.

- Wie auch immer, ich freue mich, dass du noch da bist.

Er dreht sich um.

- Wollen wir warten, bis Junis zurückkommt?

Rina tritt näher heran.

- Nein.

Sie betrachtet seine Hand.

- Deine Hand sieht fast so aus wie meine. Willst du versuchen, ob dir mein Ring passt?

Ein Mann rennt atemberaubend schnell herbei.

- Hallo, ich bin Loris Quirin.

Er trägt eine Baskenmütze.

- Darf ich den Ring probieren? Ich habe mich auf den ersten Blick in dich verliebt.

Rina legt ihn in seine Hand.

- Ja, ich bin interessiert.

Quirin streift den Ring über den Finger.

- Er passt!

Ihre Gesichtszüge entspannen sich.

- Du darfst ihn behalten.

Er spielt mit der Zehe im Sand.

- Danke! Ich könnte einen Brief schreiben.

Rina stützt das Kinn auf die Hand.

- Wie fängst du an?

Quirin fragt Huch.

- Hast du eine Idee? Wie könnte ich beginnen?

Er breitet die Arme aus.

- Eventuell überlegst du dir die Anrede.

Quirin setzt sich in den Sand.

- Das leuchtet mir ein. Ich wähle „Liebes Team".

Sie nimmt neben ihm Platz.

- Ah, du wendest dich an uns.

Er schreibt mit dem Finger und mit schwungvoller Schrift in den Sand.

- Ja sicher. Wir sind ein Traumteam.

Huch zieht sich zurück.

- Lasst euch nicht stören.

Rina wischt sich mit dem Arm über den Mund.

- Gehst du einkaufen?

Er schiebt sich fort.

- Nein, während ihr am Brief seid, sehe ich mich in der Bucht um.

Quirin macht den Handstand und tapst auf den Händen hin und her.

- Bleib nicht zu lange weg!

Sie knetet aus dem weichen Sand eine Figur.

- Ich mag deine Hand.

Huch geht das Ufer entlang. Zum Greifen nah schweben die Fische über dem sandigen Grund.

Eine Frau steht vor einer riesigen Glasglocke.

- Hallo, ich bin Vera Bacall.

Sie trägt eine pinkfarbene Windjacke und hat eine Sonnenbrille im Haar.

- Ich würde nie mein Herz verschenken, außer unter dieser Glocke.

Huch fasst das Glas mit spitzen Fingern an.

- Ist es schwer, unter die Glocke zu kommen?

Vera tippt sie an.

- Nein, es ist leicht.

Mit hellem Klang steigt die Glocke auf, schwebt über ihren Köpfen.

Ein Mann kommt daher.

- Hallo, ich bin Jon Robinson.

Er trägt Joggingschuhe und bringt eine herzförmige Schachtel.

- Was für ein Vergnügen, euch 2 zu sehen! Ihr seid wirklich bezaubernd und ich mag euch sehr.

Sie verdeckt die Augen mit der Sonnenbrille.

- Schön, dass du nicht einfach vorbeigehst, ohne uns zu bemerken!

Robinson stolpert über seine eigenen Füße und fällt hin.

- Ich würde gern mit euch unter der Glocke sein.

Vera zieht sich die Jacke enger um die Schulter.

- Steh wieder auf und tritt näher.

Er rappelt sich auf.

- Ich fühle, dass ich euch etwas geben möchte.

Sie umfasst den Ellbogen des Gegenarms.

- Was ist in der Schachtel?

Robinson öffnet den Deckel.

- Es ist etwas Besonderes.

Veras Stimme wird brüchig.

- Wem willst du es schenken?

Er nimmt ein goldenes Herz aus der Schachtel.

- Es gibt viele Leute, aber nur 2 Menschen wie ihr.

Huch geht langsam und so zäh wie unter Zeitlupe gesetzt ein paar Schritte rückwärts.

- Vielleicht legst du es mal in Veras Hand.

Sie legt die Stirn in Falten.

- Und was hast du vor?

Der Sand knirscht unter seinen Sohlen.

- Ich sehe mich unterdessen am Strand um.

Robinson drückt den Finger auf die geschlossenen Lippen.

- Er möchte wahrscheinlich nicht heiraten.

Die Glasglocke senkt sich langsam. Vera und Robinson stehen darunter.

Sie streckt die Hand aus.

- Machen wir alles richtig?

Er reicht ihr das Herz.

- Ja, wir sind vor Regen geschützt.

Huch blickt auf den See hinaus. Die Wellen rollen, überschlagen sich, Gischt spritzt auf. Er folgt dem Ufer, gerät vor eine riesige Badewanne, die so tief im Sand eingelassen ist, dass sie wie ein kleiner Swimmingpool erscheint. Sie ist mit funkelndem Wasser gefüllt.

Eine Frau geht den Strand entlang.

- Hallo, ich bin Claire Manado.

Sie trägt ein Etuikleid.

- Ich bin sehr froh, dich zu sehen.

Huch senkt den Kopf.

- Es geht uns beiden gleich.

Claire reckt langsam ihren Arm.

- Ich würde gern einen Elefanten rufen, wenn es dir recht ist.

Seine Augen verengen sich zu Schlitzen.

- Kommt nur einer, wenn du rufst? Oder kommt eine ganze Herde?

Sie zeigt den Anflug eines Lächelns.

- Ich kann es zwar nicht wissen, aber ich vermute doch, dass ich nur einen erreiche. Er heißt Jingo.

Huch zieht die Schultern hoch.

- Dann rufst du also einfach Jingo. Oder wie hört sich der

Ruf an?

Claire formt mit den Händen einen Trichter.

- Entschuldige bitte! Er ist etwas laut.

Sie stößt einen schrillen Schrei aus.

- Willst du es auch einmal versuchen?

Er hebt die Hände.

- Ich fürchte, mit meiner Stimme würde es etwas anders klingen.

Ein Elefant kommt gemächlich näher, hebt den Rüssel.

Claire streckt den Daumen nach oben.

- Hallo Jingo!

Er trompetet.

Sie lehnt sich dem Elefanten entgegen.

- Weißt du, wie deine Zukunft aussieht?

Jingo guckt zur Badewanne.

Claire tunkt die Hand ins Wasser.

- Genau! Du hast es erraten. Steig ein! Die Temperatur ist gerade recht.

Der Elefant zögert.

Sie trommelt sich auf den Oberschenkel.

- Was willst du denn machen? Badest du lieber im See?

Jingo neigt den Kopf zurück.

Claire blickt zu Huch.

- Kannst du ihn in die Badewanne bringen?

Ein Mann erkundet den Strand.

- Hallo, ich bin Antoni Dongfang.

Er trägt ein sumatragrünes T-Shirt und bringt ein Tablett mit 2 großen Tassen.

- Darf ich den Elefanten etwas fragen?

Sie winkt ihn heran.

- Nur zu!

Dongfang hält Jingo das Tablett hin.

- Möchtest du etwas Tee oder Kaffee?

Der Elefant führt den Rüssel sorgfältig zur Tasse, saugt den Tee aus und spritzt ihn in den Mund. Dann rutscht er in die Badewanne.

Claire holt tief Atem.

- Das hat funktioniert. Er hat gern Tee. Vielen Dank! Du hast mir wirklich geholfen.

Dongfang stellt das Tablett ab.

- Ich möchte eine Schnecke sein.

Sie zieht einen Schmollmund.

- Wieso denn?

Er schrumpft, legt sich hin, bekommt Fühler und ein Schneckenhaus.

- Ich werde dir antworten, wenn du dich auch verwandelt hast.

Claire lässt den Kopf hängen.

- Die Schnecke ist ein kleines Tier.

Sie guckt Dongfang nach.

- Das Kriechen ist sicher mühsam. Vom Zuschauen wird man ganz müde.

Eine Frau betritt den Strand stürmisch.

- Hallo, ich bin Daniela Ahn.

Sie trägt einen Florentinerhut und bringt einen riesigen Liegestuhl mit filigranem Gestell.

- Schlaf etwas!

Claire reibt sich verwundert die Augen.

- Die Stangen sind sehr dünn. Kann der Liegestuhl mein Gewicht tragen?

Daniela klappt ihn auf.

- Aber sicher! Sogar ein Elefant könnte es sich darauf bequem machen.

Jingo steigt aus der Badewanne, legt sich in den Liegestuhl.

Claire schlägt sich mit der flachen Hand ins Gesicht.

- Wie halten die Stangen das Gewicht aus?

Daniela lacht, es ist ein zartes Gurgeln.

- In den Händen geschickter Erfinder werden große Dinge einfach und leicht.

Claire zieht den Kopf ein.

- So sieht es aus.

Daniela stützt das Kinn in die Hand.

- Was kann ich für dich tun?

Claire betrachtet die Welt durch die Finger.

- Ich hätte gern eine Flöte.

Daniela sieht Huch in die Augen.

- Hast du eine Flöte dabei?

Ein Mann durchstreift schnellen Schritts den Strand.

- Hallo, ich bin Koray Ugo.

Er trägt ein Holzfällerhemd und bringt eine goldene Flöte.

- Ich habe eine besondere Überraschung für euch.

Claire traut den Augen kaum.

- Ich habe noch nie Flöte gespielt.

Daniela hält die Luft an.

- Sie ist sicher sehr wertvoll.

Ugo gibt Claire die Flöte.

- Die goldenen sind am beliebtesten.

Ihr Herz klopft bis zum Hals.

- Es ist eine Ehre für mich, sie in der Hand zu halten.

Daniela ermuntert sie mit fröhlichem Lächeln.

- Musik ist auch ein Gefühl. Wenn du irgendetwas fühlst, solltest du es einfach mit der Flöte spielen.

Ugo trommelt auf seine Beine.

- Es braucht keine Übung, keine Noten. Alle Töne sind willkommen.

Claire wirkt unsicher.

- Willst du sie wieder zurück?

Er winkt ab.

- Nein, probiere sie aus. Du darfst sie behalten.

Daniela bekommt weiche Knie.

- Du bist unser Freund.

Ugo öffnet den Mund.

- Danke. Eins muss ich sagen. Das Ermuntern gibt ganz schön Durst. Gebt mir ein Glas Himbeersirup.

Eine Frau läuft hektisch herbei.

- Hallo, ich bin Maren Pantelis.

Sie trägt einen Glockenrock.

- Ich lade euch in die Strandbar ein.

Claire klatscht sich auf den Bauch.

- Koray hat Durst.

Daniela bekommt glasige Augen.

- Er kann es kaum erwarten, Sirup zu trinken.

Ugo verschränkt die Arme vor seiner Brust.

- So schlimm ist es nicht.

Maren führt die Gruppe an.

- Es ist nur ein Katzensprung. In einer Minute sind wir längstens dort.

Claire geht einen Schritt schneller.

- Kannst du ein Lied auf der Flöte spielen?

Maren lächelt scheu.

- Nur 2 Töne. Kuckuck.

Daniela starrt mit halboffenem Mund.

- Was? Du kannst einen Kuckuck imitieren?

Ugo steht staunend am Strand.

- Das würde ich gern hören.

Claire gibt Maren die Flöte.

- Du bist gewiss sehr musikalisch.

Danielas Unterlippe zittert.

- Und flexibel, wenn du auf jeder Flöte spielen kannst.

Ugo dreht sich.

- Wir sind ganz Ohr.

Maren spielt 2 Töne.

- Darf ich euch einen Vorschlag machen?

Sie gibt Claire die Flöte zurück.

- Das war Musik genug. Jetzt haben wir den Sirup verdient.

Claire klemmt die Flöte unter die Achsel, klatscht in die Hände.

- Du bist begabt.

Daniela schenkt Huch einen direkten Blick aus grünen Augen.

- Möchtest du etwas essen in der Strandbar?

Er legt die Hand an den Schenkel.

- Nein, ich suche eine Sängerin.

Ugos Stimme kippt leicht über.

- Vielleicht warten wir einfach in der Bar, bis eine Sängerin vorbeikommt.

Zwanzigstes Kapitel

Binnen eines Wimpernschlags

Wuchernd überdeckt eine lilafarbene Kletterpflanze die Strandhütte. Gegen den See hin ist sie offen. Ein einfaches Brett dient als Tresen.

Maren blickt über die Schulter zurück.

- Da sind wir.

Claire stellt sich an die Bar.

- Ich würde gern das Rezept deines Sirups studieren.

Maren schüttelt die Flasche.

- Das ist einfach: Himbeeren, Wasser, Zucker und ein bisschen Zitronensaft.

Daniela stützt sich mit einer Hand auf den Tresen.

- Hier wäre ein schöner Ort, um Hochzeit zu feiern.

Ugo drückt ein Auge zu.

- Wen möchtest du denn heiraten?

Ein Mann stapft durch den Sand.

- Hallo, ich bin Jean Schack.

Er trägt brombeerblaue Hosen.

- Würdest du mich nehmen? Oder spricht etwas gegen mich?

Maren bietet Huch ein Glas an.

- Möchtest du?

Er sagt beinahe entschuldigend.

- Vielleicht später. Ich muss wissen, wie der Strand weiter unten aussieht.

Claire blinzelt.

- Komm bald zurück. Wie es aussieht, planen wir eine Hochzeit.

Huchs Blick huscht zu Boden.

- Wer heiratet?

Daniela winkt ihn mit nach unten gedrehten Handflächen zu sich heran.

- Wer wohl? Du darfst raten.

Schack antwortet mit einem Lächeln.

- Mich Bräutigam zu nennen, ist wohl nicht ganz daneben.

Huch steht am Ufer und guckt.

- Dann wünsche ich viel Glück.

Er stromert durch die Bucht.

Eine hohe Wolke spiegelt sich.

Eine Frau liegt entspannt im Sand.

- Hallo, ich bin Erna Tan.

Sie trägt einen horizontblauen Bikini.

- Es ist schwierig, die Stacheln eines Igels zum Wachsen zu bringen.

Huch senkt die Augen.

- Ich dachte, sie würden von selber wachsen.

Erna führt ihn zu einem riesigen Baum. Er leuchtet am dicht bewachsenen Ende der Bucht vor einem bizarren Fels. Um die Wurzeln huscht ein Igel.

- Sein Fell ist in Ordnung. Aber seine Stacheln sind extrem kurz. Wenn er sich zu einer Kugel zusammenrollt, ist er zu wenig geschützt.

Der Igel führt es gleich vor. Er kugelt sich. Die Stacheln sind kaum sichtbar.

Ein Mann betritt den Schattenraum.

- Hallo, ich bin Johnny Burk.

Er trägt magentafarbene Jeans und bringt eine flache Schale mit Haferflocken.

- Der Igel hat Lust auf Haferflocken.

Erna legt den ausgestreckten Zeigefinger an die Nase.

- Isst du selber auch Haferflocken?

Burk stellt die Schale ab.

- Nur wenn ich eine Stachelfrisur mache.

Der Igel hebt den Kopf, rollt sich aus, frisst vom Teller.

Erna bewegt die Hand auf und ab.

- Es schmeckt ihm.

Die Stacheln wachsen schnell und dicht.

Sie tanzt um den Igel.

- Ich kann ihnen beim Wachsen zusehen.

Burk beschäftige beide Hände mit den Haaren.

- Würdest du Ja sagen, wenn ich dich etwas frage?

Sie muss ein Lachen unterdrücken.

- Worum geht es?

Seine Augen verharren auf ihrem Gesicht.

- Möchtest du meine Frau werden?

Erna formt Daumen und Zeigefinger zu einem „O".

- Ja. Wir könnten mit dem Taxi zur Kirche fahren.

Burk schlägt einen kleinen Weg ein, der um den bizarren Felsen führt.

- Gehen wir zur Uferstraße.

Sie sieht Huch an.

- Kommst du auch mit?

Er folgt ihnen.

- Gern. Ich möchte sehen, wohin die Straße führt.

Ein Taxi rostet auf der Uferstraße vor sich hin.

Eine Frau steigt aus.

- Hallo, ich bin Isa Belmont.

Sie trägt ein schwingendes Kleid.

- Ich bin die Taxifahrerin.

Ernas Stimme tönt hell und seidig.

- Wir würden gern zur Kirche fahren. Du freust dich sicher, das zu hören.

Isa geht zum Fond.

- Ja, ich bin glücklich, wenn ich euch fahren darf.

Burk breitet die Hände auf Bauchhöhe aus.

- Persönlich finde ich, dass ein rostiges Fahrzeug extrem originell ist.

Sie öffnet die Tür.

- Das geht mir auch so.

Erna nimmt auf dem Rücksitz Platz.

- Mit dir kommen wir sicher gut an.

Burk geht ums Taxi herum.

- Ich steige als zweiter ein, weil ich meiner Braut den Vortritt überlasse.

Isa macht ihm die Tür auf.

- Was schenkst du ihr zur Hochzeit?

Burk bückt sich.

- Das weiß ich noch nicht.

Er rutscht zu Erna.

- Zuerst muss ich dir eine wichtige Frage stellen.

Sie streckt den Daumen nach oben.

- Du kannst sicher sein, dass ich dir gern zuhöre.

Burk stützt die Schläfe gegen den Handrücken.

- Liebst du mich wirklich von ganzem Herzen?

Ernas Stimme schwankt leicht.

- Ja, ich habe beschlossen, dich zu heiraten.

Burk schlägt die Beine übereinander.

- Soviel ich weiß, hättest du nichts Besseres beschließen können.

Isa öffnet Huch die vordere Tür.

- Siehst du dich auch vorn neben mir?

Ein Mann wandert auf der Uferstraße.

- Hallo, ich bin Merlin Roque.

Er trägt eine rapsgelbe Baseballkappe.

- Ich bin gerade rechtzeitig angekommen.

Isas rechte Augenbraue schnellt in die Höhe.

- Wie meinst du das?

Roque springt in die Luft, schlägt im Flug die Beine aneinander.

- Ich würde gern mitfahren. Und ihr habt einen Sitz frei.

Sie guckt Huch an.

- Das weiß ich gar nicht, ob er noch frei ist.

Er zieht sich schnell zurück.

- Doch, er ist frei. Ich möchte mich nämlich im Auenwald umsehen, ob es da eine Sängerin gibt.

Isa reckt den Arm.

- Da hat es nur den Fluss, der aus dem See kommt.

Erna kurbelt die Scheibe hinunter.

- Willst du die Enten füttern?

Huch biegt das Schlüsselbein nach hinten.

- Vielleicht. Ich finde Enten spannend.

Burk ruft zum Fenster hinaus.

- Bist du ein Vogelbeobachter?

Huch winkt zum Abschied.

- Manchmal beobachten die Vögel auch mich.

Isa bietet Roque den Beifahrersitz an.

- Ja dann!

Er steigt ein.

- Danke! Ich nehme dein Taxi auf meine Hitliste.

Erna beugt sich über die Lehne des Fahrersitzes, fragt Isa.

- Stoppst du bei der roten Ampel oder fährst du einfach weiter?

Isa klemmt sich hinter das Steuerrad.

- Wo siehst du eine Ampel?

Erna lehnt zurück.

- Hier hat es keine. Ich wollte nur mal fragen, wie du dich verhältst.

Isa schließt die Tür.

- Ich halte an. Die Zeit vergeht schnell beim Warten.

Burk bohrt den Finger in die Schulter.

- Und ich dachte immer, die Zeit wird lang.

Isa startet den Motor.

- Ich sage euch, es fällt nicht leicht, kurze und lange Zeiten zu unterscheiden.

Roque rutscht auf dem Sitz herum.

- Es ist wie mit kurzen oder langen Haaren. Wer lange hat, findet sie kurz. Und wer kurze hat, findet sie lang.

Das Taxi fährt los.

Im Auenwald strömt das Wasser des Sees in einen Fluss. Ein Baumstamm glänzt im Licht. Das Wasser funkelt durch die Zweige.

Huch atmet die Waldluft ein.

Eine Frau steht neben einem großen geflochtenen Korb.

- Hallo, ich bin Salome Dai.

Sie trägt ein Prinzesskleid.

- Ich habe Lehm mit Hanf vermischt, das Geflecht abgedichtet. Wir werden uns in den Korb setzen und den Fluss hinab treiben lassen.

Huch denkt nach.

Salome schiebt unterdessen den Korb ans Ufer.

- Ich werte dein Schweigen als Zustimmung.

Er zögert.

- Ich überlege gerade, ob ich am Fluss eine Sängerin finden könnte.

Sie streicht sich eine Locke aus der Stirn.

- Weißt du, was eine gute Freundin macht?

Huch deutet ein Zucken im linken Mundwinkel an.

- Was könnte das sein?

Salomes Blick gleitet zum Korb.

- Sie lässt dich nicht lang suchen. Sie führt dich herum.

Er steigt ein.

- Ich bin von deiner Flechtkunst beeindruckt.

Sie schiebt den Korb ins Wasser, schwingt sich hinein.

- Ich hoffe echt, dass er schwimmt.

Der Korb schaukelt, treibt in die Strömung. Das Wasser ist kristallklar. Der Fluss schlängelt sich durch den Auenwald. Salome fragt mit blitzenden Augen.

- Macht es mehr Spaß, im Fluss oder am Ufer zu sein?

Huch schaut sich um.

- Es gibt immer großartige Aussichten.

Der Korb strandet.

Sie springt in den Sand.

- Bitte alles aussteigen!

Er rappelt sich auf.

- Du kannst stolz auf deinen Korb sein.

Salome guckt schelmisch hinter dem Haar hervor.

- Glück gehört dazu.

Huchs Augendeckel klappen auf und zu, aber sein Blick dahinter bleibt fest.

- Ja, zu jedem Abenteuer.

Sie zieht den Korb ganz aus dem Wasser.

- Sollen wir jetzt zu Fuß weiter gehen?

Er steckt die Hände in die Taschen.

- Was ist dein Plan?

Salome wischt sich mit der Handkante die Lippen ab.

- Wir könnten Brombeeren sammeln.

Ein Mann stapft durch den Sand.

- Hallo, ich bin Santiago Berry.

Er trägt Kniebundhosen und bringt einen Korb voller Brombeeren.

- Wollen wir uns ans Ufer setzen?

Salome fängt die Beeren kurz mit einem Blick ein.

- Hast du ein Strandtuch dabei?

Eine Frau rennt zum Fluss hinunter.

- Hallo, ich bin Celia Delgado.

Sie trägt ein grelllila Kleid und bringt ein Strandtuch.

- Gefällt euch mein Tuch?

Salome guckt neugierig.

- Ja, es hat ein Tulpenmuster.

Berrys Hand fällt steil nach unten.

- Es ist fast zu schön, um sich darauf zu setzen.

Celia breitet das Tuch aus.

- Zieren wir uns nicht!

Salome setzt sich im Schneidersitz darauf.

- Wir haben alle 4 Platz.

Berry deutet auf Huch.

- Du bist in ihn verliebt, oder?

Salome kichert mit Celia um die Wette.

- Wie kommst du darauf?

Er erklärt mit nachsichtigem Lächeln.

- Du schaust ihn immer an.

Salome fragt Huch.

- Stimmt das?

Sein Blick ist offen und geradeaus.

- Wir sehen uns alle an.

Celia lässt sich aufs Tuch nieder.

- Setz dich zu mir. Vielleicht bin ich in dich verliebt.

Huch tritt auf den Uferweg.

- Ich suche eine Sängerin.

Salome zieht die Sandalen aus.

- Soweit ich weiß, gibt es hier keine Sängerin.

Berry schiebt sich eine Beere in den Mund.

- Du kannst ruhig mit uns Brombeeren essen.

Celia gibt ein ermunterndes Zeichen.

- Nein, du musst es versuchen. Das verstehen wir.

Der Weg folgt dem mäandernden Fluss. Das Wasser gur-
gelt.

Ein Mann kreuzt auf.

- Hallo, ich bin Arno Minetti.

Er trägt einen blassgrünblauen Pullover.

- Ich träume davon, ein Vogel zu sein.

Huch lehnt sich an einen Baum.

- Kannst du auch fliegen?

Minetti spreizt die Ärmel seines Pullovers zu Flügeln.

- Ich kann nichts versprechen, aber ich gebe mein Bestes.

Er flattert.

- Vielleicht sollte ich beim Start rennen.

Huch lupft die Augenbrauen.

- Du hast 2 Möglichkeiten. Du fliegst oder du fliegst nicht.

Minetti rennt los, schlägt die Flügel.

- Du machst mir Mut, bist mein Freund.

Huchs Hände zeichnen Bahnen in die Luft.

- Die Möglichkeiten verändern sich immer.

Minetti hebt ab, fliegt über den Fluss.

- Fliegen ist spannend.

Huch schiebt die Arme leicht nach vorn.

- Willst du landen oder wassern?

Minetti steigt höher in das weite leuchtende Blau des Himmels auf.

- Weder noch.

Huch beschattet das Auge, guckt ihm nach, bis er ihn aus den Augen verliert.

Eine Frau wandert auf dem Uferweg.

- Hallo, ich bin Gloria Ticknor.

Sie trägt eine pfirsichrote Sweatshirtjacke.

- Ich bin eine Sängerin.

Huch blinkert mit den Augen.

- In der Kapelle gibt es eine Doppelhochzeit. Möchtest du singen?

Gloria räkelt sich.

- Gern! Der Mosaikfußboden dort gefällt mir.

Er weicht zurück.

- Danke für deine Zusage!

Sie zieht die Jacke aus.

- Nichts zu danken. Das ist das interessanteste Mosaik, das

ich je gesehen habe.

Huch balanciert über glatt geschliffene Steine am Ufer.

- Schaust du die Bilder an, während du singst?

Gloria folgt ihm, knüllt die Jacke zusammen.

- Ja, ich finde viele Noten zu immer neuen Liedern darin. Es ist wie ein unendliches Singbuch ohne Anfang, ohne Ende.

Sie wirft ihm die Jacke wie ein Ball zu.

- Gehen wir!

Er fängt sie.

- Geh schon voraus. Ich habe es wieder und wieder versucht, die Landschaft kennenzulernen, aber ich habe es noch nicht geschafft. Darum sehe ich mich noch ein bisschen um.

Gloria lässt die Hände durchs Wasser gleiten.

- Du bist ein guter Sportler.

Huch nimmt ein schnelles Augenzwinkern wahr.

- Warum?

Sie spritzt ihn an.

- Das war elegant, wie du die Jacke gefangen hast.

Er lässt den Blick schweifen.

- Es war mehr Glück im Spiel.

Gloria stupst ihn an.

- Wie auch immer, komm bald nach! Wir werden viel Spaß an der Hochzeit haben.

Huch gibt ihr die Jacke zurück.

- Mich nimmt wunder, wohin der Fluss fließt. Ich gehe ein paar Schritte.

Sie eilt zur Kapelle.

- Schau, dass du nicht zu lang bleibst. Es gibt Pflaumenbäume in der Nähe. Und die Früchte sind reif.

Er genießt den Blick auf den Fluss.

Ein Mann läuft ihm über den Weg.

- Hallo, ich bin Dion Rivera.

Er trägt einen Hut.

- Kannst du gut tanzen?

Huch hört den Fluss rauschen.

- Wenn die Musik spielt, mache ich ein paar Bewegungen.

Rivera kämmt sich die Haare glatt.

- Ich könnte dir ein paar Schritte beibringen.

Huch holt Luft.

- Ich bin überzeugt, dass du das kannst. In der Kapelle ist eine Doppelhochzeit.

Rivera läuft davon.

- Warum hast du das nicht gleich gesagt? Da gehe ich hin.

Huch guckt ihm nach.

Die Sonne funkelt auf dem Fluss.

Eine Frau biegt in den Uferweg ein.

- Hallo, ich bin Joy Pauli.

Sie trägt einen Glitzerrock.

- Es ist mein Traum, am Fluss zu sein.

Huch lauscht ihren Schritten auf dem knirschenden Kies.

- Ich bin auch gern hier.

Joy sieht ihm in die Augen.

- Wir 2 sind so ähnlich, fast gleich.

Er streicht sich über das Kinn.

- Ja, wenn Menschen gern am Fluss sind, haben sie etwas gemeinsam.

Sie legt die Hände ineinander.

- Wie oft benutzt du dein Smartphone?

Huch wendet den Blick nach rechts.

- Ich habe kein Handy.

Ein Mann springt mit weit ausgestreckten Beinen wie ein Flugkörper zu ihnen.

- Hallo, ich bin Raik Nielsen.

Er trägt einen Blazer und bringt ein Smartphone.

- Mein Handy verwandelt eine Wüste in einen grünen Garten.

Joy verschränkt die Arme auf dem Rücken.

- Ich brauche keinen Garten, nur eine aufrichtige Freundin.

Nielsen tippt auf den Bildschirm.

- Warum sagst du das nicht gleich?

Er spricht ins Smartphone.

- Wir suchen eine aufrichtige Freundin.

Eine Stimme meldet sich.

- Ich komme sofort.

Eine Frau tritt zu ihnen.

- Hallo, ich bin Line Rubin.

Sie trägt Strümpfe.

- Ich bin ehrlich.

Joy hält ein Taschentuch fest.

- Du bist mein wahr gewordener Traum.

Nielsen lässt sich ein Lächeln entlocken.

- Das Treffen ist gelungen.

Line löst das Haar aus der engen Frisur.

- Ich habe mich immer gefragt, wie es wäre, Freunde zu haben. Was kann ich für euch tun?

Joy überlegt den Bruchteil einer Sekunde lang.

- Ich möchte lernen, eine Freibadrutsche zu benutzen.

Nielsen erkundigt sich.

- Hat es am Fluss eine Rutsche?

Line zieht die Lippen nach.

- Ich führe euch hin.

Der Weg führt am Ufer entlang, wo sich der hohe Turm einer Rutschbahn erhebt. Die filigrane Ordnung des Geländers steigt mit der Wendeltreppe fast zum Himmel hinauf.

Joy dreht sich nach Huch um.

- Was machst du?

Er weist aufs Wasser hinaus.

- Ich beobachte.

Ein Schwan gleitet auf dem Fluss, reckt den Hals.

Nielsen legt sein Handy auf einen flachen Stein im Schatten.

- Schaust du gern den Vögeln zu?

Huch dreht den Oberkörper.

- Ja. Das gibt mir neue Energie.

Line zupft an seinem Ärmel.

- Ich mag deinen Hut. Hoffentlich verlierst du ihn nicht auf der Rutschbahn.

Sein Mund bleibt weit offen stehen.

- Du hast Recht. Ich überlege mir, wo ich ihn hintun könnte.

Ein Mann huscht zur Wendeltreppe.

- Hallo, ich bin Edwin Flapp.

Er trägt Bermudashorts.

- Ich habe keinen Hut und bin schon bereit. Wer kommt mit mir auf die Rutsche?

Joy trippelt die Stufen hoch.

- Ich bin dabei.

Nielsen schlüpft aus dem Blazer.

- Fallen wir nicht recht weit in den Fluss hinein?

Line zieht die Strümpfe ab.

- Wir werden nicht trocken aus dem Wasser kommen.

Flapp steigt die Treppe hinauf.

- Ich kann gut schwimmen.

Joy langt oben auf dem Turm an.

- Das ist hoch!

Nielsen tritt auf die Plattform.

- Man könnte Schwindel bekommen.

Line beugt sich über das Geländer, ruft zu Huch hinunter.

- Hast du einen Platz für deinen Hut gefunden?

Er führt Daumen und Zeigefinger beider Hände zu einem Ring zusammen und legt sie wie eine Brille auf die Augen.

- Nein, obwohl ich suche und mich umschaue, werde ich ihn nicht los.

Flapp setzt sich auf die Rutschbahn.

- Wer rutscht zuerst?

Joy senkt den Kopf.

- Ich lasse dir gern den Vortritt.

Nielsen hält sich im Hintergrund.

- Mir ist die Reihenfolge gleich.

Line gibt Flapp einen Schubs.

- Zier dich nicht so. Du sitzt bereits am Start.

Flapp reißt lächelnd den Mund auf.

- Ich würde dich gern heiraten.

Line fährt mit einem Ruck empor.

- Wen? Mich?

Seine Handflächen reiben sich am Stoff der Bermuda-shorts.

- Ja, ich will mit dir zusammen sein.

Sie hält sich am Geländer fest.

- Ich bin überrascht, möchte dich zuerst kennenlernen.

Joy spreizt die Arme ab.

- Liebt ihr euch?

Line stellt sich breitbeinig auf.

- Ich mag ihn. Aber ich habe noch eine Frage.

Sie richtet den Blick aus zusammengekniffenen Augen auf Flapp.

- Schwimmst du gern?

Er zieht die Brauen über der Nasenwurzel zusammen.

- Ja schon. Leider habe ich kein Ersatzhemd dabei.

Sie rutscht hinunter.

- Das macht fast gar nichts. Wir trocknen das Hemd später an der Sonne.

Joy lässt den Fuß kreisen.

- Sie hat dich angelächelt. Das ist ein gutes Zeichen.

Flapp wirft sich auf die Rutschbahn.

- Ich muss die Uhr nicht abziehen. Sie ist wasserdicht.

Nielsen macht sich bereit.

- Line und Edwin sind meine Vorbilder.

Er rutscht los.

- Ich will nicht der Letzte sein.

Joy ruft Huch vom Turm herab zu.

- Hast du einen Platz für den Hut gefunden?

Er antwortet binnen eines Wimpernschlags.

- Ja, auf meinem Kopf.

Alldadarin